노르토리
마술학원의 땡땡이 상습범.
장래에는 큰 인물이 될 것 같은
예감이……?
"……평생……
게으르게……
지내고 싶어……."
방과 후,
이세계
카페에서
커피를
Have a cup of coffee at the Cafe in Fantasy World, after school.
2
토끼 모양으로 깎은
이세계 배
Halcyon's Dessert

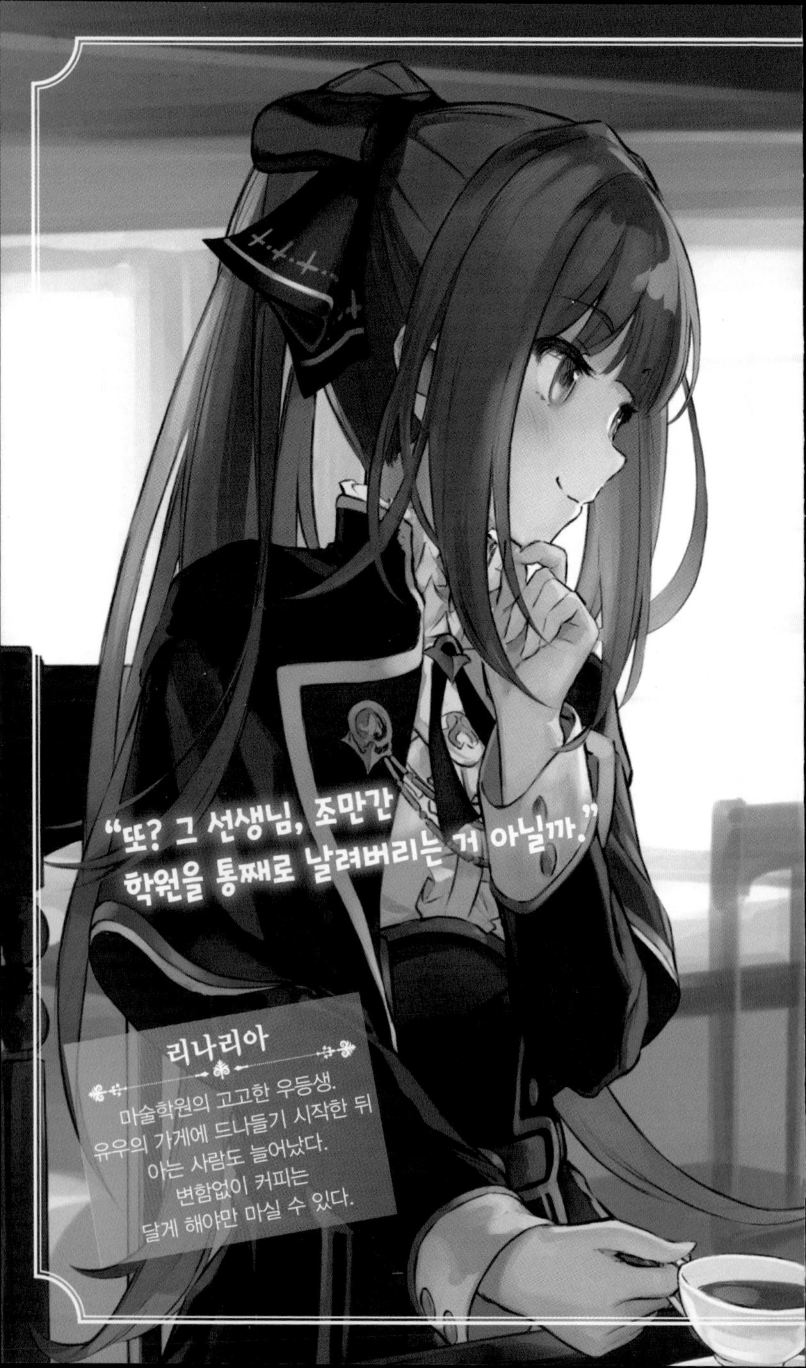
"또? 그 선생님, 조만간
학원을 통째로 날려버리는 거 아닐까."
리나리아
마술학원의 고고한 우등생.
유우의 가게에 드나들기 시작한 뒤
아는 사람도 늘어났다.
변함없이 커피는
달게 해야만 마실 수 있다.

"아시나요? 리나리아 씨.
뮐러 교수님이 또 연구실을
폭파시킬 뻔했다고 해요."
0 Halcyon's Morning
모닝커피와
크루아상
아이나레라
리나리아와 친구가 된다는
염원을 이룬(?) 귀족 아가씨.
매일 아침 유우의 카페에
나타나게 되었다.

0 Halcyon's Light meal
데리야키
햄버거
"유우 씨, 이거! 이거! 엄청 커요!
무지무지 맛있는 냄새가 나요!
머, 먹어도 되나요?"
시루루
도시의 배달꾼.
공간압축 마술이 걸린
커다란 가방으로 식자재나
일상용품을 배달해 준다.

방과 후, 이세계 카페에서 커피를 2

Have a cup of coffee at the Cafe in Fantasy World, after school.

카자미도리 지음

u스케 일러스트

이진주 옮김

목차

1. 새롭게, 평소처럼 9

2. 우리는 인기가 있고 싶다 19

3. 외로움쟁이 폰 57

4. 이 맛을 잊지 않을 거예요 79

막간 카페의 늦은 밤 야식 -날달걀밥- 137

5. 행복의 배달꾼 155

6. 인생에는 설탕을 181

7. 꽃 금화 203

8. 비가 그치기를 기다리며 267

후기 291

1. 새롭게, 평소처럼

나는 어느 날 갑자기 이 이세계에 왔다.

그런 말을 하는 사람은 정상이 아니다. 그것은 나도 잘 안다. 그러나 그것이 사실인 이상, 나로서는 그렇게 주장할 수밖에 없다.

예전에는 매일매일이 불안했다. 혹시 이건 현실이 아닌 것은 아닐까. 사실 나는 이 세계의 주민으로, 이곳이 아닌 다른 세계에서 왔다는 망상을 하고 있을 뿐인 것은 아닐까.

혹은, 문득 눈을 떴더니 학교의 도서실로, 나는 방과 후에 깜빡 잠이 들었던 것은 아닐까. 지금 내가 있는 이 장소는 단순히 매우 현실감 넘치는 꿈속인 것은 아닐까.

그러나 벌써 2년이나 이곳에서 지내고 있다. 그 모든 가설이 단순한 망상에 불과하다고 여길 수밖에 없었다.

이 세계는 분명히 존재하고 있고, 사람들은 하루하루를 살아가고 있다. 나는 그 흐름에 섞여 들어가는 수밖에 없었다.

하지만 그래도 나는 줄곧 마음 속 어딘가에서 위화감을 느끼고 있었다. 그렇기에 진정한 의미로 이 세계에 익숙해질 수는 없었다.

변변한 외출도 하지 않고 되도록 가게에 틀어박혀, 가게를 찾은 손님과 소소한 교류를 할 뿐이었다.

그것이 조금 변한 것은 어느 날 가게를 찾아온 여자아이 덕분이리라. 그녀를 통한 일련의 사건 속에서 나는 아주 살짝 이 세계에 익숙해질 수 있었다고 생각한다.

그 뒤로, 나는 가게 밖으로 나가는 일이 늘었다. 그래봤자 어슬렁어슬렁 산책을 하거나 노점에서 물건을 사는 등의 작은 일들이었지만, 늘 가게에 틀어박혀 있던 내게는 가게 주변의 경치마저도 신선했다.

나는 이 세계에서 살아가기 위해 카페를 열었다.

원래 세계에서 가족들이 카페를 운영했기 때문에 어떻게 하면 되는지 약간은 알았기 때문이다. 나는 이 세계에서 나를 보호해 준 할아버지가 운영하던 낡은 주점을 인수해 카페로 개장했다.

이 세계에서 카페라는 것은 매우 보기 드문 것이었다. 애초에 이 세계에서는 커피를 기호품으로서 즐기는 문화가 없었다. 검고 쓴 음료를 내놓는 요상한 가게 취급을 받는 내 카페는 유감스럽게도 번창하지 못했다.

하지만 요즘, 아침만은 조금 떠들썩해졌다.

"아시나요? 리나리아 씨. 뮐러 교수님이 또 연구실을 폭파시킬 뻔했다고 해요."

아이나가 말했다. 그녀는 에이리얼 마술학원의 교복 차림에 작은 리본이 달린 베레모를 맵시 있게 쓰고 있었다. 커피가 가득 담긴 잔을 기울이는 몸짓은 넋을 잃고 쳐다보게 될 정도로 우아했다.

뭐니 뭐니 해도 그녀는 귀족이라는 존재였다. 그렇다. 이 세계에서는 귀족이라는 사람들이 존재했다. 하지만 나는 그들이 무슨 일을 하는지는 전혀 알지 못한다.

"또? 그 선생님, 조만간 학원을 통째로 날려버리는 거 아닐까."

리나리아가 쓴웃음을 지었다. 선명한 붉은색의 머리카락을 하나로 묶은 그녀의 손에는 설탕을 가득 넣은 카페오레가 들려 있었다.

아이나는 내가 리나리아와 살짝 사이가 어긋났을 때 우리가 화해할 수 있도록 도움을 주었다. 지금은 두 사람이서 이렇게 수업 시작 전에 우리 가게를 찾아와 모닝커피를 마시며 짧은 휴식을 취하는 일도 많아졌다.

신분만 놓고 본다면 아이나는 귀족이었고, 리나리아는 평민이었다. 그러나 두 사람은 함께 도시의 중심구에 있는 에이리얼 마술학원에 다니는 학생으로, 지금은 완전히 친구가 되었다.

『완전히 친구』라고, 사뭇 사이가 좋은 것처럼 표현했지만, 그것은 내가 나름 배려를 해준 말이다.

현실을 있는 그대로 자세히 묘사한다면, 『아이나는 콧김이 거칠게 내뿜어질 정도로 콧구멍을 벌렁거리며 리나리아의 옆얼굴을 쳐다보고 있었다. 그러다 불현듯 양손을 뺨에 갖다 대고 고개를 좌우로 흔들면서 「아아, 제 옆에 리나리아 씨가 있다니 마치 꿈을 꾸는 것 같아요. 만약 그렇다면 두 번 다시 눈을 뜨고 싶지 않아요」라고 중얼거리고 있었다.』가 되었다.

그러나, 그녀는 일단 내 은인이었고, 또 그 내용 역시 예민한 나이대의 여자아이를 소개할 때에는 너무나도 어울리지 않는 광경이었다. 그래서 나는 그것을 몰래 못 본 척하고 있었다.

하지만 리나리아는 옆에서 벌어지고 있는 기행에 전혀 동요하는 기색이 없었다.

"신경 쓰이지 않아?"

나는 작은 목소리로 리나리아에게 물었다. 그러자 리나리아가 옆에 앉은 아이나를 힐끗 쳐다보고는 어깨를 움츠렸다. 아이나는 허공을 올려다보며 멍하니 뭔가를 몽상하고 있었다.

"뭐, 이미 익숙해졌는걸."

그 넓은 도량은 마치 흔들림 없는 거목을 연상시켰다.

"내가 소개해놓고 이렇게 말하는 것도 좀 그렇지만, 고생한다."

"진짜."

리나리아가 다시 한 번 쓴웃음을 지었다.

“그렇지만, 나쁜 아이가 아니라는 건 아니까. 게다가, 뭐랄까…….”

리나리아는 입을 우물거렸다.

적절한 말이 잘 떠오르지 않는 것일까, 그녀는 오른손 집게손가락을 관자놀이 근처에서 빙글빙글 돌렸다.

하지만 끝내 알맞은 표현이 떠오르지 않은 모양이었다. 리나리아는 하아, 하고 체념한 것처럼 한숨을 내뱉었다.

“옆에 누군가가 있다는 게 신기한 기분이야.”

“아하.”

리나리아로서는 그 말도 딱 맞아 떨어지지 않는 듯, 으음 하고 고개를 모로 꼬면서 다른 말을 찾았다.

“친구가 옆에 있는 게 신선한 느낌?”

내가 그렇게 말하자 리나리아는 눈을 동그랗게 뜨며 나를 쳐다보았다.

그리고 이내 눈썹 끝을 아래로 내리며 눈을 살포시 가늘게 떴다.

“……응. 그런 느낌이야.”

“그거 잘 됐네.”

이 가게 바깥에서 일어나는 일은 내 소관이 아니다. 하지만 리나리아가 이 가게 이외에서도 즐겁게 지내고 있다면, 그것은 매우 기쁜 일이었다.

아이나가 이 가게에 처음 왔을 때에는 리나리아의 악질 스토커라고 생각했다. 그렇지만, 지금 그녀는 이렇게 리나리아의 친구가 되어 리나리아가 따뜻한 표정을 짓게 해주고 있었다. 인연이라는 건 신기하구나. 나는 그런 생각이 들었다.

이번에는 아이나를 바라보았다. 그녀는 겨우 의식이 돌아온 모양인지 나와 리나리아를 번갈아 쳐다보더니 뺨을 발갛게 물들였다.

"뭔가요? 두 사람 모두 이쪽을 쳐다보면서……."

"아니. 아무것도 아니야. 그렇지?"

"그래. 아무것도 아니야."

나와 리나리아는 얼굴을 마주보며 고개를 끄덕였다. 그러자 아이나가 눈썹을 치켜세웠다.

"우으으…… 나를 빼고 리나리아 씨와 의기투합하다니, 그런 주제넘은 짓을……."

"너, 나를 대하는 태도가 좀 심하지 않아?"

"그렇지 않습니다. 저는 당연한 대응을 하고 있을 뿐이에요."

원망스럽다는 듯이 사람을 노려보는 것을 당연한 대응이라고 할 수 있을까. 다행스럽게도 아이나가 노려봐도 전혀 무섭지 않았지만.

"언젠가 당신과는 결판을 내지 않으면 안 되겠군요. 역시 여기서는 결투를 할 수밖에 없겠어요."

아이나가 중얼중얼 그런 말을 중얼거렸다.

"결투는 싫은걸."

결투라니, 뭘 하는 걸까. 서로 마주보고 총이라도 쏘는 것일까.

"그땐 내가 구해줄게."

리나리아가 손으로 턱을 괸 채로 히죽 웃었다.

"진짜? 옆에서 지금 같은 얼굴로 보고 있기만 하는 거 아냐?"

"말이 심하네. 제대로 구해줄 거야. ……마음이 내키면."

"마음이 내켜주길 빌게. 나는 싸움에는 약하거든."

"나는 잘할 거라고 말하고 싶은 듯한 어조네."

"나보다는 강할 거라고 생각해."

"……자랑스레 그런 말을 해도 곤란한데 말이지……."

"사실이니까 어쩔 수 없어. 그런 연유로, 여차할 때에는 리나리아에게 의지하도록 하겠어. 잘 부탁해."

나는 힘차게 그렇게 말했다. 그러자 리나리아가 웃었다.

"별 수 없네. 좋아. 맡겨줘."

다행이다. 이걸로 아이나가 결투를 신청해 와도 걱정 없다.

그렇게 생각한 나는 아이나를 돌아봤다. 그랬더니, 아이나는 고개를 숙인 채 부들부들 떨고 있었다. 그러더니 곧 기운차게 고개를 번쩍 쳐들었다.

"치사해! 치사해요! 저도 리나리아 씨에게 잘 부탁하고 싶단 말이에요!"

아이나가 카운터를 탁탁 두들겼다. 그 모습에서 우아함이라고는 요만큼도 찾아볼 수 없었다. 그야말로 떼를 쓰는 어린애 같았다.

"잘 부탁하고 싶다니, 네가 결투를 신청할 거잖아……."

"그건 그거고 이건 이거예요. 리나리아 씨, 부디 저도 지켜주세요!"

"네네~ 그럴 마음이 들면 말이지."

리나리아는 나른한 기색으로 그렇게 대꾸했다. 하지만 아이나로서는 그걸로 충분한 모양이었다. 그녀는 얼굴 앞에 두 손을 모으고, 신께 기도를 바치는 수녀와 같은 자세로 사랑을 하는 소녀와 같은 눈으로 리나리아를 바라보면서 「하아앙……」 하고 감동한 목소리를 냈다.

……괜찮은 걸까, 이 아이.

그러나 리나리아는 전혀 동요하지 않고 카페오레를 마셨다.

두 사람이 학원으로 향하는 것을 가게 밖에서 배웅했다. 아침부터 시끌벅적하고 활기찬 도시였기 때문에 두 사람의 뒷모습은 바로 인파 속에 파묻혔다.

오늘도 또다시 하루가 시작되었다. 어제와 달라진 모습도 없이 길가 포장마차에서는 가벼운 식사를 팔았고, 천을 깔고 상품을 늘어놓을 뿐인 노점들도 들어섰다.

커다란 도끼를 짊어진 수인(獸人)과 긴 로브를 질질 끌며 걷는 난쟁이. 과일로 가득 찬 바구니를 머리에 이고 걷는 여인과 주변을 뛰어다니는 어린아이들.

이 도시에서 생활을 영위하는 사람들과 미궁에 도전하는 모험가들이 혼재해 있는 광경. 그것이 이 도시, 알베르타의 일상이었다.

그것을 늘 보아서 익숙하다고 할 수 있을 정도로 나는 이 곳에서 살고 있다.

원래 세계로 돌아갈 수 있을까 하는 불안감도 지금은 옅어져 버렸다.

사람은 적응하며 살아가는 생물이다. 나는 이 세계에서 살아가는 일에도 조금씩 익숙해지고 있었다. 그것이 내게 바람직한 일인지 어떤지는 알 수 없지만.

크게 기지개를 켜고 깊게 숨을 토해낸 뒤 뒤를 돌아보았다.

문 옆에 걸린 팻말이 살짝 기울어져 있었다. 나는 그것을 살짝 매만진 뒤 조금 뒤로 물러나 상태를 확인했다.

"좋아."

오늘 하루도 힘내자. 가게에 손님이 오면 좋겠다.

지금의 내가 있을 장소이기도 한 이곳은 이 세계에서 유일한 카페이다.

『금일 영업 중』.

2. 우리는 인기가 있고 싶다

1

청춘이란 뭘까. 그런 생각을 한 적이 있다.

예를 들면, 방과 후 아무도 없는 교실. 창밖의 저녁놀이 죽 늘어선 책상에 반사되는 가운데, 바람에 커튼이 하늘하늘 흔들리고 교정에서는 운동부의 구호가 들려온다.

그런 정경에서 나는 청춘이라는 단어를 느꼈다.

나는 줄곧 귀가부였기 때문에 운동부라는 것에 동경을 품고 있었다. 그래서 그것을 통해 이제는 되찾을 수 없는 지나간 청춘을 겹쳐보곤 했다.

어떤 옛 위인은 「청춘이란 몇 번이고 찾아온다」라고 말했다. 그 사람은 환갑을 한참 지난 나이에 마흔 살도 더 어린 여성을 사랑했다고 하니, 사랑을 청춘과 동일시한 것이리라.

어느 시대든, 몇 살이 됐든, 남자에게 연애는 중요한 관심사다. 우리와 같은 사춘기라면 더더욱 그럴 터이다. 그것은 두말할 나위 없이 청춘의 선명함을 간직하고 있다.

어느 날의 일이었다.

"있지, 어떻게 하면 여자들에게 인기를 얻을 수 있을까?"

키르가 물었다. 미간에 주름을 잡은 채 매우 진지한 얼굴로 나를 바라봤다.

한낮이 지나고 있었지만 오늘 카페에 손님의 발길은 뜸했다. 테이블석에 두 그룹, 카운터석에 키르와 다른 한 사람밖에 없었다.

"글쎄, 난 모르겠는데."

나는 솔직하게 대답했다. 그러자 키르가 이마를 짚으며 맙소사 하고 고개를 저었다.

키르는 에이리얼 마술학원의 학생으로, 나와 비슷한 또래의 청년이었다. 묘하게 허물없는 성격으로, 그와 얘기하고 있으면 늘 방과 후에 교실에서 잡담을 하고 있는 것 같은 기분이 들었다.

"너, 그러고도 남자냐? 어떻게 여자들에게 인기를 얻을 수 있는가, 그것 이상으로 중요한 일이 어디 있냐? 그것도 열일곱 살이라는 한창 청춘인 이때에!"

"그 말대로다."

키르의 열변에 옆에 앉아있던 통통한 청년이 동조했다. 키르는 평소 혼자서 가게를 찾는 일이 많았는데, 오늘은 웬일로 짝꿍이 있었다.

내 시선을 알아차린 모양인지 통통한 청년이 뽐내는 것처럼 몸을 뒤로 젖혔다. 입고 있던 마술학원의 교복이 터질 것만 같았다. 주로 배 부분이.

"소개가 늦었군. 나는 가우디오스. 엘바도르 자작가의 삼남이다."

아, 귀족이셨나요.

"그렇다고는 해도, 엘바도르 가는 영지도 없고 가문의 격도 낮은 데다, 거기에 삼남이기까지 하면 뭐, 거의 일반시민과 크게 다르지 않지."

설령 그것이 사실이더라도 키르의 그 거리낌 없는 표현은 무례한 것이 아닐까. 그런 생각에 나는 가우디오스 청년을 바라보았다. 그러자 가우디오스는 여전히 가슴을 편 채 고개를 끄덕이고 있었다.

"귀족으로서의 책무는 다할 생각이지만, 쓸데없이 그 권력을 휘두를 생각은 없어. 부디 편하게 가우디라고 불러주길 바라."

"예에……. 감사한 말씀이네요."

내가 당혹스러워한다는 것을 알아차린 것이리라. 키르가 가우디의 어깨를 찰싹찰싹 두드렸다.

"귀족인데도 별난 녀석이지? 그렇긴 하지만 뭐, 편하게 가자고, 편하게. 뭐니 뭐니 해도 우리는『인기 없는 동맹』의 동료이니까 말이지. 거의 의형제나 마찬가지야."

"그 말대로다."

"『인기 없는 동맹』이라니, 그게 뭐야?"

충분히 상상은 가지만 일단 물었다.

"잘 들어, 유우. 우리 남자들에게 인기가 있고 없고는 매우 큰 문제야. 다섯 명, 열 명이라는 그런 사치스러운 소리는 하지 않아. 그저 한 사람만이라도 좋으니, 우리를 좋아한다고 말해주는 사람을 찾는 거다. 그리고 그러길 위해서는 노력을 아끼지 않아. 그것이 우리 『인기 없는 동맹』이다."

"나는 잘 돼서 다섯 명에게든 열 명에게든 인기를 얻고 싶다만."

가우디가 말했다.

"쉿, 물론 나도 같은 기분이야. 하지만 그걸 입에 올렸다간 바로 『인기 없다』 판정이라고."

키르가 양손의 집게손가락을 교차시켜 X자를 만들었다.

"음. 그런가?"

"그렇다니까. 생각해봐. 『나는 많은 사람들에게 인기 있고 싶습니다!』라고 떠들고 다니는 녀석이 멋질 것 같냐? 아니, 욕망을 솔직하게 폭로할 수 있다는 점에서 남자다움은 인정하지만, 여자의 시점에서 생각해봐. 분명 뒤에서 욕하면서 왕따시킬 거야."

키르의 그 여자에 대한 편견은 대체 어디서 오는 것일까.

"애초에, 인기가 있다는 건 결과에 지나지 않아. 『인기 있다』 판정에 들어맞는 행동을 거듭한 결과, 어느새 인기 있게 되었다— 바로 그게 우리가 목표로 하는 거라고!"

"오오…… 과연, 그런 것인가! 메모를 해도 될까?"

“해, 해!”

가우디가 교복 주머니에서 작은 노트를 꺼내 사각사각 글을 적기 시작했다.

“저기 있지, 너희 대체 뭘 하고 있는 거야?”

나는 나도 모르게 관자놀이에 손을 뻗었다. 너무나도 알맹이가 없는 대화에 머리가 지끈거렸다.

내 질문에 가우디의 귓가에 대고 방금 전에 한 말을 중얼중얼 반복하고 있던 키르가 얼굴을 들었다.

“그러니까, 우리가 학원에서 인기를 얻으려면 어떻게 해야 하나, 하는 얘기를 하고 있잖아!”

“이건 정말이지 불명예스러운 자랑이긴 하다만, 우리는 학원에서 여학생과 거의 교류가 없다.”

키르에 이어 가우디가 그렇게 말했다. 그 말에 키르는 크게 고개를 주억거렸다.

“알겠냐? 유우. 우리는 천하의 에이리얼 마술학원에 다니고 있어. 귀족도 평민도, 남자도 여자도 평등하게 공부할 수 있는 곳이지. 같은 대지 안에서 침식을 같이 하고, 같은 교실에서 수업을 받으며, 때로는 소란을 피우고 웃고 떠들며 이런 일도, 저런 일도 하지. 그런 장소는 또 없어!”

키르는 거친 말투로 버럭 소리를 질렀다.

내게 있어 에이리얼 마술학원은 남녀공학에 초등학교, 중학교, 고등학교가 쭉 이어진 학교 정도의 인식밖에 없었는데, 거기에도 가치관의 차이가 존재하는 것 같았다. 키르의 태도를 보면, 우리 또래의 남녀가 같은 장소에 모여 생활한다는 상황은 꽤나 드문 모양이었다.

"이렇게 근사한 환경인데도 우리는……!"

"변변히 여자애들과 대화도 하지 못하고 있다."

가우디가 그렇게 말을 받았다.

"우리는 지금까지 몇 번이나 이야기를 나누었어. 시행착오도 반복했지. 하지만, 아무런 성과도 얻지 못했어……."

키르의 어깨가 축 처졌다.

"우리는 마침내 벽에 부딪치고 만 거다. 이제는 뭘 해도 손맛이 느껴지지 않고, 그저 헛도는 톱니바퀴 같은 일상을 보내고 있지……. 그러던 끝에, 마침내 한 가지 결론에 다다르게 됐다."

가우디가 이어 말했다.

"그래. 제삼자의 의견을 들어보자, 라고 말이지."

거기까지 와서야 나는 겨우 방금 전 키르가 한 말의 의미를 이해할 수 있었다.

"어, 그러니까, 다시 말해 너희는 내 의견을 들으러 왔다는 거야?"

내 물음에 키르가 기운차게 얼굴을 들고는 반짝이는 눈을 내게로 향했다.

"그 말대로야! 그래서, 어떻게 하면 인기를 얻을 수 있을까?"

"나도 몰라."

2

그 후, 그냥 그렇게 돌아가 줬다면 편했겠지만, 그들은 끈질겼다. 키르는 어린애처럼 바닥에 드러누워 발버둥을 쳤고, 가우디는 내가 굽던 팬케이크를 계속 추가로 시켰다.

우리 카페에 부족한 것 중에는 디저트가 있었다. 때문에 그를 위한 시작품으로서, 나는 두 사람에게 팬케이크 시식을 부탁했다. 하지만 두 사람은 상상 이상으로 단것을 좋아했고, 또 성장기이기도 했다. 접시 위에 쌓아놓은 팬케이크는 순식간에 없어졌다.

"아아, 진짜! 알았어, 알았다고! 그래서, 지금까지 어떤 걸 해 봤는데?"

이 이상 팬케이크를 굽는 것은 한계라는 단계에 이르러서 나는 백기를 들었다.

"지금까지…… 글쎄, 어떤 걸 시도해 봤더라."

키르가 태연하게 다시 의자로 되돌아왔다. 그러더니 작은 병에서 산딸기잼을 듬뿍 퍼 팬케이크에 올리고는, 그것을 둥글게 말아 입으로 가져갔다.

"우선은 『세 가지 법칙』을 시도해 보았잖나."

가우디가 팬케이크에 다른 작은 병에 든 꿀을 듬뿍 퍼 얹고는, 나이프와 포크를 이용해 그 조각을 우아하게 입으로 가져갔다.

보고 있는 쪽이 속이 울렁거릴 정도로 달달하게 먹는 두 사람의 모습은 차치하고, 세 가지 법칙이라는 것은 뭘까. 나는 살짝 궁금해졌다.

내가 고개를 갸웃거리자, 가우디는 훗훗 하고 목 깊숙한 곳에서부터 웃음소리를 냈다. 위로 향한 작은 코가 움찔움찔 움직였다.

"나는 학원의 도서관에서 오래된 고서를 발견했다. 고대 신의 언어로 쓰여 있어서 해독은 무척 힘들었지. 하지만, 나는 마침내 그 일부를 해독해 냈다."

별일 아닌 것처럼 아무렇지 않게 말하는데, 그거, 엄청 대단한 일 아닌가? 고대 신의 언어라니, 그거, 아직 완전히 다 해독되지 않았잖아?

"그것에는『인기인이 되기 위한 세 조건. 첫째, 운동을 잘할 것. 둘째, 공부를 잘할 것. 셋째, 유머가 있을 것. 그렇게 쓰여 있었다. 우리는 그것을『세 가지 법칙』이라고 이름붙이고, 인기활의 지침으로 삼기로 했다."

"잠깐만. 그런, 초등학교 여자애들이 좋아할 법한 남자애의 특징 같은 걸 참고한 거야? 그보다 인기활이라니, 그건 또 뭐야?"

"인기를 얻기 위한 활동. 줄여서 인기활인데?"

잼이 묻은 손가락을 핥으며 키르가 말했다. 마치 아는 것이 당연하다고 말하고 싶어 하는 얼굴이었다.

"일단은 『제1법칙』을 실천해 봤던가?"

"음. 운동을 잘한다는 점을 알리기 위해 매일 아침 훈련장에서 모의전을 벌였지."

"아아, 그래, 맞아. 모의전용 목검 몇 자루를 못 쓰게 만들어서 교관한테 혼이 났지."

"남자들만 모이는 바람에 어느샌가 난투가 되어 버렸고 말이야."

나는 가만히 키르와 가우디를 바라보았다.

키르는 짧게 자른 머리카락에 살짝 가늘고 눈꼬리가 처진 눈을 하고 있었다. 얼핏 보기에는 부드러울 것 같은 분위기가 느껴졌다. 이야기를 해보면 분위기도 잘 맞춰주었다. 그런 인상이 강했기 때문에 신경이 쓰이지 않았는데, 새삼 다시 보니 몸집이 다부졌다. 교복 아래에 잘 단련된 근육이 숨어있는 것처럼 보였다.

반면 가우디는 금발을 7대 3으로 딱 붙여 빗어 넘겼다. 피부는 하얬고 키도 작았다. 배가 볼록 나와서, 도저히 운동을 잘할 것처럼 보이지는 않았다.

"혹시 두 사람 다 강해?"

내 질문에 키르와 가우디는 서로를 마주보더니 다시 내게로 얼굴을 향했다.

"그럭저럭이지."

"그래. 그럭저럭이다."

그 대답, 상인들의 근황을 묻는 게 아닌데 말이지…….

"뭐, 어쨌든. 제1법칙은 효과가 없었다."

가우디가 말했다.

"오히려 여자애들이 거리를 두었다고 해야 할까. 특히 귀족 아이들은 명백히 기겁했지? 그때."

"나도 그랬다고 생각한다. 운동을 잘하면 인기가 생긴다는 건 틀린 말이었던 것일까."

"역시나 유혈사태는 좀 곤란했던 게 아닐까. 왜, 귀족의 자녀는 그런 것과는 연이 없잖아. 너무 폭력적이었던 거야, 분명히."

아니, 애초에 운동의 의미가 다르다고. 무기를 사용한 난투는 운동이 아니야. 뜀박질이라든가, 피구라든가 그런 평화적인 녀석들로 충분하다고. 그러고 보니, 고등학생은 또 다른 건가?

안 되겠어. 나도 좀 머리가 혼란스러워지기 시작했다.

"『제2법칙』 때에는 어떻게 했더라?"

"아아, 공부 말이군. 이건 실행이 간단했다."

가우디가 대답했다.

"교실에서 『마술수학개론』을 읽었지. 여 보란 듯이."

"맞아, 읽었어. 그거, 엄청 멋있었지."

"그렇지. 그랬을 거다. 학원에서 그 어려운 책을 읽는 사람은 나 정도일 테니까 말이지."

나는 가슴이 콱 죄어오는 것을 느꼈다. 항간에는 중2병이라는 사춘기 특유의 난치병이 있다고 하는데, 가우디의 말은 내 기억 속에 봉인된 뭔가를 콕콕 자극했다.

아니야. 그게 아니야, 가우디. 공부를 잘한다는 건 그런 의미가 아니야. 아니, 어떤 면에서는 맞는 의미이긴 하지만.

"하지만 이것도 성과다운 성과는 얻지 못했지. 마술수학론의 교수와는 대화에 꽃을 피웠지만……."

"어? 그 책, 다 이해한 거야?"

나는 나도 모르게 큰 소리를 내고 말았다.

"아아, 그 책은 우리 할아버님이 쓰신 책이다. 그래서 아버지에게 배운 적이 있지."

가우디는 아무 일도 아니라는 것처럼 말했다.

"나는 가우디와 달리 공부 쪽은 완전히 빵점이라서 말이지. 제2법칙은 포기했어. 일단 도서관에 다녀보긴 했지만, 거기서 그냥 리나리아 씨를 바라보는 것만으로 만족했다."

갑자기 생각지도 못한 지인의 이름이 나오자, 나는 흠칫하고 어깨를 떨었다.

"그 기분은 잘 알지."

가우디가 고개를 끄덕였다.

"재색겸비란 바로 그 사람을 말하는 것일 거다. 마술만이 아니라, 검술에서도 성적이 우수하다. 이론 분야에서도 수석이고, 그야말로 제1법칙과 제2법을 완수해내고 있지."

호오…….

"그 리나리아 씨라는 사람은 남자들한테 인기가 많아?"

나는 사뭇 전혀 모르는 사람인 척 가장하고 키르에게 물었다.

"인기 있는 여자애들 중 한 명 아닐까. 모두 멀리서 바라보기만 하고, 동경하는 사내자식들도 많으니까."

"웃는 얼굴을 아무도 본 적이 없다고 할 정도로 절벽 위의 꽃이다. 하지만 그게 또 좋다는 남자들도 수를 헤아릴 수가 없지."

가우디의 말에 나는 흠흠 하고 고개를 끄덕거렸다.

리나리아의 학원생활을 이런 형태로 듣게 될 줄은 생각도 하지 못했다. 그런데, 절벽 위의 꽃이라고? 단순한 외톨이인 게 아니라? 다음에 오면 리나리아에게 물어보자.

"그래서, 『제3법칙』은 어떻게 됐어?"

"그래. 그건 자신이 있다."

가우디가 미소를 띠었다.

"뭐니 뭐니 해도 고대 신의 언어로 첨언이 붙어 있었거든."

"그건 꽤 화려했지. 맞다! 유우에게 한번 봐달라고 하지 않을래?"

키르가 말했다.

"그거 괜찮은 생각이군. 그럼……."

가우디가 자리에서 일어나 의자 뒤쪽에 섰다. 키르도 마찬가지로 그 옆에 나란히 섰다.

그리고, 가우디가 진지한 얼굴로 뒤통수에 오른손을 갖다 대며 입을 열었다.

"이야~, 여름은 덥고마."

"고것이 뭔 소리여!"

그와 거의 동시에 키르가 그렇게 외쳤다.

키르의 오른쪽 다리가 흔들린다고 생각한 순간, 가우디가 허공을 날고 있었다.

"헐?"

내 인생에서 이런 표현을 쓰게 될 일이 있을 줄은 생각도 하지 못했다. 하지만, 정말로 그렇게밖에 말을 할 수가 없었다.

가우디는 허공에서 빙글 회전을 하더니 3미터 정도 떨어진 장소에 가볍게 착지했다.

"어때? 이것이 유머의 기본인 『바보짓』과 『딴지』라는 것 같아."

키르가 미소를 띠며 말했다.

나는 어디서부터 딴지를 걸어야 좋을지 몰라서 말문이 막혔다. 키르의 말은 모든 의미에서 잘못돼 있었다. 또, 왜 그런 지식이 이렇게 비뚤어진 형태로 전승되었는지도 알 수가 없었다.

뭐라고 해야 할까 고민하고 망설인 끝에, 나는 일단 모든 것을 문제 삼지 않기로 했다.

"……그래서, 그건 잘 됐어?"

"아니. 수업 시작 전에 모두 앞에서 한번 해보기는 했다만."

태연한 기색으로 되돌아온 가우디가 말했다. 그 모습은 지금 막 걷어차여서 허공을 날아간 인간이라고는 생각이 되지 않았다.

"아무도 웃질 않질 않았지. 다들 눈만 둥그렇게 뜨고 있었다."

"당연하지. 사람이 날아갔는데 웃을 수 있겠냐."

나는 무심코 강한 어조로 그렇게 대꾸했다.

"안 되는 거냐?"

"쓰여 있던 대로 했을 텐데 말이다. 바보짓과 딴지라는 건 심오하군."

기본적으로 큰 착각을 하고 있는 그들의 생각을 어떻게 정정하면 좋을지…… 나는 머리를 감싸 쥐었다.

인기를 얻고 싶다는 그 마음은 확실히 이해할 수 있었다. 남자라면 누구나 품는 감정이었다. 특히 사춘기 남자의 머릿속에 있는 것이라고는 어떻게 여자아이들에게 인기를 얻을까, 라는 생각과 방과 후에 뭘 하고 놀까, 라는 생각뿐이다. 그 이외에는 텅 비어 있다.

키르와 가우디의 노력은 명백히 방향성이 잘못되어 있었고, 때문에 당연히 효과가 있으리라고는 생각되지 않았다.

"그럼 유우는 어떤 녀석이 인기가 있을 것 같은데?"

문득 키르가 그렇게 물어왔다. 그래서 나는 그 점에 대해 잠시 생각을 해보았다.

“인기가 있는 녀석이라…… 우선은 역시 멋진 사람이 아닐까.”

“뭐, 당연하겠지.”

“그 점에서 말한다면, 나는 틀렸군. 용모가 뛰어나다고 할 수는 없으니까.”

가우디가 얼굴과 배를 매만지며 후우 하고 어깨를 축 늘어뜨렸다.

“야…… 기운 내……. 넌 좀 둥그런 것뿐이야……. 다른 데서 모양을 내자고.”

“그래. 실은 그 점에 대해서는 나도 이전부터 생각을 하고 있었다. 예를 들면, 나는 마술을 사용할 수 있는 검사, 즉, 마검사라는 적성이 있다. 이건 꽤 멋있지 않을까.”

마검사……?

“나도 그렇게 생각해. 마검사라니 치사한걸.”

나는 그 말에 격하게 공감했다.

마검사. 그 울림만으로도 남자의 마음은 떨려온다. 마법을 사용하면서 접근전도 소화할 수 있는 올라운더(all-rounder). 마술을 끼워 넣은 독창적인 검술. 마법이 깃든 마법검을 사용한다면…… 오오, 생각하는 것만으로도 흥분과 설렘으로 등골이 오싹오싹 했다.

“마검사를 싫어하는 남자는 이 세상에 존재하지 않을 거야.”

내가 그렇게 말하자 가우디는 「그렇겠지」 하고 몇 번이나 고개를 주억거렸다.

"그래서, 나는 『갭』이라는 것을 강점으로 삼아보자고 생각하고 있다."

"갭?"

가우디는 키르를 바라보며 열변을 토했다.

"이것도 고대 신의 언어로 쓰인 그 고서에서 발견한 것이다만, 여성은 갭이라는 것에 매우 약하다는 것 같다."

"그래?"

"음. 내가 조사한 바에 따르면 갭이라는 것은 다시 말해 의외성이다. 겉으로 봤을 때 무서워 보이는 사람이 불현듯 상냥함을 내보이는 것. 미덥지 못하다고 생각하던 사람이 여차할 때에는 남자다움을 내보이는 것. 이것이 갭이라는 거다."

"오, 오오오오……."

키르가 깊이 납득했다는 듯한 소리를 흘렸다.

가우디는 한층 더 손짓발짓을 섞어 열변을 이어나갔다.

"보다시피 나는 키도 작고 체구도 둥그렇다. 여성들이 좋아할 만한 타입은 아니지. 오히려 깔보기 쉽다. 그런 내가 여차할 때에 마검사로서 활약한다면…… 과연 어떨까."

"멋진데?"

키르가 그렇게 말하면서 나를 쳐다보았다.

"응. 나도 멋질 것 같아."

나도 고개를 끄덕이고는 가우디를 바라봤다.

"다시 말해, 인기를 얻지 않을까?"

가우디가 키르를 바라보았다.

"얻겠지."

키르가 나를 쳐다보았다.

"틀림없어. 얻을 거야."

나는 가우디를 쳐다보았다.

"하지만, 이것에도 문제가 있다. 그 『여차할 때』라는 게 언제라고 생각하나?"

가우디가 키르에게 시선을 돌렸다.

"미궁에 갔을 때라든가……."

키르가 내게 시선을 주었다.

"학교에 테러리스트가 잠입했을 때라든가……."

"테러리스트?"

"아아, 아니. 아무것도 아니야."

나도 모르게 말실수를 하고 말았다.

"여차할 때에 활약한다는 수단은 아마도 통할 거다. 하지만 학원생활에서는 그럴 타이밍이 없어."

"미궁실습을 할 때라든가……."

키르가 말했다.

"애초에 우리가 여자애들과 함께 미궁에 갈 수 있다고 생각하는 거냐?"

가우디의 물음에 키르는 가만히 고개를 가로저었다.

"전제부터가 잘못됐군. 하지만 갭을 노리는 건 역시 괜찮다고 생각해. 그러니까 좀 더, 그, 다른 갭을 노리지 않을래?"

"다른 갭?"

"그래. 예를 들면……."

키르가 가슴을 폈다.

"모성에 호소하는 거다."

모성? 그건 무슨 말일까.

"우리는 모험가나 기사를 목표로 하고 있기 때문에 늘 믿음직스럽고 강한 존재가 되고자 하고 있지."

"음."

"자신들이 늘 의지하던 강인한 사내가 순간적으로 보이는 약한 모습— 그런 것에 여자들은 감동하지 않을까?"

"너, 천재구나?"

"훗. 나도 가끔 그렇게 생각해."

"즉, 우리가 여자들 앞에서 약점을 내보인다면……."

가우디가 눈을 크게 떴다.

"눈 깜짝할 사이에 인기인이 되는 거라고!"

"애초에 말이지."

보다 못한 나는 달아오르는 두 사람 사이에 끼어들었다.

"사람들이 늘 너희에게 의지를 하고 있긴 해?"

"……"

"……"

"아니, 거기서 침묵하지 말라고."

두 사람 모두 시선을 다른 곳으로 돌리는 것이, 뭐라고 할 말이 없는 모양이었다.

"약점을 내보인다는 발상은 나쁘지 않다고 생각한다만."

키르가 분하다는 듯이 주먹을 쥐고 이마를 가볍게 툭 쳤다.

"분명히 그렇긴 한데, 어떤 약점을 보여줄 건데?"

내가 그렇게 묻자, 키르는 그 자세 그대로 침묵해버렸다.

그리고 잠시 후, 이렇게 툭 중얼거렸다.

"난, 쓴 걸 싫어해."

"……약점인가?"

가우디가 시선으로 내게 물었다.

"약점이 아니야."

나는 고개를 저었다.

"그럼, 약점이란 게 대체 뭐냐고!"

키르가 화가 난 어조로 외쳤다. 나는 고개를 모로 꼬았다.

약점이라…….

"실은 심장질환을 앓고 있다든가, 최근 탈모가 신경 쓰인다든가, 친구가 없다든가. 뭐, 그런 것이려나?"

내가 말을 마치고 키르와 가우디에게 시선을 주자, 두 사람은 눈썹을 찌푸린 채 뭐라 표현하기 어려운 표정을 짓고 있었다.

“아니, 너, 그건 약점이라기보다…….”

“평범하게 심각한 고민이로군……. 너만 좋다면 상담에 응해주겠다만.”

“내 약점을 늘어놓은 게 아니야. 아니, 다 안다는 얼굴 하지 마!”

그렇게, 우리는 이러쿵저러쿵 약점에 대해 서로 이야기를 나누었다. 하지만, 결국 이렇다 할 만한 것은 나오지 않았다.

3

“애초에.”

나는 대화의 화제를 원점으로 되돌렸다.

남자 셋의 토론은 한창 열기를 띠고 있었다. 다들 숨은 거칠었고, 이마에는 희미하게 땀이 배어나와 있었다.

약점에 대해 이야기하고 있었을 터였던 화제는 점점 바뀌어서 『남자에게 강함이란 무엇인가』라는 대논쟁을 거쳐, 『강해지기 위해서는 평소에 무엇을 먹어야 하는가』라는 매일매일의 식사 이야기에까지 미치고, 끝내는 가우디가 던진 『여자의 치마 속은 보이지 않기 때문에 좋다』라는 논제에 의해 수습이 불가능하게 되었다.

“우리는 뭐에 대해 이야기하고 있었지?”

"아, 글쎄!"

키르가 카운터를 주먹으로 내리쳤다.

"치마 속에 있는 팬티를 보는 것! 남자에게 그 이상 즐거운 순간은 없다는 얘기를 하고 있었잖아! 바람 때문에! 계단 밑에서! 남자는 치마 속에서 꿈을 찾고 있단 말이다!"

"넌 뭘 모르는 남자로군!"

가우디가 그렇게 말하며 머리카락을 마구 휘저었다.

"치마가 바람에 흔들리는 건 정말 근사하다! 계단 위에서 바람에 휘날리는 치마를 올려다보는 순간에는 가슴이 고동치지! 허나, 치마 속이 보여서는 아무런 즐거움도 없어! 그건 단순한 팬티이지 않은가!"

"우리는 그 팬티를 보고 싶은 거잖아?!"

"그렇지 않아! 키르, 네 사상에는 전혀 찬동할 수가 없다……. 잘 들어라. 팬티가 보이는 때는, 그것은 바로 우리 남자들의 꿈이 깨어지는 때다. 그 한순간, 치마 속에 펼쳐졌던 우리의 무한하다고 할 수 있는 상상력이 팬티라는 천 쪼가리 하나로 수렴돼 버리는 거다. 생각해 봐라. 치마가 있는 한, 우리는 끝없이 기대할 수 있다. 어떤 색일까. 어떤 모양일까. 혹은 속바지를 입고 있을지도 모른다……. 이 각도에서 보일까. 혹은 기적처럼 바람이 불어올 수도……. 이렇게, 불과 몇 초 만에 우리는 끝없이 상상을 할 수 있는 거다. 그리고, 그 치마는 철벽방어를 유지한 채, 이른바 극한의 가능성을 품은 채로 지나가는 거지. 나는 치마 속을 보고 싶은 거지, 팬티 따위의 천 쪼가리는 보고 싶지 않아."

나는 헉 하고 숨을 들이켰다.

이 녀석…… 대체 무슨 소리를 하고 있는 거야? 어떻게 그런 진지한 얼굴로, 입가에 거품까지 물면서 뜨겁게 이야기할 수 있는 거지? 그렇다기보다, 치마와 팬티 이야기로 어떻게 그렇게까지 철학적인 사상에 다다를 수 있는 거야……? 정말이지 이해를 할 수 없군……. 하지만, 어째서일까. 왠지 모르게 가슴이 뜨거워진다……. 이건, 대체…….

"네가 하는 말은 무슨 소리인지 전혀 모르겠다."

키르가 고개를 흔들었다.

"하지만…… 너의 그 열의…… 정열…… 그것에 담긴 마음이…… 왠지는 모르겠지만, 내 가슴을 뜨겁게 한다……."

이렇게나 올곧은 감정을 접하는 건…… 오랜만이다. 평소에는 감추고 있던 뭔가를 자극한다. 마음에는 거짓말을 할 수 없어…….

"앗, 아니지. 언제까지고 이런 이야기를 하고 있을 수는 없지. 아, 그러니까, 맞다! 여자들에게 인기를 얻고 싶다는 얘기였지?"

"그런데 유우, 너는 어느 쪽이냐? 치마냐, 팬티냐?"

"나는 무릎 뒤쪽이려나……가 아니라, 무슨 말을 하게 하는 거야!"

"유우, 너……."

"넌……."

"살짝 질색하는 얼굴로 보지 마. 뭐야, 너희도 팬티에 대해 뜨겁게 이야기하고 있던 주제에 갑자기 냉정함을 되찾은 얼굴 하지 말라고!"

뭐야, 이 손바닥 뒤집는 것 같은 태도 변화는! 젠장, 남의 취향에 이러쿵저러쿵하지 말라고.

"뭐, 그런 건 차치하고. 인기가 있네 없네 하는 이야기로 돌아와서, 지금까지 추상적으로 이야기를 했지만, 애초에 너희, 누구에게 인기가 있으면 좋겠다든가 하는 그런 구체적인 건 정해져 있는 거야?"

내가 그렇게 묻자, 키르는 턱에 손을 갖다 대고 으으음 하고 신음했다.

"다시 말해, 좋아하는 녀석이 있느냐는 얘기인가!"

"그렇긴 한데, 갑자기 소리 지르지 마."

나는 무심코 어깨를 움찔 했다.

키르가 가우디에게 시선을 보내며 「너, 좋아하는 사람 있냐?」 하고 더듬거리듯이 물었다.

"뭐냐. 왜 나한테 묻는 거냐. 그런 건 일단 자신이 먼저 털어놓은 뒤에 묻는 것이라고 생각한다만. 참고로 나는 알렉시스를 좋아한다."

"엄청 순순히 대답해 주는구나……."

가우디는 뺨을 발갛게 물들이고 있었다. 여성이라면 귀엽다고 칭찬의 말이라도 한마디 할 수 있겠지만, 동년배의 통통한 사내자식이 뺨을 발갛게 물들이는 것을 봐봤자 전혀 즐겁지 않았다.

"아, 예예. 알렉시스란 말이지. 알지, 알아. 성격이 밝고 대화를 나누기 쉬운 데다, 귀엽기도 하지."

"맞아. 이런 내게도 웃으면서 인사를 해준다. 멋진 사람이야, 그녀는."

"그래서, 진심은?"

나는 가우디에게 물었다. 그러자 가우디는 즉각 이렇게 대답했다.

"가슴이 큰 게 죽여준다."

"이 쓰레기 돼지새끼……."

키르가 내뱉었다.

"너, 지금 그 말은 조금 불경한 것 같은데? 나, 귀족이라고?"

"키르는? 좋아하는 사람 있어?"

나는 가우디의 말을 무시했다.

"나는, 있지. 엘샤라는 아이가 조금 신경 쓰이고 있어."

키르도 무시했다.

"너희, 이렇게까지 귀족을 무시하다니 배짱이 좋구나……. 엘샤라면 마술사과(科)의 그 엘프 아이 맞지?"

"그래, 맞아. 매일 아침 연습을 하고 있는 모습에 감동을 받아서 말이지……. 게다가 때때로 짓는 미소가 또 참 좋아."
"그래서, 본심은?"
내 물음에 키르는 곧바로 대답했다.
"호리호리한 체구가 끝내준다. 납작 가슴에 엉덩이 형태가 죽여주지."
"그 저속함에 구역질이 난다, 이 우매한 평민 자식……."
가우디가 내뱉었다.
"뭐냐, 해보자는 거냐! 이 돼지 자식이! 확 고기로 만들어서 출하해버린다!"
"그래, 어디 한번 해보자, 이 평민놈아! 세율을 확 올려주마!"
두 사람은 서로를 노려보며 당장에라도 서로 치고받을 것 같은 분위기를 연출했다. 지금 이 순간, 그들보다 더 시시한 이유로 싸움을 하는 사람은 없을 것이 분명했다.
하지만, 내게는 그것보다 더 신경이 쓰이는 부분이 있었다.
그래, 내가 아는 사람 중에 마술학원에 다니며 심지어 동년배이기까지도 한 존재가 둘이나 있는 것이다. 나는 그것을 꼭 확인해보고 싶어졌다.
"그럼, 아이나레라라는 아이는 어때? 남자애들 사이에서 말이야."
"엉? 아는 사이냐?"
키르가 물었다.
"아니. 전혀. 그냥 이름만 아는 정도야."

아이나에게는 리나리아와의 일로 신세를 졌고, 그 뒤로 가게에도 자주 와 주게 되었지만, 물론 그 일은 비밀이었다.

"그 사람은 말이지……."

"으음, 꽤 지위가 있는 귀족이라서 말이지."

가우디가 말했다.

"쉽게 교류를 할 수 있는 상대가 아니라서, 그런 대상으로 여겨지고 있지는 않지. 귀족 남자들에게는 인기가 있지만, 그건 그녀 자신보다 그 가문이 더 매력적이라는 느낌이야."

흐음…… 그런 현실적인 이야기인 거야? 나는 나도 모르게 뺨을 실룩였다.

"성적은 물론 우수하고, 천구의회의 주최자이기도 해서 엄청 눈에 띄기는 하지만 말이지. 주변에는 늘 귀족들이 몰려 있어서 좀처럼 다가가기가 쉽지 않아."

가우디의 말에 키르가 고개를 끄덕였다.

"평민인 내 눈으로 볼 때에는 말을 거는 것도 무리일 거다. 『이 무례한 놈이!』라고 말할 것 같은 분위기를 두르고 있는걸."

"리나리아 씨가 수석이 됐을 때에는 무서웠지. 자신을 뛰어넘은 평민에게 화가 난 것이 아닐까, 라고 생각했는데."

"나도 그랬어. 하지만 왠지 요즘에는 같이 있는 모습을 자주 보지?"

"그래. 사이가 좋아진 걸까? 리나리아 씨, 고고한 늑대 같았는데……."

고고한 늑대…… 늑대?

"그 리나리아 씨라는 사람, 그렇게 고고했어?"

"그야, 뭐 말할 것도 없지!"

키르가 두 손을 들었다.

"역시 그, 귀엽게 생겼으니까, 남자들 사이에서는 자주 화제가 됐어. 작년에는 용기 있는 놈들이 빈번하게 말도 걸기도 하고 여러모로 행동에 나서 봤는데 말이지."

"……숭고한 희생이었지."

가우디가 기도를 올렸다.

그게 무슨 말이지?

"자신감이 지나치던 한 귀족 출신 선배가 약간 억지로 꼬셨던 모양이야. 그걸 당당하게 거절하는 바람에, 귀족의 긍지에 상처를 입었다느니 어쩌느니 하면서 결투 소동으로까지 번졌어."

"결투?"

"귀족들은 오래된 전통을 지키는 것을 좋아한다. 다시 말해, 모든 일을 결투로 결정하는 것도 무척 좋아한다는 거야."

가우디가 어깨를 움츠리며 말했다.

"그렇다고는 해도, 요즘에는 그렇게 마술지팡이와 검으로 결투를 벌이는 건 소수파다. 체스나 카드게임으로 결투를 하는 것이 주류지. 그쪽이 더 우아하기도 하고."

아니, 결국 결투는 하는 거냐…….

그렇게 딴지를 걸고 싶은 것은 일단 꾹 눌러 참고 뒷이야기를 재촉했다.

"그래서 어떻게 됐어?"

"그 선배도 나름 우수한 마술사였는데…… 뭐, 참 비참했다."

키르가 그렇게 말하면서 턱을 괴었다.

"이야, 그때에는 깜짝 놀랐어. 터무니없을 정도의 숙련된 마술로 그 선배를 가볍게 때려눕혔거든. 그 일이 있은 뒤부터였지? 모두가 리나리아 씨에게 한 수 접고 들어가게 된 것이. 다들 그녀를 부를 때 『씨』를 붙이잖아."

"아하, 그랬구나."

그 리나리아에게 그런 사건이 있었을 줄이야.

아직 직접 본 적이 없었기 때문에 나는 마술로 상대를 때려눕히는 광경이 얼마나 굉장한 것인지 전혀 알 수 없었다. 그랬지만, 어지간히 대단한 일인 모양이었다.

"그러니까, 뭐, 동경하는 녀석들은 많아도 연애 대상으로 보는 건 얘기가 좀 다를 거야. 성격도 깐깐해 보이고."

키르가 말했다.

"분명히 그렇지. 그 정도의 마술을 보고 나니 왠지 집에서도 꽉 잡혀 살 것 같다. 새침할 것 같기도 하고."

그렇게 가우디가 덧붙였다.

"그거, 본인 앞에서 말하면 얻어맞을 거다."

"엑?!"

어이쿠. 무심코 본심이 새어나오고 말았다.

"아무것도 아니야. 아니, 옆에서 보기에는 그렇게 보일지도 모르지만, 그래 봬도 상냥하고 또 노력파인 구석도 있어."

"……리나리아 씨를 아는구나?"

키르가 나를 추궁했다.

"아니. 전혀. 본 적도 없어."

"하지만 엄청 구체적으로 말하는데……."

"얘기를 들은 것만으로도 대개 알 수 있어. 그, 왜, 난 카페의 마스터잖아."

"진짜냐. 굉장한걸, 마스터."

"카페의 마스터에게는 그런 능력도 요구되는 거냐."

두 사람 모두 감탄한 눈으로 나를 쳐다보았다.

"……그런데, 우리 무슨 얘기를 하고 있었지?"

나는 다시 한 번 화제를 원래대로 되돌렸다. 그러자, 가우디가 퍼뜩 정신이 든 얼굴로 표정을 다잡았다.

"맞다. 우리는 여자에게 인기가 있고 싶었다."

"이야기가 꽤나 다른 데로 빠졌군. 어, 음. 그 외에 인기를 얻을 수 있는 다른 방법이라든가, 뭐 그런 건 없냐?"

키르가 한숨 섞인 어조로 말했다. 어떻게 해야 인기가 있을지에 대해 아직까지도 좋은 방법은 나오지 않았다. 그러다 보니 역시나 슬슬 지친 모양이었다.

"아아. 그러고 보니까…… 어디선가 들은 적이 있는데, 여성은 남자가 늘어놓는 꿈이나 목표에 큰 감동을 받는다고 하더군."

"호오……."

가우디의 말에 키르가 몸을 앞으로 쑥 내밀었다.

"그럼, 우리도 꿈이나 목표를 이야기하면 매력이 올라가지 않을까?"

"글쎄. 말하는 것뿐이라면 누구라도 할 수 있잖아?"

키르의 옆에서 나는 그렇게 대꾸했다. 그러자 가우디가 흥 하고 콧김을 세게 내뿜었다.

"안이하군. 너무나도 안이해. 잘 생각해 봐라. 장래를 바라보며 미래에 대해 이야기하는 남자와, 과거를 반복해서 자랑하는 남자. 어느 쪽이 더 매력적일 것 같나?"

"그건, 미래에 대해 말하는 쪽이려나?"

"그래! 바로 그런 거다!"

그렇게 힘차게 딱 잘라 말하는 것을 듣자, 나도 왠지 그런 것 같은 기분이 드는 것이 참 신기했다. 그런가. 장래인가.

"어떠냐, 키르. 네 목표는 무엇이냐!"

가우디가 카운터를 탁탁 내리쳤다.

"나는 물론 초일류 모험가가 되는 거다. 나는 모험가로서 이름을 날릴 거야."

키르의 목소리에 담긴 그 진지함에 나는 순간 숨을 삼켰다. 지금까지 까불던 태도가 아니었다. 입가에 미소를 띠고 있었지만, 그 눈빛은 날카로웠다.

"가우디. 넌 어떠냐?"

"나 말이냐? 가능하다면 재학 중에 학위를 따서 추천을 받아 연구직으로 나아가고 싶다."

"역시 그런 거냐? 모처럼 검 실력을 갖고 있는데 아깝군."

"어릴 때부터 가정교사가 붙어 있었으니까 말이지. 하지만, 이 정도로는 본업인 사람들에게 통하지 않는다는 건 잘 알아."

지금은 어디어디의 모험가가 유명하다느니, 이런 연구를 하고 싶다느니, 내년에 있을 무술대회는 어떨 것이라느니, 두 사람은 그런 것에 대해 이야기를 하기 시작했다. 그것은 미래의 이야기였다. 꿈이라든가 목표로 이어지는 것들이었다. 두 사람의 눈빛은 뜨거워서, 방금 전까지의 까불대던 표정과는 확연히 달랐다.

나는 카운터 너머에서 그 모습을 바라보았다. 카운터를 기준으로 이쪽과 저쪽 사이에 명확한 칸막이가 만들어진 것 같았다.

장래. 꿈. 목표.

지금까지 생각해 본 적도 없는 단어들이 내 눈앞에 굴러다니고 있었다. 그것은 마치 형태를 갖추지 않은, 답답한 검은 안개가 내 눈앞을 둘러싸고 있는 것 같았다.

나는 대학에 진학할 생각이었다. 하고 싶은 일은 찾지 못했지만, 대학을 다니는 동안 찾으면 될 것이라고 어렴풋하게 생각하고 있었다. 모라토리엄[#1]을 기대하며, 자신의 장래에 대해 생각한 적이 없던 것이다. 이렇다 할 재능이 있는 것도 아니었고, 어릴 때부터 좋아했던 일이 있는 것도 아니었다.

그리고 지금, 나는 상황에 떠밀리는 형태로 카페를 운영하고 있었다. 하지만 이것은 내 꿈이 이루어진 것이 아니었다. 내가 나 자신을 지키기 위해, 도망칠 장소로서 만든 작은 요새에 지나지 않았다.

"유우. 네 꿈은 뭐냐?"

"젊은 나이에 이렇게 가게를 갖고 있잖아. 이미 훌륭하게 이룬 것 아닌가?"

키르와 가우디가 나를 쳐다보았다. 미래를 상상하는 두 사람의 표정은 밝았다.

"꿈인가. 생각해 본 적도 없어."

나는 미소를 지어보이며 대답했다.

—나는, 이 세계에서 꿈을 찾아야 하는 것일까?

#1 모라토리엄 원래는 『지불유예기간』을 의미하는 경제용어. 학교를 졸업해도 취업하지 않고 조금이라도 사회에 나가는 것을 연기하고자 하는 젊은이들의 심리상태나 특유의 경향을 말한다.

4

계절은 빠르게 흘러, 저녁이 되어도 여전히 노을빛이 도시를 비추었다. 밤은 점점 짧아졌고, 이윽고 푸른 하늘과 이글이글 피부를 태우는 강렬한 햇살이 찾아와 이 도시도 여름을 맞이하리라.

도어벨이 울렸다.

석양보다도 한층 더 깊은 색을 띤 긴 머리카락은 뒤에서 하나로 높이 올려 묶어져 있었다. 언제나처럼 마술학원의 교복차림으로, 하지만 이전보다는 훨씬 가벼운 복장으로 들어온 이는 물론 리나리아였다.

"여, 리나리아. 어서와."

"응."

리나리아는 내게 가볍게 손을 들어 보이더니 그대로 늘 앉는 카운터석에 앉았다. 나는 카페오레를 끓일 준비를 했다.

딱히 대화다운 대화를 나누는 것은 아니었지만, 그렇다고 거북한 분위기인 것도 아니었다. 나와 리나리아에게는 이걸로도 문제가 없는 것이다. 마음 편한 침묵이라고 해야 할까.

사이폰 안에서는 더운 물이 끓어서 보글보글 거품을 만들어 내고 있었다. 나는 그 거품을 바라보며, 키르와 가우디와 나누었던 얘기를 생각해냈다.

"그러고 보니, 리나리아는 마술을 쓸 수 있지?"

창밖을 바라보던 리나리아가 내게로 얼굴을 향했다.

"뭐야, 갑자기. 그야, 쓸 수 있긴 한데."

"어떤 걸 쓸 수 있어? 불을 내뿜는다든가, 주위를 모조리 얼려버린다든가 그런 거?"

내가 떠올린 것은 유명한 판타지 게임의 영상이었다. 그리고 그밖에 세계적으로 대히트를 친 마법사 영화의 영상도 살짝 섞였다.

"뭐, 대부분 그런 느낌이야. 그 외에 신체능력을 향상시키거나 상처를 낫게 하는 것도 있지만."

"그럼 역시, 그것도, 있어?"

나는 두근거리는 가슴을 안고 물었다.

"그거?"

리나리아가 고개를 갸웃했다.

"그거 말이야, 그거. 왜, 마술에서 빠뜨릴 수 없는, 남자의 마음을 들썩이게 하는 그거."

"그러니까 뭐냐고, 그게."

다 알면서!

"영창이라든가, 주문 말이야!"

"뭐어?"

마술, 마법, 필살기……. 무릇 그 모든 것에 존재하는 빼놓을 수 없는 전(前) 단계. 고풍스러운 언어나 어렵고 에두른 표현으로 구성되는 이 문장의 나열은, 신기하게도 우리의 마음을 뜨겁게 했다.

"이렇게 지팡이를 쥐고, 뭐라 뭐라 말하잖아. 멋있는 말을."

"왜 그렇게 즐거운 것 같은지 난 잘 모르겠는데."

"그렇게 재도 소용없어! 조금만 보여주지 않을래? 조금, 아주 조금이라도 괜찮으니까."

하지만 리나리아는 「후우」 하고 한숨을 쉴 뿐이었다.

"없어."

"어?"

"그러니까, 없다고. 영창."

"……없어? 마술인데?"

"그야, 뭐, 마술의 여명기부터 질럿의 시대까지는 있었고, 연구도 되었지만, 지금은 없어."

"왜 없어진 거야?"

"그게, 없는 편이 더 편리하잖아? 발동시키는 시간도 단축되고, 영창을 조금 틀린 정도로 발동하지 않는 마술 따위 신뢰할 수 없으니까."

엄청나게 합리적인 이유였다.

분명히, 분명히 편리하긴 하겠지만…….

"그런가…… 없구나, 영창……."

"그렇게까지 의기소침해하면 오히려 이쪽이 더 당황스러운데? 뭐야. 영창이 그렇게 중요해?"

리나리아가 어처구니가 없다는 기색으로 물었다.

"아니, 괜찮아. 마술…… 이젠 됐어."

"진짜, 뭐야……."

지금도 잘 모르는 이 세계에 온 뒤로 나는 줄곧 반쯤 겉돌며 살아왔다. 원래 세계에서 가족이 운영하던 카페를 흉내 내어 이 가게를 만들고 여기에 틀어박혀, 그렇게 타협을 하며 살고 있었다.

그랬던 것이 리나리아와 만나고, 많은 손님들이 오게 되면서 겨우 가게 밖으로 시선을 줄 수 있는 여유가 생긴 것 같았다.

마술이라는 꿈과도 같은 기술이 바로 가까이에 있는데도 내가 그것에 흥미를 가진 것은 오늘이 처음이었다. 그 사실에 나 스스로도 놀랐다.

그러나 영창이 존재하지 않는다는, 꿈이 없다는 결론에 다다르리라고는 생각해보지도 않았다. 그것도 「사용할 때 불편하니까」라는, 지극히 합리적인 이유 때문에 말이다.

지금까지 이세계라는 이유만으로 녹아들기를 주저했는데, 그런 점 하나만으로도 친근감이 느껴지니 신기한 일이었다. 마술이라고 해도 사용하는 것은 사람이었고, 그 사람들은 나와 무엇 하나 다르지 않았다.

그렇게 생각할 수 있게 된 것도 최근의 일이었다.

나는 내 눈앞에 앉아있는 리나리아를 바라보았다.

키르와 가우디가 말한 「귀엽다」라는 표현대로, 리나리아는 눈을 크게 뜰 정도로 귀여웠다. 피부는 하얬고, 아몬드형의 눈동자는 보석처럼 깊은 색을 띠고 있었다.

"……이번엔 또 뭐야. 왜 그렇게 보는 거야?"

"괜찮아. 좋게 잘 얘기해 놓았으니까 금방 괜찮은 사람을 찾을 거야."

내 말에 리나리아가 이마를 짚으며 어깨를 툭 늘어뜨렸다. 그녀는「진짜, 무슨 얘기를 하는지 모르겠어」라고 중얼거렸다.

나는 추출이 끝난 커피를 잔에 옮겨 담고 데운 우유를 부었다. 거기에 설탕을 듬뿍 넣으면, 리나리아 전용 카페오레 완성이었다.

리나리아가 그것을 절반 정도 마셨을 때였을까. 나는 불현듯 리나리아에게 물어보고 싶어졌다.

"있지, 리나리아. 리나리아는 꿈이 있어?"

내 물음에 리나리아는 얼굴을 들고 어리둥절한 표정으로 나를 바라보았다.

"갑작스러운 질문이네."

"응. 갑자기 궁금해졌어."

"꿈이 궁금해진 거야?"

"목표라도 괜찮아."

리나리나는 턱을 괴며 내게서 시선을 돌렸다.

"없지는 않은……데……."

"않은데?"

"창피하니까 말하지 않을래. 분명 웃을 거야."

"그러니까 더 궁금해지는데."

"신경 쓰지 마."

그런 말을 듣고 신경이 쓰이지 않을 사람이 과연 있을 것인가. 아니, 없었다.

나는 잠시 동안 끈질기게 리나리아를 물고 늘어졌다. 하지만 결국 리나리아의 꿈을 알아낼 수는 없었다.

"아아, 진짜, 성가시네! 그러는 네 꿈은 뭔데!"

마침내 리나리아가 고운 눈썹을 곤두세운 채 내게 손가락을 들이댔다.

"……뭐, 그건 일단 제쳐두고."

"얘기를 딴 데로 돌리지 마."

나는 어깨를 움츠렸다. 꿈인가. 내 꿈은 과연 뭘까. 리나리아의 꿈도 참고 삼아 듣고 싶었지만……. 다들, 있는 것일까. 꿈이라든가, 목표라든가 하는 것이…….

내 꿈에 대해서 이야기할 수 있는 것은 아무것도 없었다. 그랬기에, 나는 어떻게든 화제를 돌리려고 다른 화젯거리를 찾았고, 마침 딱 좋은 것을 기억해 냈다.

"있지, 어떻게 하면 인기를 얻을 수 있을까?"

3. 외로움쟁이 폰

할아버지는 예스러운 표현을 쓰는 것을 좋아하셨다. 옛날 사람들이 남긴 말 속에는 매우 심오한 내용이 있어서, 인생에서 방향을 잡지 못할 때의 지침이 되어 준다든가, 사람은 어떻게 살아야 하는지 그런 것들을 배울 수 있다고 평소에도 이야기를 하시곤 했다.

물론, 할아버지의 말 전부를 떠올리는 것은 불가능하다. 어릴 적의 내게는 너무 어려운 내용이라서 무슨 얘기를 하시는지 전혀 이해할 수가 없었고, 또 그런 말은 까딱하면 설교처럼 들리는 법이었다. 자고로 설교라는 것은 학생이 싫어하는 것 순위에서 부동의 3위를 지키고 있다. 고마운 마음으로 얌전히 귀를 기울일 수는 없는 것이다.

그러나 그중 몇 개는 지금도 암송할 수 있다. 그것은 할아버지가 좋아하시는 말이었기에 몇 번이나 반복해 들으면서 성장했기 때문이리라. 서당개 삼년이면 풍월을 읊는다는 정도는 아니지만, 약간의 잡다한 지식과 함께 누군가에게 들려주는 정도는 할 수 있다.

예를 들면, 소인한거위불선(小人閑居爲不善)이라는 말이 있다.

소인(小人)이란 육체적인 크기의 의미가 아니라 그릇이 작다는 의미이고, 한거(閑居)란 여기서는 혼자서 어슬렁어슬렁 한가로이 지낸다는 의미이다.

즉, 『보잘 것 없는 인간이 한가로이 혼자 있으면 좋지 못한 일을 저지른다』라는 뜻인 셈이다.

사람은 시시한 것에 정신을 팔 여유도 없을 정도로 바쁜 편이 좋다고 받아들여야 하는 것일까, 아니면 한가로이 있을 때에도 옳은 일을 하는 인간이 되고자 정진해야 하는 것일까. 꽤나 고민스러운 말이다.

확실히, 나 또한 혼자 있고, 그리고 할 일이 없을 때 딱히 남들에게 자랑할 수 있을 만한 그런 일을 한 기억은 없다.

할아버지의 그 말씀을 어딘가에 기억하고 있었기 때문에 나는 이 세계에 온 뒤로 되도록 바쁘게 지내고 있던 것일지도 모른다. 무엇을 하면 좋을지도 알 수 없는 이런 세계에서, 나는 한가해도 나쁜 짓을 저지르지는 않을 것이라고 가슴을 펴고 말할 자신은 없던 것이다.

하지만 최근에는 다소 차분한 나날을 보내고 있다.

손님이 오지 않아서 한가하다, 라고는 말하고 싶지 않다. 어디까지나 이것은 『차분한 것』으로, 더 나아가 말한다면 『평온한』 나날이었다.

그중에는 개점을 해도 손님이 한 명도 오지 않는 날도 있어서, 그럴 때에는 나도 좋지 못한 일을 저지르고 싶어진다.

"엿차~! 이걸로 나이트는 이 노구가 먹는 겐가."

아직 영업시간임에는 변함이 없지만, 나는 고르 할아버지와 체스 삼매경에 빠졌다. 테이블석에 자리를 잡고, 앞에는 제대로 체스판까지 펼쳐놓고 있다.

이 세계는 이세계(異世界)였다. 일본이라는 나라는 물론, 내가 아는 그 어떤 나라의 이름도 이 세계에는 존재하지 않을 것이다. 하지만 묘하게, 신기하게도 내게 친숙한 것들이 드문드문 존재하고 있었다.

식문화는 크게 다르지 않았고, 옷도 이상야릇하지 않았다. 그래서 나는 어쩌면 아주 오래 전에 나와 같은 세계에서 온 사람이 있는 게 아닐까, 그렇게 생각하고 있다. 그렇지 않고서야 납득이 되지 않았다. 애석한 것은 그 점에 대해 내가 확인할 수단이 없다는 것일까.

그건 차치하고, 체스다.

길게 뻗은 하얀 수염을 매만지는 고르 할아버지를 앞에 두고 나는 체스판을 바라보았다.

분명 고르 할아버지의 말대로, 내 나이트는 고르 할아버지에게 거저 넘어가게 될 것이다. 그렇다고 눈앞의 위험을 회피하기 위해 나이트를 움직이면, 교묘하게 퀸을 빼앗길 터였다. 어느 쪽이 됐든 나이트나 퀸 둘 중 하나를 포기해야만 했다.

상급자끼리의 게임이라면 폰 하나의 우위로도 승패가 결

정되는 일조차 있건만, 이건 뼈아픈 실수였다. 이것으로 고르 할아버지의 승리는 확정이겠지……라고, 고르 할아버지가 생각해 주지는 않을까. 생각해 주지는 않겠지.

나는 힐끗 고르 할아버지의 상태를 살폈다. 고르 할아버지는 쭈글쭈글한 얼굴로 히죽히죽 웃으며 나를 바라볼 뿐이었다.

여기서 나이트의 희생은 내게는 이미 예정된 일이었다. 내 나이트를 포획하기 위해 고르 할아버지는 룩을 움직여야만 했다.

내 나이트를 놓치면 그 말은 고르 할아버지의 백진 깊숙이 파고들게 된다. 즉, 고르 할아버지가 나이트를 잡는 것은 반쯤 강제수였다. 룩이 없어지면, 그렇게 열린 길이 내 공격 루트가 될 것이다.

지금까지는 상대의 수를 살피는 평온한 초반전이었지만, 이제부터는 킹 사이드에서 기물의 교환이 이루어질 것이다. 예정대로 진행된다면, 내 우위로 끝날 터이긴 한데…….

"홋홋홋."

허투루 볼 수 없단 말이지. 이상한 소리를 내며 웃고 있기도 하고.

체스는 전 세계에서 널리 즐기는 게임이었다. 그러나 이 세계에서는 그것보다는 좀 더 좁게 즐기는 것인 모양인지, 귀족이나 부자들의 오락이라는 느낌이 강했다.

원래 세계에서는 전 세계에 몇 억 명이라는 규모로 체스 기사가 있었다. 그러나 일본에서는 매우 마이너한 게임으로, 바둑이나 장기와 비교하면 경기 인원은 훨씬 적었다.

내 경우에는 할아버지의 카페에 자주 오는 손님인, 근처 두부가게 겐 씨 아저씨에게 배웠다. 겐 씨 아저씨는 소싯적에 전 세계를 여행했는데, 체스를 통해 각지에서 많은 사람들과 교류를 했다고 했다. 현지대회에서 우승을 걸고 뜨거운 승부를 펼친 적도 있다고 했었나…….

그런 겐 씨 아저씨에게 철저하게 가르침을 받은 덕분에 나는 나름대로 실력이 있다고 뽐낼 수 있는 수준까지 되었다.

하지만 슬픈 것은 그 마이너한 현황이었다.

학교에서 친구들에게 자랑해봤자, 「체스? 두는 법 몰라」라고 말하는 지경이었다.

바둑이나 장기는 텔레비전에서 대국을 방송하기도 하고, 그 와중에 유명한 기사라도 나오면 화제가 되기도 했다. 그러나 체스는 화제조차 되지 않았다. 일본에서는 슬픈 입지에 서 있는 게임이었던 것이다.

체스란 고도의 심리전이기도 했다. 상대의 노림수, 이상, 약점. 그것들을 읽어내 상상의 세계에서 재현한다. 그리고 그 다음에 실행하는 것은 그것들을 배신하는 것이었다.

고르 할아버지의 얼굴을 살피면서 나는 그 속을 재질 못하고 있다.

이 노인네, 심리전에 아주 능했던 것이다. 표정에서는 생각 따위를 읽을 수가 없었으며, 읽으려고 하면 할수록 출구가 없는 미궁을 헤매는 것 같은 기분이 들었다.

사실은 망설이면 안 됐다.

국면분석은 끝났고, 계획도 세웠다. 그리고 그 전략의 스타트도 끊었다. 지금 해야 할 일은 망설이는 것이 아니라, 누가 뭐래도 계획을 실행해 가능한 한 최선에 가까이 다가가는 일이었다. 이상대로 게임이 굴러가는 것은 체스에서는 좀처럼 없는 일이다. 가능한 범위 내에서 타협을 할 필요가 있었다. 빠른 단계에서 타협을 해서 계획을 불완전한 상태로 이행할 것인가, 욕심을 부려 말을 적진 깊숙이 들여보내 자멸할 것인가. 그 아슬아슬한 선을 결정하는 것도 체스의 어려운 부분 중 하나였다.

무엇보다도, 고르 할아버지를 얕볼 수 없는 커다란 이유가 하나 있었다.

왜냐하면 이 노인네, 때때로 터무니없는 수를 둘 때가 있는 것이다. 내 속셈을 완전히 다 꿰뚫어본 것 같은, 내 계획을 단숨에 뭉개버릴 것만 같은 최선수를 딱 이때다 싶을 때 내놓곤 했다. 마치 미래라도 보고 있는 것이 아닐까 의심하고 싶어질 정도였다.

내가 「음음……」 하고 신음하자, 고르 할아버지가 즐거운 듯이 말했다.

"좋다, 좋아. 충분히 고민하거라, 젊은이여. 고민은 사람의 마음을 키우니까 말이지. 홋홋홋."

방심할 수 없다. 정말 방심할 수가 없어, 이 노인네.

하는 말은 지당했지만, 그 눈과 얼굴이 나를 도발하고 있었다.

좋아요, 좋아. 알았다고요. 말을 모조리 빼앗아 드리죠. 반드시 이겨서 웃어 주겠어.

단호하게 결심을 한 나는 비숍을 움직였다. 나이트를 버리고 공격해 들어가는 수였다. 잘만 된다면 이 한 수가 뒤에 가서 큰 역할을 하게 될 터였다.

"호오!"

언뜻 보기에는 별로 특별하지 않은 수였다. 하지만 고르 할아버지는 내가 그 수에 맡긴 노림수를 꿰뚫어본 것처럼 호들갑스러운 소리를 냈다.

아아, 진짜. 그것만으로도 충분히 불길한 예감이 들었다. 아니, 잠깐만. 혹시 이것도 나를 동요시키기 위한 작전인가? 아, 안 돼. 생각하지 마. 이 사람을 상대로 심리전을 벌이는 것은 무모한 짓이었다. 표정을 보이지 않고, 체스판 위에서만 싸워야 했다.

"과연, 역시나로구만……. 이래서 내가 유우의 상대를 그만두지 못하는 게다."

고르 할아버지는 멋진 수염을 어루만지며 체스판을 내려

다보았다.

"자, 어디어디, 어떻게 해야 하나."

그 어조도 얼굴도 마치 이웃에 사는 평범한 할아버지 같았다. 하지만 그 눈만큼은 형형하게 빛나고 있었다. 자신의 경험과 직감에 의지해 모든 것을 내다보는 눈이기도 했으며, 빛나는 것을 앞에 둔 아이와도 같은 눈동자이기도 했다.

적어도 평범한 노인네가 갖는 눈은 아니었다. 모험가이자 이 세계에서 나를 보호해줬던 할아버지나 마피아 보스인 코르레오네 씨의 눈. 그런 일류라고 불리는 사람만이 갖는, 강한 힘을 가진 눈이었다.

"호잇."

고르 할아버지가 룩을 움직여 나이트를 잡았다.

그에 따라 고르 할아버지의 진지 깊숙한 곳까지 열린 길을 확보하기 위해, 나는 당연히 룩을 움직……이기 전에, 폰을 집었다.

그 수가 의외였던 것일까, 고르 할아버지는 잠시 생각에 잠긴 모습을 보였다. 그 사이, 내 무료함을 달래주려는 것처럼 고르 할아버지가 잡담을 꺼냈다.

"그런데 유우여, 체스는 어디서 배웠는고?"

"예, 뭐, 옛날에 알던 분한테요."

"그래. 옛날에 알던 사람이란 말이지. 어지간히 실력이 좋은 사람이었나 보구나."

"아시겠어요?"

신기하게 생각된 나는 그렇게 물었다. 그러자 고르 할아버지가 수염을 훑으면서 윙크를 해 보였다.

"유우가 이렇게나 깔끔하고 세련된 전술을 구사하고 있지 않느냐. 가르침이 좋았다는 것을 잘 알 수 있다. 게다가, 내가 처음 보는 수도 많다. 그런데 그것이 또 신기하게도 강해. 나는 그것이 즐거워서 참을 수가 없다."

그것도 그렇겠지. 나는 마른웃음을 흘렸다.

체스나 장기에서는 몇 년에 걸쳐 다양한 연구가 진행된다. 어떤 상황에서 어떤 수를 쓰면 가장 우위에 설 수 있는가. 그런 것들이 조금씩 쌓여 이윽고 정석이라 불리는 것이 된다.

가벼운 마음으로 쓰고 있지만, 정석이란 일류 기사들의 지혜의 결정을 시간을 들여 갈고닦은 보석과도 같은 것이었다.

이 세계의 체스는 원래 세계의 것만큼 발전하지 않았다. 정석은 낡았고, 전법도 전시대적이었다. 그런 타이밍에 몇십 년이나 앞선, 세련된 전법을 들고 나온다면 그야 이상하다고 생각되기도 할 것이다.

"체스는 귀족의 유희라고 불리고 있다만, 그 말은 철회해야할 게다."

고르 할아버지가 우스꽝스럽다는 듯이 눈을 가늘게 뜨며 말했다.

"귀족도 아닌 유우가 이렇게 젊은 나이에 이렇게나 훌륭하게 말을 다루고 있으니, 더는 귀족이니 뭐니 젠체하지는 못할 게다."

아하하. 그렇게 크게 소리 내어 웃을 수 있으면 좋겠지만 나는 무척이나 마음이 불편했다.

나는 내 재능이라기보다는 선인들의 지혜를 빌리고 있는 것뿐이었다. 실제로 정석이라는 커다란 우위를 갖고 있으면서도 나는 고르 할아버지를 승률에서 앞서지 못했다. 초반에는 괜찮아도 중반부터 마술사와도 같은 전투 스타일에 농락당하는 일도 많았던 것이다. 연륜이라는 것일까.

고르 할아버지가 손을 뻗어 말을 잡았다. 체스의 말 중 가장 강력한 말인 퀸이 전장에 들어섰다. 그것은 예상했던 수였긴 했지만, 너무 예상대로 굴러간 수였다.

몇 번을 생각해도, 내게는 이 수에 대한 최선수가 훤히 보였다. 말을 하나씩 주거니 받거니 하다가 결과적으로 단순화될 터인 국면은 내게 유리했다.

그 정도는 고르 할아버지가 다 읽어내지 못했을 리가 없었다.

즉, 이 앞에 뭔가가 준비되어 있는 것이겠지. 그리고 나는 그 수를 완전히 파악하지 못하고 있었다. 상대의 노림수를 알지 못하는 상황에서는 정석도 아무 쓸모가 없다. 결국에는 자신의 힘에 의지하는 수밖에 없다.

재미없군. 이유는 알 수 없었지만 그런 생각이 들었다.

고르 할아버지가 기다리고 있는 상황으로 전개되는 것도, 당장 눈앞의 상황에만 최선인 수를 선택하는 일도……. 그렇게, 늘 최선이라 여겨지는 수를 선택한다면 그야 승부에서는 이길 수 있을 것이다. 하지만 그렇게 되면 인간은 컴퓨터와 무엇 하나 다를 바가 없게 된다.

체스는 승리만을 추구해서는 안 되었다. 즐겁게 두며, 상대와 말을 나누고, 체스판 위에서 아름다움을 찾아내야 했다. 체스라는 것은 결국에는 유희였다. 즐겨야 비로소 의미가 있었고, 놀아야 비로소 의미가 있었으며, 자유로워야 비로소 의미가 있었다. 반드시 이겨야만 하지 않는 이상, 최선 수만이 모든 것은 아니었다.

그런 연유로, 나는 최선을 무시했다. 움직인 말은 나이트로, 그것은 자유분방한 수였다. 정석도 뭣도 관계없었고, 아무런 확증도 없는 그저 직감으로 움직인 수였다.

이걸로 기껏 내가 쌓아올린 예측이나 작전에서는 벗어나 버렸다. 하지만 그것이 왜인지 상쾌했다.

"홋홋홋. 좋구나. 이건 좋아. 이것이야말로 젊음의 가능성이니라."

"왜 그렇게 즐거워하세요?"

"아니, 나 같은 늙은이의 예상이 벗어나는 것이 무엇보다도 즐거우니라."

그렇지 않아도 주름투성이의 얼굴을 한층 더 쭈글쭈글하

게 만들며, 고르 할아버지는 정말로 즐겁다는 듯이 웃고 있었다.

노인들의 생각은 잘 알 수 없었지만, 즐겁다면야 뭐 좋지 않을까, 라고 생각한다. 나만 끌고 들어가지 않는다면.

이번에도 숙고를 하려나. 그렇게 생각했는데 고르 할아버지는 마음 편한 기색으로 말을 움직였다.

그에 맞추듯이 나도 거의 시간을 두지 않고 손을 움직였다.

사려 깊게 서로의 수를 읽던 초반과는 180도 달라져서, 우리는 속도를 경쟁하듯이 말을 움직였다. 쑥쑥 말이 나아가는 광경은 꽤나 호쾌했다.

서로 주고받는 말은 없었다.

그럴 필요가 없다고 해도 좋았다. 나와 고르 할아버지는 뭔가에 사양하지도 않고, 그저 이기기 위해 머리를 굴리는 일도 없이 우리가 지금 이 순간을 즐기고 있다는 사실을 서로 이해하고 있었다. 그리고 끝이 찾아왔다.

이번의 승자는 나였다.

"흠흠. 지고 말았구나."

고르 할아버지가 어딘가 기뻐하는 기색으로 웃었다.

"아란 녀석이 죽어버렸을 때, 이걸로 체스를 둘 상대가 없어졌다고 낙담을 했다만…… 유우의 앞날을 생각하면 아직은 죽을 수가 없구나. 체스도 포함해서 말이다."

"뭘 기대하고 계신지 모르겠지만, 평범한 앞날일 거라고 생각해요. 체스도 포함해서요."

나는 딱 잘라 그렇게 말했다. 그러자 고르 할아버지는 푹푹푹 하고 웃었다. 아무래도 좋은 일이었지만, 웃음소리의 종류가 너무 다양한 것이 아닐까.

"너, 고생할 게다."

고르 할아버지가 확신에 가득 찬 얼굴로 그렇게 말했다.

"……이미 충분히 고생하고 있습니다."

나는 깊이 탄식했다. 그런 내 모습에 아랑곳하지 않고 고르 할아버지는 웃었다. 그런 뒤, 「자, 내가 졌으니 말이다」라며 간계를 꾸미는 것 같은 얼굴로 뭔가를 생각하기 시작했다. 아, 큰일 났다. 노인네의 이 얼굴에서는 불길한 예감밖에 안 들어……!

그리고, 그런 나의 불길한 예감은 늘 잘 맞아떨어졌다.

고르 할아버지가 일부러 그러는 것처럼 탁 하고 두 손을 마주치고는 히죽 웃었다.

"내 손녀를 약혼자 삼는 것은 어떠하냐? 정말이지 귀엽고 착한 아이니라."

"결국 노망이 난 건가, 이 빌어먹을 노인네."

……어이쿠. 나도 모르게 진심이 흘러나왔네. 위험해라, 위험해.

나는 슥 하고 이마의 땀을 훔치는 포즈를 취했다.

"애초에, 할아버지의 손녀는…… 분명 아직 열한 살이었지 않나요?"

언젠가 들었던 잡담을 떠올리며 나는 그렇게 말했다. 그러나 고르 할아버지는 「뭘 그런 것을 신경 쓰는 게냐?」라는 얼굴로 말을 계속 했다.

"뭐, 앞으로 5년만 더 지나면 뛰어난 미인이 될 게다. 뭣보다, 이 나의 손녀이니 말이다."

"그런 문제가 아니에요. 저는 자유연애를 추천합니다."

"걱정할 것 없느니. 유우의 매력으로 맥을 못 추게 하면 그것이 곧 자유연애이니라. 음."

"대체 머릿속이 어떻게 되어 있으신 건가요……."

"칵칵칵! 그런 말 많이 듣는다!"

아아, 진짜! 틀렸어! 이 사람은 틀렸어! 성격부터가 글러먹었어!

나는 무심코 멍하니 허공을 바라봤다. 하지만 그것도 어쩔 수 없으리라. 누가 나 좀 도와줘. 알았어, 알았어요. 당신은 상대해 봤자 소용없다는 걸 잘 알았어요.

나는 크게 숨을 토해냈다. 그러다 문득, 생각나는 것이 있었다.

"고르 할아버지는 꿈이라든가 그런 게 있으세요?"

"호? 뭐냐, 갑작스럽구나."

"요즘 좀 신경이 쓰여서요."

자기 좋을 대로 살아가는 것처럼 보이는 글러먹은 노인네

이긴 하지만, 이래 봬도 아마 어딘가의 높으신 분일 터였다. 고르 할아버지에게도 꿈이라든가 목표가 있을까.

"꿈이라……."

고르 할아버지가 고개를 모로 꼬았다.

"나는 곧 죽을 거라 말이다."

"하나도 안 웃겨요, 그거."

고르 할아버지 나름대로의 농담이겠지만, 나이가 나이인 것이다. 나는 입가를 실룩거렸다.

그런 내 모습에 고르 할아버지가 유쾌하다는 듯이 소리를 내 웃었다.

"젊었을 적에는 이것저것 꿈을 많이 꿨다만, 이 나이가 되니 그런 것도 없어져서 말이다."

"하아, 그런가요."

"꿈을 꾸기보다는 꿈을 맡기게 되지."

고르 할아버지는 이를 드러내며 씨익 미소를 지었다.

"나이를 먹은 자는 유우, 너같이 젊은 아이들을 통해 자신의 인생을 다시 되돌아볼 수 있느니라. 그것만으로도 충분히 꿈을 꾸지. 좀 더 욕심을 부린다면 자신의 피를 이은 아이들이 행복하게 살아주는 것. 그것이 지금의 내 꿈일까."

과연. 나는 고개를 끄덕였다. 이 순간만큼은 고르 할아버지가 꽤나 훌륭한 할아버지처럼 보였다. 그런 식으로 생각할 수도 있는 건가.

그때 마침 문에 달린 도어벨이 울렸다. 그쪽으로 시선을 주자, 짙은 남색의 바지정장을 빈틈없이 걸친 아름다운 사람이 두꺼운 수첩을 한 손에 들고 들어오고 있었다.

플래티넘 블론드의 머리카락을 어깨 위로 다듬었고, 차가운 느낌을 주는 단정한 얼굴에는 희미하게 화장을 했다. 귀에는 작은 귀걸이를 걸고 있었는데, 수수하면서도 정성들여 세공했다는 것을 알 수 있었다.

그 모습은 내가 상상하는 그대로의 일하는 여성이었다. 더 나아가 말한다면, 『무척이나 아름다운』이라는 형용사가 따라붙었다.

"실례하겠습니다."

여성은 언제나처럼 내게 공손하게 인사를 한 뒤, 시원시원한 동작으로 고르 할아버지 앞까지 걸어왔다. 놀랍게도, 이 사람은 고르 할아버지의 비서였다. 믿을 수 없었다. 세상에 이렇게 부조리한 일이 있어서 좋을 리가 없었다. 분명 빚 때문에 억지로 고르 할아버지의 옆에서 일을 하고 있는 것이 틀림없었다.

"시간이 다 됐습니다."

비서 씨가 고르 할아버지의 귓가에 대고 속삭였다.

저, 전혀 부럽지 않아! 내 귓가에도 저렇게 속삭여 줬으면 좋겠다든가, 결코 그렇게 생각하지 않아!

……엄청나게, 부럽습니다.

"싫다."

미인 누님이 귓속말을 한다는 멋진 경험을 하고 있건만, 고르 할아버지는 입을 댓 발이나 내밀었다.

"『싫다』가 아닙니다, 어르신. 예전부터 잡아놓은 약속입니다."

"싫다, 싫어! 일하고 싶지 않으이! 유우와 체스를 둘 거다!"

겉으로 보기에는 마음씨 좋은 할아버지 같은 모습을 하고 있었지만, 그 말투는 어디를 어떻게 봐도 떼를 쓰는 유치원생이었다.

만약 내가 비서 씨의 처지였다면 이미 힘껏 때려줬을지도 모른다. 하지만 비서 씨는 무척이나 된 사람이었다. 때문에, 갖고 있던 수첩으로 뒤통수를 찍는다든가 어처구니가 없다는 듯이 한숨을 쉰다든가 하지는 않았다.

"어르신."

"읏! 그렇게 화를 내지 않아도 되지 않는가."

내가 보기에는 평소와 똑같은 것 같았는데, 아무래도 화를 내고 있는 모양이었다.

"유우 님과 체스를 두는 것이 즐거우시다는 것은 잘 알고 있습니다. 하지만, 유우 님도 바쁘십니다."

그렇죠? 그렇게 동의를 구하듯 비서 씨가 나를 쳐다보았다. 나는 휑뎅그렁한 가게 안을 둘러보고는 힘차게 고개를 끄덕였다.

"네, 맞아요."

"나 이외에는 손님이라고는 아무도 없지 않느냐?"

"지금부터 올 예정입니다, 예."

내가 힘차게 그렇게 말하자, 비서 씨는 「알겠습니다」라며 고개를 끄덕였다.

"그러하니, 이만 돌아가시지요."

비서 씨는 한사코 물러나지 않았다. 그곳에 뿌리를 내린 거목처럼 강한 부동의 의지를 느끼게 했다.

고르 할아버지는 으으으윽 하고 신음을 하고는 어깨를 축 늘어뜨렸다.

"별 수 없구나……. 엄청나게 싫지만, 이만 일을 할까……."

"멋진 결단이십니다."

저 고르 할아버지가 일하게 만들기 위해 비서 씨의 고생은 이만저만이 아니겠구나, 하는 생각이 들었다. 나였다면 절대로 무리였다. 두 시간 만에 때려 쳤을 것이다.

"나는 언제까지 일을 하면 좋은 겔까……."

고르 할아버지가 진심인 것처럼 말했다. 그 얼굴은 후계자가 없다는 사실에 고뇌하는 대기업의 사장님처럼도 보였다. 하지만, 곧바로 칠칠치 못한 노인네의 얼굴로 바뀌었다.

"아. 리리를 유우의 정혼자로 삼고자 하는데, 어떤가?"

"아가씨를 말씀이십니까?"

망할 영감의 갑작스러운 말에 비서 씨는 어리둥절한 얼굴을 했다. 분명 치매가 진행된 노인을 가엾게 여기고 있으리라.

"그건 아가씨에게 직접 여쭙는 편이 좋을 것 같습니다만. 멋대로 결정해 버린다면 미움을 사실 겁니다."

잘 한다, 비서 씨! 정론이다! 좀 더 말해 줘!

"읏…… 그렇다면 어떻게 할까."

내 바람이 통한 것일까, 고르 할아버지도 냉정함을 되찾은 것 같았다. 고르 할아버지의 손녀 역시 얼굴도 모르는 인간이 약혼자가 되는 것은 싫을 테니까, 이 이야기는 틀림없이 이것으로 끝일 것이다.

"그럼 갈까……. 나중에 또 보자꾸나, 유우여. 다음에는 뭔가 선물이라도 갖고 오마."

"평범한 걸로 충분하니까요. 이상한 건 필요 없어요."

전례가 있었기 때문에 일단 나는 못을 박아두었다. 고르 할아버지는 살짝 혀를 차고는 실로 무겁다는 듯이 자리에서 일어났다.

"아아…… 일하고 싶지 않으이, 일하고 싶지 않아."

마치 니트와도 같은 말을 중얼거리면서, 그렇게 고르 할아버지는 떠나갔다.

"폐를 끼쳤습니다."

뒤에 남은 비서 씨가 꾸벅 고개를 숙였다.

"아뇨, 괜찮아요. 이건 이것대로 즐거우니까요."

뭐, 이따금씩 맞닥뜨리는 정도라면 말이지.

내가 쓴웃음과 함께 그렇게 말하자, 비서 씨는 미소를 지어 보였다. 그리고 지갑에서 금색의 동전을 꺼내들었다.

"그럼, 이것은 오늘 대금입니다."

"……늘 그렇지만, 너무 많다고 생각하는데요."

금화라고요, 금화.

"늘 폐를 끼치고 있으니까요. 게다가, 그분에게는 용돈을 주시는 것과 같은 것일 겁니다. 노인네의 도락이니 받아달라고 말씀하셨습니다."

"하아…… 그러시다면야."

이러니저러니 해도 결국에는 언제나 받고 마는 나였다. 이대로 계속 거절해도 마지막에는 「그래서는 제가 혼이 납니다」라는 말을 듣고 받을 수밖에 없었다. 게다가, 뭐, 속물스러운 이야기였지만, 돈이 있는 편이 도움이 되는 것도 사실이었다.

내가 금화를 받아들자, 비서 씨는 다시 한 번 꾸벅 고개를 숙였다.

"그럼, 이만 실례하겠습니다."

향수일까. 꽃과도 같은 달콤한 향기를 남기고 비서 씨는 씩씩하게 떠나갔다.

……좋은걸, 비서 씨. 나도 고용하고 싶다. 남자의 로망이잖아.

점점 커져가는 꿈을 상상하면서, 나는 테이블 위에 펼쳐놓은 체스판과 말을 정리하려고 했다. 그러다가 퍼뜩 이런 생각을 했다.

"고르 할아버지는 나이트이려나."

킹이라는 가능성도 버리기 힘들었다. 그러나 체스판 위를 종회무진으로, 그것도 불규칙하게 움직이는 나이트의 예측불허한 점이 그 성격과 딱 들어맞았다.

"비서 씨는 틀림없이 퀸이고 말이지."

퀸은 체스에서 가장 강력한 말인 동시에, 유능하기 때문에 어쨌든 활약을 강요당하는 말이었다. 가고 싶은 곳은 전후좌우대각선으로 모두 갈 수 있지만, 똑바로만 나아갈 수 있다는 서투른 부분도 갖고 있었다.

그렇다면, 나는 뭘까.

나는 체스판에 놓인 말들을 바라보았다. 체스는 장기보다 기물의 종류가 훨씬 적다. 때문에 선택지도 자동적으로 한정된다. 하지만, 그래도 굳이 고른다고 하면…….

"역시 폰이려나."

선두에 서서 전장을 지탱하는, 가장 수가 많은 병사 역—소시민인 내게는 그 특성이 가장 친숙했다.

그리고 폰은 혼자서는 매우 약한 말로, 다른 말과 연대함으로써 힘을 발휘했다. 소인인 나로서는 혼자 한가하게 있다가 좋지 않은 짓을 저지르기 않기 위해서라도 본받고 싶은 부분이었다.

고르 할아버지가 없어진 가게 안은 평소보다 더 조용하게 느껴졌다.

나는 체스판 밖에 놓인 말들 중 폰을 하나 집어 체스판 위로 되돌려놓았다.

폰은 분명 다른 말들보다 외로움을 더 많이 탈 것이다.

가게 앞을 지나는 사람들의 말소리가 멀어졌다.

빨리 손님이 오지 않으려나…….

4. 이 맛을 잊지 않을 거예요

1

마차에 오르기 위해 발판에 발을 걸친 순간, 그녀는 자신을 부르는 목소리가 들린 것 같은 느낌을 받았다. 무심결에 주변을 돌아보았다. 그곳은 승합마차 정류소로, 마차들이 끊임없이 오갔고, 그것에 타고내리는 인파도 끊이질 않았다.

그녀는 사람들과 커다란 짐으로 혼잡한 그 속에서 눈에 익은 얼굴을 찾았다. 하지만 자세히 살피기도 전에 뒤에 늘어선 줄에서 혀를 차는 소리가 들려왔다.

그녀는 허둥지둥 시선을 거두고 마차 안으로 몸을 밀어 넣었다.

이미 사람과 짐으로 채워지기 시작한 그 속에서 그럭저럭 자리를 잡고, 채광용으로 난 작은 창으로 바깥을 바라보았다.

있을 리 없는데. 그녀는 자조했다. 그런데도 목소리에 귀를 기울이고 인파 속에서 그 모습을 찾다니, 너무나도 미련이 넘치는 짓이 아닌가.

마부가 바깥의 소란스러움에 지지 않고자 목소리를 높여 각 마차의 행선지를 안내했다.

그녀는 마차 안을 둘러보았다. 모두가 밝은 표정을 하고 있는 것 같았다. 적어도 자신만큼 어두운 기분으로 앉아있는 사람은 없으리라.

미궁도시라 불리는 이 도시에서 자신은 대체 무엇을 얻었을까.

그녀는 형태조차 불분명한 꿈을 좇아 불안과 기대를 가방 하나에 꾹꾹 눌러 담고 이 도시에 왔던 날을 떠올렸다. 그 무렵과 달라진 것은 자신이 나이를 먹었다는 점 정도였다. 꿈을 이루지도 못하고, 형태가 있는 것을 얻는 일도 없이 자신은 이 도시를 나가는 것이다.

불현듯 말로 표현할 수 없을 정도로 강하게 치밀어 올라오는 뭔가가 느껴져 그녀는 손으로 가슴을 지그시 눌렀다.

정오를 알리는 종소리가 울려 퍼졌다.

이제 두 번 다시 저 음색을 들을 일이 없다고 생각하니, 울려 퍼지는 종소리 하나하나마저도 사랑스럽게 느껴졌다.

마차가 덜컹 하고 흔들리더니 바퀴가 천천히 구르기 시작했다.

그 사람의 얼굴이 떠올랐다.

2

내가 사는 도시 알베르타에는 미궁이라 불리는 곳이 있다.

그곳에는 지하로 끝없이 이어지는 공간이 있어서, 그 안에는 숲이 있거나 강이 있거나 고대의 건조물이 있거나 한다고 한다. 왜 그런 것이 있는지는 아무도 알지 못했다. 하지만 미궁에 있는 것들은 우리의 생활을 비약적으로 풍요롭게 해주었다.

그것은 예를 들면 식자재이기도 했고, 건축 재료인 목재나 아름다운 보석이 되는 원석이기도 했다. 미궁의 한곳에는 『염호(塩湖)』라 불리는 거대한 호수가 있어서, 그 물에서는 양질의 소금을 대량으로 채집할 수 있었다. 또한 미궁에 있는 숲에는 거목이 늘어서 있어서, 한 아름이나 되는 거대한 과실을 정제하면 설탕을 만들 수 있었다. 그것만으로도 이 도시 주민들이 얼마나 풍요롭게 살 수 있을지 충분히 짐작할 수 있었다.

미궁에서 채집한 것들은 다른 도시, 다른 나라로 수출되었다. 그 대가로 이 도시는 한층 더 풍요로워졌다.

때로는 왕도 이상이라고 불릴 정도로, 현재 미궁도시는 풍요로움과 사람들의 떠들썩함, 그리고 희망으로 넘쳐나고 있었다.

현기증이 날 정도로 밝은 빛을 동경하며 사람들이 점점 더 모여들었다. 그런 사람들에게 모험가라는 직업은 화려한 것처럼 보이는 것 같았다.

미궁 안에는 위험요소가 산더미처럼 많았다. 바깥과는 동

떨어진 생태계에서 진화한, 마물들이라 불리는 생물들이 날뛰었고, 미지의 식물은 독을 내뿜었다. 그중에는 사람을 포식하는 종도 있다고 한다. 그래도, 모험가들이 목숨을 걸고 미궁에서 갖고 나온 재료들은 이 도시에서 금화 혹은 은화로 바뀌었다.

귀중한 원석 하나, 혹은 고대문명이 남긴 유산을 갖고 돌아온 것만으로 하룻밤 사이에 한 재산 넉넉히 챙길 수 있다는 가능성이 있는 직업은 달리 존재하지 않았다. 목숨을 대가로 한다는 것을 제외하면, 그것은 매력적인 직업이리라.

때문에 이 도시에는 모험가라 불리는 수많은 사람들이 있었다. 그리고 그들 대부분은 꿈을 좇는 사람들이었다.

그가 처음 우리 가게에 온 것은 화창한 어느 날의 오후였다.

도어벨 소리에 「어서 오세요」라고 인사를 하며 그쪽을 바라보자, 커다란 몸과 수염이 난 모진 얼굴이 이쪽을 살피고 있었다.

나는 무례하게도 그 무서운 얼굴에 가슴이 철렁했다. 뭔가 트집을 잡으려는 것일까 하고 불안해졌다. 그만큼, 그래, 악당 같은 면상이었던 것이다.

"어, 그러니까, 되게 멋진 간판이 눈에 띄어서 말이지. 한번 들여다봤는데, 여긴 뭐지? 가게인가?"

그러나 말을 걸어온 목소리는 묘하게 친근감이 넘쳐서 부드러웠다.

나는 마음을 가다듬고 대답했다.

"저희 가게는 카페입니다."

"카페……? 처음 듣는데, 그건 도시에서는 당연한 건가?"

그 말에 나는 마침 잘 됐다 하며 그를 불러들였다.

아직 카페를 모르는 사람에게는 카페가 얼마나 멋진지를 알려준다. 그리고 운이 좋으면 커피가 얼마나 맛있는지도 알게 한다. 이 모두가 카페 마스터의 일인 것이다.

내 부름에 응해, 그는 가게 안을 둘러보면서 천천히 들어왔다. 보면 볼수록 용족인 파르바 씨나, 곰, 늑대 수인 손님들처럼 훌륭한 몸을 갖고 있었다. 목과 팔은 근육으로 부풀어올라 있었는데, 덥수룩한 수염이 그 박력에 박차를 가했다.

"이 도시에는 최근에 오셨나요?"

나는 남자에게 물었다. 그러자 그는 자리에 앉으면서 부끄러워하는 듯한 미소와 함께 머리를 긁적였다.

"역시 티가 나나? 지난달에 막 온 참이야. 이 도시에는 미궁이라는 게 있다고 하잖아? 시골에서 밭이나 일구는 인생보다는 훨씬 나을 것 같아서."

"농사를 지으셨나요?"

나는 무의식중에 그의 몸을 쳐다보았다.

"밭일보다 산적 쪽이 더 어울린다는 말, 자주 들어."

그는 크하하! 하고 웃어 보였다.

"옛날부터 이런 꼴이어서 말이지. 저절로 힘을 쓰는 일을 맡게 돼서, 정신을 차려보니 어느새 이렇게 되어 있더라고. 자랑거리라곤 이것밖에 없지만, 그래도 이 몸이 있다면 모험가라는 것도 될 수 있지 않을까, 라고 생각해."

"과연. 분명 그렇긴 하네요."

나는 고개를 끄덕였다.

인간으로 이렇게까지 훌륭한 체구를 가진 사람은 좀처럼 보기 힘들었다. 체력도 좋을 것이다. 모험가란 어쨌든 터프해야 한다고 했다. 그는 그 조건을 충분히 채우고 있는 것처럼 보였다.

"내일부터인가요? 안전을 기원해야겠네요. 제가 한잔 사겠습니다. 술은 없지만요."

내가 그렇게 말하자, 그는 보는 사람이 다 시원해지는 것 같은 밝은 미소를 지어 보였다.

"정말이냐! 이야~, 고맙다. 뭐냐, 도시 사람들은 냉정하다고 들었는데, 꼬마는 좀 다르구나. 인정이라는 걸 잘 알아. 응."

그는 그렇게 비위를 맞추는 말을 했다. 그에 나도 무심코 웃고 말았다.

이 가게에서 한잔 산다고 하면, 그것은 물론 커피를 말하는 것이었다. 하지만 이번에는 평소와는 풍미가 다른 커피를 내놓자고 생각했다.

나는 평소와 마찬가지로 하얀 도자기 항아리에서 커피콩을 꺼냈다. 평소와 다른 점은 이 콩은 평소보다 강하게 볶았다는 것이다. 콩의 색깔도 평소보다 더 깊이 있고 진한 갈색으로, 다른 때보다 향도 훨씬 향기로웠다. 나는 콩을 밀에 넣고 버걱버걱 가루로 만들었다.

"그, 그건 뭐냐?"

"후후후."

그리고 그 가루를 필터가 달린 로트에 집어넣었다. 그런데 여기서 한 가지 주의할 점이 있었다. 그건 평소보다 많은 양을 넣어야 한다는 것이었다.

그 뒤, 사이폰의 유리 플라스크에 뜨거운 물을 붓고 램프를 켜서 가열을 했다. 물이 끓는 것을 기다렸다가 플라스크에 로트 부분을 확실히 고정시켰다. 그러자, 플라스크 부분에서 뜨거운 물이 천천히 올라와, 로트 안의 커피 분말을 띄워 올렸다.

뜨거운 물이 3분의 1까지 올라온 시점에서 나는 주걱을 이용해 뜨거운 물을 세로 방향으로 강하게 저었다. 사이폰에서는 뜨거운 물의 온도와 이렇게 휘젓는 『스티어링(휘젓기)』이라 불리는 타이밍으로 맛이 결정된다.

젓는 것을 마치고, 주걱을 들어올리자 플라스크에서 계속해서 뜨거운 물이 올라왔다.

스티어링으로 커피콩에서 빠져나온 가스로 인한 거품과 떠오른 커피 분말, 그리고 액체— 이렇게 삼층으로 아름답게 분리되면 성공했다는 증거로 볼 수 있었다.

그 상태로 30초 정도 기다렸다. 보통의 뜨거운 물을 근사하고 향기로운 커피로 모습을 바꾸기 위한 추출시간이었다. 이것은 어떤 방식으로 커피를 끓여도 다르지 않게 중요한, 맛을 결정하는 요소였다. 시간이 짧으면 커피의 감칠맛이 나오지 않았고, 너무 길면 잡맛이 나오기 시작한다.

나는 플라스크 바닥에 남은 물에서 일어나는 거품의 보글보글 소리에 귀를 기울이다가, 이때다 싶은 타이밍에 램프 불을 껐다.

그리고 또다시 주걱으로 커피가 플라스크로 떨어지기 전에 다시 휘저어 주었다.

불을 끔으로써 플라스크 내부의 수증기가 식어갔고, 로트로 밀려 올라와 있던 커피가 줄줄 원래 있던 장소로 되돌아갔다.

나는 주방에 비치해 놓은 소형 냉장고에서 동그란 형태에 작은 다리가 달린 잔을 꺼냈다. 더 나아가 안쪽 저장고에 있는 냉장고를 열자, 그곳에는 잘게 부순 얼음이 꽉꽉 들어차 있었다. 아침부터 열심히 커다란 얼음을 부숴서 만든 것이다.

나는 잔에 얼음을 듬뿍 채워 넣었다.

그 무렵에는 커피도 완전히 플라스크로 되돌아가 있었는데, 평소보다도 짙은 색을 띠고 있었다.

나는 로트를 분리한 뒤, 손잡이를 잡고 플라스크를 기울였다. 갓 끓여낸 뜨거운 커피가 얼음으로 가득 찬, 차갑게 식은 잔 안으로 흘러 들어갔다. 급격한 열로 인해 얼음이 깨지는 소리가 상쾌했다.

커피가 급속히 식으면서 투명감과 청량감을 갖춘 음료로 변했다. 짙게 끓인 커피는 열 때문에 녹기 시작한 얼음으로 인해 맛이 옅어져서 딱 좋을 정도가 되었다.

이것이, 앞으로 찾아올 여름에 대비한 이 가게의 신상품—아이스커피였다.

척. 나는 자랑스레 그의 앞에 이것을 내밀었다.

그는 줄곧 멍한 얼굴로 내가 커피를 끓이는 모습을 바라보고 있었다. 그러다가 퍼뜩 제정신을 차렸다.

"지, 지금 그건 뭐냐? 이상한 가루를 넣은 용기에 밑에서부터 물이 쭉 올라와서, 이야~, 그런 건 처음 봤다. 역시 도시에는 신기한 것들이 넘쳐나는구나. 이 시커먼 물, 마실 수 있는 거냐?"

"예. 마셔봐 주세요."

"어? 이거 얼음이지? 이렇게 잔뜩 써도 괜찮은 거냐? 우리 마을에서는 좀처럼 쓸 수가 없는데."

"예. 마셔봐 주세요."

"도시란 정말로 굉장하구나. 하아아."

그는 그렇게 말하면서 잔을 들어올렸다. 「오오, 차가워」 하며 입가로 가져간 뒤, 냄새를 몇 번 맡고는 호쾌하게 들이

켰다.

"푸읍!"

그리고 성대하게 내뿜었다.

"이, 이거, 뭐냐?! 써, 쓰다! 마시면 안 되는 거잖아! 이거!"

남자는 콜록콜록 몇 번이나 기침을 했다.

"이렇게 쓴 건 마셔본 적이 없다. 하지만 뒷맛은 뭐랄까, 산뜻하다면 산뜻한데…… 이게 도시의 맛이라는 거냐? 어? 꼬마…… 앗!"

나는 그의 정면에 서 있었기 때문에, 남자가 뿜어낸 아이스커피는 멋지게 내 상반신을 흠뻑 적셔놓았다.

그런 만남을 가진 이가 바로, 서른 줄에 들어서서 신참 모험가가 된 가토리 씨였다.

3

가토리 씨는 그 뒤로도 자주 내 가게를 찾아 주었다. 그리고, 오늘은 미궁의 어디어디에서 무슨 마물과 싸웠다든가, 거대한 곰과 마주쳐 무기를 버리고 도망쳐 왔다든가, 운 좋게 희귀한 광석을 발견한 탓에 함께 파티를 짰던 동료와 싸우고 헤어지게 되었다든가 하는 이야기를 해주었다. 그것은 틀림없는 가토리 씨의 모험담이었다.

"이야~, 도시란 곳은 진짜 굉장하구나, 꼬마. 용뢰정이라고 했던가? 그곳에서 도마뱀용 뒷다리 향초구이란 것을 먹었는데, 그렇게 맛있는 건 태어나서 처음 먹어봤다."

그렇게 말한 가토리 씨는 그 요리가 얼마나 위장과 미각을 자극하는지를 늘어놓았다.

가게 안에는 가토리 씨와 또 한 명의 손님밖에 없었기 때문에, 나는 자연스럽게 커지는 그의 목소리를 제지해야 할까 말까 고민했다.

"이야~, 그렇게 진귀하고 맛있는 요리는 어디에도 없을 거다. 틀림없어."

그렇게 말을 마친 가토리 씨는 팔짱을 끼며 고개를 주억거렸다.

"훗."

그러자, 가토리 씨에게서 세 자리 정도 떨어진 곳에 앉아 있던 손님이 웃었다.

가토리 씨가 휙 하고 그쪽으로 얼굴을 돌렸다.

"내가 뭔가 이상한 소리라도 했나?"

"아니. 귀엽게 느껴진 것뿐일세. 확실히 용뢰정은 좋은 맛을 내지. 다만, 그것을 뛰어넘는 요리가 어디에도 없다, 라고 말한다면 그건 아니지."

"어엉? 거기 것보다 맛있는 고기요리가 있다는 거냐?"

저기, 그런 말투는 좀…… 나는 그렇게 충고를 할까 잠시 망설였다. 오늘은 시종인 늑대 씨가 없어서 다행이었지만,

만약 있었다면 귀신같은 형상으로 고함을 쳤을지도 모른다.

"아무래도 자네는 이 도시에 온 지 얼마 안 되는 모양이군. 좋아, 내가 진정으로 좋은 맛이란 것을 알려주지."

그곳에 앉아 포크를 쥐고 있던 이는 하얀 토끼인 코르레오네 씨였다. 겉보기는 새끼 토끼처럼 작은 몸집에 동글동글한 눈이 사랑스러웠지만, 이래 봬도 뒷세계의 조직을 이끄는 마피아 보스 같은 위치에 있는 사람이었다.

코르레오네 씨는 옆 자리에 놓여있던 중절모를 머리 위에 톡 얹고는 의자 위에 올라섰다.

"유우. 좋은 기회다. 너도 오너라. 좋은 요리사는 좋은 요리를 알아야 해. 앞으로의 양식이 될 게다."

"네?"

어라? 뭔가요, 이 흐름? 그리고 저, 그렇게 본격적인 요리사는 목표로 하고 있지 않은데요. 게다가 가게가…….

—라고 말할 수 있을 리 없었다. 권력을 갖고 있으며, 사람을 거느리는 일에 익숙한 사람의 말에는 거역할 수 있는 분위기가 감돌고 있었다.

"저기…… 뭐가 어떻게 된 거냐?"

가토리 씨가 내게 얼굴을 가까이 대고 작은 목소리로 물었다.

"저 사람— 코르레오네 씨라고 하는데요, 우리를 식사에 데려가 주신다고 해요."

나로서는 마피아 보스와 식사를 한다는 상황에 긴장감밖에 들지 않았지만, 그것을 모르는 가토리 씨는 만면에 미소를 띠었다.

“정말이냐! 이야~, 그거 기쁜걸! 당신, 좋은 사람, 아니, 좋은 토끼로군!”

가토리 씨는 소년처럼 생글생글 웃었다.

나는 코르레오네 씨를 기다리게 할 수는 없어서 서둘러 간단히 가게 문을 닫았다.

설마 일이 이렇게 될 줄이야……. 그런 마음으로, 종종 걷는 작은 뒷모습을 쫓아갔다.

사람의 궁합이라는 것은 좀처럼 예상하기 어려워서, 첫대면 때의 인상이 최악이었는데 어느새 사이가 좋아지기도 하고, 갑자기 사이가 좋아졌다고 생각했더니 어느새 소원해지기도 한다.

가토리 씨와 코르레오네 씨의 궁합은 신기하게도 잘 맞는 모양이었다.

코르레오네 씨와 가토리 씨는 그날 밤 이후로도 자주 함께 식사를 하러 가는 것 같았다. 나도 가게가 한산할 때에는 한턱 얻어먹거나 했는데, 지금까지 먹어본 적이 없었던 이세계의 고급요리에 감동하거나 충격을 받았다.

“나 같은 위치에 있게 되면…….”

어느 날 점심때의 일이었다. 미궁에 간다는 가토리 씨를 둘이서 배웅한 뒤, 코르레오네 씨가 툭 그렇게 중얼거렸다.

"누구나 존경과 경외심을 갖고 대해 준다. 젊었을 때에는 그것을 바라기도 했고, 또 기분이 좋기도 했다. 자신이 특별한 존재라는 생각이 들었지."

"지금은 다른가요?"

나는 닦고 있던 잔을 내려놓고 코르레오네 씨에게 물었다.

"나이를 먹는다는 건 신기한 것이라서 말이다. 과거를 돌아보며 나 자신이 놓치고 만 것들을 알아차리게 되지. 지금은 이 자리에 도달하기 위해 스스로 필요 없다고 버렸던 것들이 아무리 해도 눈부시게 보여."

코르레오네 씨는 중절모의 차양을 꾹 내리눌렀다.

"마음 편하게 식사를 함께 할 수 있는 상대라는 것은 그중에서도 가장 으뜸가는 것이겠지. 그렇게 허물없이 말을 해 오는 상대도 오랜만이야."

그 입가에 떠오른 미소는 어딘가 쓸쓸해 보였다.

가게에서 코르레오네 씨와 가토리 씨가 나누는 대화에는, 옆에서 듣고 있노라면 가슴이 조마조마해지는 것들도 있었다. 가토리 씨는 코르레오네 씨에게 거침없이 말을 했고, 때로는 육즙으로 더러워진 손으로 그 어깨를 찰싹찰싹 두드리기도 했다.

하지만, 내 걱정은 아무래도 기우였던 모양이다.

코르레오네 씨는 내 상상보다 훨씬 관대했고, 그리고 외로움을 많이 타는 것 같았다.

그리고, 이 가게에 오는 사람들에게 휴식을 제공하고 싶다고 생각하면서 그렇지 못했던 나 자신을 알아차리지 않을 수 없었다 나는 어느샌가 코르레오네 씨에게 마피아 보스라는 지위에의 편견을 품고 있던 것이다. 코르레오네 씨라는 개인을 보지 않고 있었다. 불필요하게 겁먹을 이유 따위 어디에도 없었건만.

분명 예절은 중요하다.

하지만 그것은 나와 코르레오네 씨라는 개인 간의, 혹은 가게 주인과 손님이라는 관계성의 이야기였다. 그가 마피아 보스이든 숲속 외딴집에 사는 선량한 토끼이든, 내 가게의 손님이라면 나는 대응을 달리해서는 안 되었다.

"실례했습니다."

"뭘 말이지?"

"아뇨. 아무것도 아닙니다. 그냥 사과드리고 싶어져서요."

"넌 때때로 영문을 알 수 없는 행동을 하는군."

"그거, 물론 좋은 의미에서, 인 거죠?"

"여기서는 자세한 설명은 삼가기로 하지."

코르레오네 씨가 쿡쿡 웃었다.

4

이 미궁도시 알베르타는 도시라 부를 수 있는 곳이다. 미궁에는 온갖 재보(財寶)가 잠들어 있다고도 할 수 있다. 그 재보를 추구해 사람들이 모이고, 그 집단을 상대로 장사를 하고자 또다시 사람들이 모여들었다. 이윽고 그것은 커다란 열기를 낳고, 밤의 어둠을 밝힐 정도의 광채를 내뿜었다.

나는 이 도시의 밖을 알지 못한다.

어떤 세계가 펼쳐져 있고, 사람들은 어떤 생활을 영위하고 있는지 모른다.

때문에, 도시 밖에서 온 자칭 『촌사람』인 가토리 씨의 이야기는 꽤 흥미로웠다.

“1년에 한 번 있는 축제 때, 온 마을에서 사용할 수 없게 된 철 냄비니 농기구니 하는 것들을 모아. 그리고 그걸 뜨겁게 달궈서 녹이는 거지.”

“호오.”

“철이 새빨갛게 끓어오르는 물처럼 되면 이제 마을 입구로 가져가. 우리 마을에는 돌로 만들어진 커다란 문이 있어. 우리 할아버지가 어린애였을 때부터 있던 오래된 녀석인데, 아주 오래 전에 있던 요새의 흔적이라고 해. 거기다 국자로 그 철물을 퍼서는 이렇게…….”

가토리 씨는 요란한 몸짓으로 힘껏 공을 던지는 것 같은 동작을 해 보였다.

"문이 있는 벽에 내던지는 거다. 강하고 높게 던질수록 좋아."

"네? 그렇게 던지면 어떻게 되는 되요?"

"그게 또 장관이라고. 하는 건 역시나 밤이야. 사방이 새카만 가운데, 철물만이 발갛게 빛나는데, 그것을 던지면 벽에 부딪히면서 사방으로 퍼지지. 마치 밤하늘에 불꽃이 핀 것처럼 되는 거야."

"그거, 굉장하겠네요."

나는 상상해 보았다. 그러나 그래봤자 머릿속에 떠오르는 것은 아무리 해도 여름축제의 불꽃놀이였다.

올려다볼 정도의 크고 높은 벽에서 쇳물이 만들어 내는 불꽃은 좀처럼 상상하기가 어려웠다.

"그렇다니까. 굉장하다고, 그게. 그날만큼은 남자도 여자도, 노인네도 꼬맹이들도 크게 흥분하지. 뭐, 던지는 쪽은 뜨겁기도 하고, 화상을 입을 수도 있어서 그렇게 무작정 까불 수는 없지만 말이야."

그렇게 말을 늘어놓으며 웃는 가토리 씨의 얼굴은 소년처럼 순수한 광채를 발하고 있었다.

모험가를 목표로 이 도시에 온 가토리 씨는 아무래도 순조롭게 나날을 보내고 있는 모양이었다.

처음에는 평범한 옷에 두꺼운 가죽을 덧댔을 뿐이던 가벼운 장비가, 지금은 훌륭한 금속갑옷으로 바뀌어 있었다. 옷의 질도 좋아졌고, 때로는 내게 「자, 팁이라는 거다! 도시에서는 그런 거잖아?」라며 돈을 넉넉하게 주고 가는 일도 있었다.

모험가가 어떤 일을 하는지, 나는 그것을 전해 듣는 것으로밖에 알지 못했다.

하지만, 누구나가 잘 되는 일은 아니었다. 늘 목숨의 위기도 뒤따랐다.

그런 세계에서 가토리 씨가 성공했다는 것은, 내게는 매우 기쁜 일이었다. 그리고 앞으로도 계속 그렇게 지내줬으면 좋겠다고, 늘 생각했다.

그런 가토리 씨에게 변화가 찾아온 것은 그와 만난 지 석 달이 지난 무렵이었다.

그날, 도어벨을 울리며 머뭇머뭇 들어온 가토리 씨를 보고 나는 말을 잇지 못했다.

"어, 그러니까…… 이미지 체인지인가요?"

겨우 쥐어짜낼 수 있던 것은 고작 그런 말이었다.

"이미지 체인지? 뭐냐, 그게? 어떠냐? 어울리냐?"

가토리 씨는 두 팔을 벌려보았다.

키가 컸던 것은 원래부터 그런 것이었다. 하지만 혹독한 모험가 생활의 성과라고 해야 할까, 어깨는 한층 더 넓어졌고, 여기저기 근육이 더 붙었다. 평소의 모험가다운 장비를 걸친다면 정말이지 믿음직한 역전의 전사라고 할 수 있을 법한 풍채가 되어 있었다.

하지만 지금, 그가 걸치고 있는 것은 검은 턱시도와 비슷한 옷이었다. 단추는 튕겨 날아갈 것만 같았고, 목에 찬 나비넥타이는 길게 잡아 늘어져서 어떻게 보아도 형태가 보기 싫게 망가져 있었다.

"가토리, 자네……."

카운터석에서 식사를 하던 코르레오네 씨가 입을 열었다. 하지만 그 다음 말은 나오지 않았다.

나는 코르레오네 씨가 말을 잇지 못하는 모습을 처음 보았다.

가토리 씨는 갑갑한 듯이 천천히 걸어와서 신중하게 의자에 앉았다.

머리카락은 어설프게 손질을 했고, 평소에는 자라는 대로 대충 놔두었던 덥수룩한 수염도 정리하려고 한 흔적이 보였다. 게다가 가토리 씨가 가까이 다가오고서야 비로소 안 것인데, 향수 같은 것도 뿌린 모양이었다.

"역시, 이상하지? 안 되려나. 안 될 거야. 그럴 거야."

우리의 반응이 영 좋지 못하자 가토리 씨는 몸을 작게 움츠렸다. 그리고 그 자세로 집게손가락끼리 톡톡 마주쳤다.

나는 그런 그에게 어떤 말을 해줘야 할지 고민했다.

여성이 옷이나 머리 모양을 바꿨다면 「잘 어울려요」라고 칭찬해야 한다는 것은 잘 알고 있다. 그러나 노력의 흔적은 엿보이지만, 그것이 명백히 부자연스러울 정도로 어울리지 않을 경우, 어떤 말을 하면 좋을지 나는 전혀 알지 못했다.

아니, 애초에 가토리 씨는 왜 갑자기 이런 일을 한 거지?

그런 나와 마찬가지로, 코르레오네 씨도 고민이 됐던 모양이다. 다만, 나와 다른 것은 코르레오네 씨는 경험이 매우 풍부하고, 또 감도 날카롭다는 점이었다.

"과연. 그래, 상대는 누군가?"

중절모의 차양을 슥 매만지며 코르레오네 씨가 물었다.

"힉?!"

가토리 씨가 어깨를 흠칫 떨었다.

상대? 나는 고개를 갸웃했다.

"지금까지 마음에도 두지 않았던 자신의 외모가 신경 쓰이기 시작해 그것을 갑자기 바꾸려 하고 있는 거다. 머리를 매만지고, 수염을 깎고, 체취나 복장까지 꾸미려 하고 있어. 그렇게까지 자신을 다시 되돌아보는 것은, 자신이 어떻게 보이는지 불안하기 때문이다. 누군가가 마음에 들어해줬으면 좋겠다는 바람에 기인한 것이지. 즉—."

코르레오네 씨가 말했다.

"사랑이로군."

그 말을 듣고 나는 「아하!」 하고 납득했다. 나도 모르게 박수까지 치고 말았다.

"아, 아니! 그럴 리가, 사랑? 사랑이라고? 내가? 아니, 설마……. 헷, 헤헤……."

가토리 씨는 그렇게 말했지만, 시선은 가게 안을 여기저기 헤맸고 두 손은 머리카락을 매만지거나 뺨을 긁적이는 등 침착하지 못하게 움직였다. 뭣보다, 얼굴이 새빨갰다.

이렇게까지 알기 쉬운 사람이 또 있을까.

"그런가…… 사랑인가. 그건 기쁜 일이다만, 우선 그 향수는 그만두도록 해. 우선 첫째, 너무 많이 뿌렸어. 그리고 둘째, 그건 여성용이다."

코르레오네 씨가 얼굴을 찌푸렸다.

"어, 그, 그래? 이런 건 처음 써 봐서……. 이상한데? 직원이 추천해 준 걸 샀는데 말이지."

"살 때 뭐라고 했나요?"

옆에서 내가 물었다.

"그거야, 잘 몰라서……. 그냥 적당히 추천해 달라고 했어."

과연…….

그렇게 말을 했다면, 직원은 분명 여성에게 줄 선물용이라고 착각을 한 것이리라.

"어쨌든 앞으로 그 향수는 사용하지 말도록."

코르레오네 씨의 말에 가토리 씨는 눈썹 끝을 늘어뜨렸다.

"비싸게 주고 샀는데 말이지……."

"포기해라. 그래서, 상대는 누구냐. 그런 복장을 했다는 건, 귀족인가?”

코르레오네 씨는 다 먹은 접시를 옆으로 슥 밀고 몸을 앞으로 내밀었다.

“뭐, 내게 맡기도록 해. 귀족과 평민의 결혼은 어렵지만 불가능하지는 않아. 방법은 다 있다. 우선은 사람을 시켜 상대에 대해 자세히 알아보도록 하지. 대개의 귀족에게는 약점이 하나둘 정도는 있으니까.”

“저기요, 잠시만요.”

나는 태연하게 무시무시한 소리를 늘어놓는 하얀 토끼를 제지했다.

“귀, 귀족! 당치도 않아! 무서워!”

가토리 씨는 몸을 부르르 떨었다.

“나는 그저 『하늘새의 가정(歌亭)』의 메드리 씨에게…… 앗! 아니, 사랑이라거나 그런 건 아니지만 말이지. 전혀!”

호오, 아무래도 가토리 씨는 하늘새의 가정이라는 가게에서 일하는 메드리 씨라는 사람을 사랑하는 모양이었다.

전혀 들어본 적이 없는 가게 이름이었기 때문에, 나는 코르레오네 씨에게 시선을 주었다.

“주로 증류주를 내놓는 주점이었던가. 노래 실력이 좋은 조족(鳥族)의 여성을 몇 명 고용해 가게 안의 무대에서 노래를 부르게 한다고 들은 적이 있다. 메드리란 그 가수인 건가?”

“……그, 그래!”

가토리 씨는 팔짱을 끼고 등줄기를 똑바로 세우며 고개를 끄덕였다. 새빨갛게 물든 얼굴로 시선은 똑바로 정면을 응시하고 있었다.

"그런가."

코르레오네 씨가 다시금 중절모의 차양을 만지작거렸다.

"귀족보다는 낫지만, 그래도 만만치 않군. 장소가 장소다. 구애를 해 오는 남성들을 다루는 데에도 익숙하겠지."

분명, 내게도 그런 이미지가 연상되었다.

술에 취한 남성 중에는 싫다고 해도 억지로 들이대거나, 자신만 아는 불가사의한 논리로 자꾸 귀찮게 구는 사람이 있을 것이다. 평소 그런 곳에서 일하고 있다면, 남자를 다루는 법에 익숙해지는 것도 당연하다는 생각이 들었다.

"잘 들어라, 가토리. 처음부터 사귀려고 하는 그런 안이한 생각은 버려. 우선은 둘이서 식사를 하자는 약속부터 잡도록 해. 일단은 그것만 목표로 삼아."

"버, 벌써 했어."

"그래? 벌써 한 건가. 그럼 다음에는 술자리에…… 잠깐, 벌써 했다고?"

코르레오네 씨가 모자의 차양을 슥 들어 올리고는 가토리 씨의 옆얼굴을 쳐다보았다.

가토리 씨는 정면을 응시한 채로 몇 번이나 고개를 위아래로 흔들었다.

"그런가. 과연. 그 옷은 식사에 초대하러 가기 위한 정장이 아니라, 같이 식사를 하러 가기 위한 것이었나. 납득했다."

코르레오네 씨는 역시 대단한 사람이었다. 순식간에 동요를 진정시킨 모양이다. 나는 여전히 살짝 동요하고 있었다.

지금 본 것만으로도 알 수 있을 정도로, 가토리 씨는 연애에 익숙하지 않았다. 그런데도, 아마도 최근에 막 알게 됐을 여성과 벌써 식사 약속까지 잡았다고 한다.

어떻게 한 걸까……?

"가게는 벌써 정한 건가?"

코르레오네 씨가 재차 질문을 했다. 그 질문에 가토리 씨는 고개를 좌우로 크게 저었다.

"아직 못 정한 건가? 그런데 정장부터 준비한 건가?"

"여성과 어떤 가게에 가면 좋을지 전혀 몰라서. 다만, 베들린 거리에서는 남자들이 전부 이런 차림을 하고 있었다."

"베들린 거리는 고급 레스토랑이 밀집한 장소다. 우아하게 디너를 즐기고자 한껏 멋을 부린 귀족이나 거상들을 본 것이겠군."

"도, 도시에서는 이게 보통인 게 아니냐?"

가토리 씨는 답답하다는 듯이 나비넥타이를 만지작거렸다.

"귀족도 올 법한 가게에서 식사를 할 때에는 물론 그 자리에 걸맞은 복장을 고를 필요가 있지. 허나, 보통의 가게라면 그렇게 신경 쓸 필요는 없어."

코르레오네 씨는 그렇게 말하며 고개를 가볍게 저었다.

"내가 데려간 가게를 생각해 보면 될 거야. 그런 옷을 입은 손님을 본 기억이 있나?"

그 말을 듣고 나와 가토리 씨는 서로 얼굴을 마주보았다.

분명 생각해 보니, 가토리 씨 정도의 정장을 입은 손님을 본 기억은 없었다. 반드시 파트너가 있어야 들어갈 수 있을 정도로 어느 정도 수준이 있는 가게도 있었지만, 손님들의 복장은 의외로 간편한 곳이 많았던 것 같았다.

"이 도시는 바야흐로 새로운 식문화의 요람기를 맞이하고 있다. 전 세계 모든 종족의 도가니 같은 곳으로, 그만큼 올바른 테이블 매너나 드레스 코드 같은 건 존재하지 않는 것이나 마찬가지지. 애초에 식문화가 다르니까 말이야."

"과연. 그건 그러네요."

아직 이 세계의 문화에 완전히 익숙해지지 못한 나로서는 그 덕분에 살았다는 면도 있었다.

미궁 특수를 노리고 전 세계에서 사람이 모이면서, 필연적으로 문화나 습관이 뒤섞이게 된 것이다. 그랬기 때문에 내가 다소 이상한 행동을 해도 그것이 두드러지는 일도 없었다. 보기 드문 것들이 지나치게 많이 모인 결과, 오히려 『보기 드문 것』이 당연하게 되어 버린 상황이었다.

"식사 때 복장에 대해 시끄러운 곳은 인간이 경영하는 고급 레스토랑 정도다. 그에 비해 요리의 맛은 대단치 않은 가게도 많지. 귀족에게는 좋은 요리를 맛보는 것보다 훌륭한 가게에서 화려하게 차려입은 사람들과 식사는 한다는 상황이 더 중요한 것일 테니 말이야."

토끼인 코르레오네 씨가 그렇게 말하는 것을 들으니, 나는 나도 모르게 같은 인간으로서 면목 없다고 사과를 하고 싶어졌다.

가토리 씨는 멍한 얼굴로 코르레오네 씨의 열변을 듣고 있었다.

"이야기가 본론에서 벗어났군."

코르레오네 씨는 크흠 하고 헛기침을 하고는 다시 원래의 화제로 대화를 되돌렸다.

"어쨌든, 베들린 거리에 있는 가게는 관두도록 해. 외양을 꾸미는 것도 중요하지만, 역시나 그곳은 자네한테는 수준이 너무 높아."

"그런가…… 아니, 당신이 그렇게 말한다면 그런 거겠지."

가토리 씨는 눈썹을 팔(八)자로 만들며 유감스럽다는 듯이 고개를 끄덕였다.

"너무 고급스럽지 않은 가게가 좋을 거다. 여러 번 가 봐서 그곳의 분위기에 익숙한 가게를 고르는 것이 중요해. 식당 주인을 안다면 더 좋겠지."

모자의 차양을 만지작거리면서 코르레오네 씨는 술술 말을 늘어놓았다.

"그리고 요리가 맛있어야 하고. 이건 빼놓을 수 없다. 맛있는 것을 먹으면, 사람은 기분이 좋아지지. 자연스럽게 마음이 열릴 게야. 거기에 음식이 희귀한 것이라면, 대화의 소재로도 쓸 수 있을 거다."

가토리 씨는 코르레오네 씨의 말을 조곤조곤 복창했다.

"……익숙한 곳이라고 해도, 주점밖에 없는데."

"자네는 우락부락한 모험가들이 모이는 주점에서 마음에 둔 여성과 식사를 할 생각인가?"

"……안 되려나?"

가토리 씨가 내게 매달리는 듯한 시선을 보내왔다.

나는 확실하게 고개를 끄덕여 보였다.

"그, 그런가. 그런 건가…… 그렇다면, 기댈 만한 곳이 전혀 없는데……."

가토리 씨는 커다란 덩치를 작게 웅크리고는 집게손가락을 톡톡 마주쳤다.

"으음. 저도 협력할 수 있다면 좋겠지만, 그런 가게에 대해서는 잘 몰라서요. 코르레오네 씨, 어디 좋은 가게 없을까요?"

그렇게까지 말한 이상, 코르레오네 씨에게는 그런 가게의 후보가 있는 것이 틀림없었다.

그리고 그 예상대로, 코르레오네 씨는 「있다」라며 고개를 끄덕였다.

"정말이냐! 그, 소개해 줄 수 있어?!"

"해 줄 것까지도 없지."
코르레오네 씨가 말했다.
"너무 고급스럽지 않고, 자주 다녀서 익숙하며 주인과도 아는 사이. 그리고 요리가 맛있으며, 진귀한 것도 있는 곳. 가토리, 자네는 그 가게를 이미 알고 있어."
코르레오네 씨의 확신에 가득 찬 어조에 나는 왠지 등줄기가 서늘해졌다.
어라? 저기, 설마라고 생각하는데요…….
"유우, 네 가게다. 여기서 디너를 즐기면 돼."
"오오……!"
그런 수가 있었나! 라고 말하는 것처럼 가토리 씨가 얼굴을 빛냈다. 나는 머리를 감싸 쥐었다.
"아니, 그게 말이죠, 코르레오네 씨."
"너도 방금 전에 말했지 않느냐. 『저도 협력할 수 있다면 좋겠지만』이라고. 훌륭해. 그렇게까지 말한다면 협력을 해줘야겠어."
나는 반론할 말을 찾았지만, 그 어떤 말도 소용없을 것이란 생각이 들었다.
이 세계에 온 뒤로 자주 경험하는 일이었는데, 코르레오네 씨나 고르 할아버지가 일단 이야기를 결정하면 나는 그것을 뒤집을 수 없었다. 아마도 연륜의 힘이기도 하겠지만, 실무자로서의 실력이기도 한 것이리라.

그런 경험에서, 반론을 하기도 전에「무슨 말을 해도 소용이 없다」라는 사실을 알아차리는 나 자신이 슬펐다.

그리고 가토리 씨를 돕고 싶다고 한 말은 진심이었다.

확실히 우리 가게는 격식 같은 것이 없었고, 가토리 씨도 자주 다녀서 익숙했다. 술주정뱅이들이 오는 일도 없을 뿐더러, 많은 손님으로 번잡스러워서 침착하게 식사할 수 없는 그런 잘 나가는 가게도 아니었다.

객관적으로 생각하면, 과연, 확실히 조건에 딱 들어맞았다.

그러나 물론 문제점도 몇 가지 있었다.

"저기 말이죠, 코르레오네 씨. 저희 가게에는 디너용으로 내놓을 식사가 없는데요."

우리 가게는 카페였다. 가벼운 식사는 준비되어 있지만, 정식 디너가 될 만한 메뉴는 없었다. 또, 내 요리 실력은 어디까지나 가정요리의 범주에 머물고 있었다.

"이전에 파티를 했을 때처럼 하면 된다."

코르레오네 씨의 말에 나는 일전에 열었던 성탄제의 파티를 떠올렸다. 실제로는 리나리아의 생일 파티였지만, 생각외로 많은 손님들이 와 주었다. 그때는 입식 형식으로 많은 음식을 준비했는데, 그 대부분은 코르레오네 씨가 보내준 요리사 분들에게 신세를 졌다.

"……그렇군요."

다시 말해, 이번 메인 요리도 코르레오네 씨의 요리사에게 맡긴다는 것이리라.

"물론, 너도 뭔가 만들어다오. 좋은 이야깃거리가 될 거다."

예상했던 대로였기 때문에 나는 고개를 끄덕였다.

"괘, 괜찮은 거냐?"

가토리 씨가 머뭇머뭇 물었다. 이목구비는 산적같이 우락부락했지만, 그 얼굴에는 마치 혼이 나는 어린아이처럼 미안해하는 표정이 떠올라 있었다.

일단 결정이 되고 나니, 이 서툰 사내의 연애를 어떻게든 도와주고 싶다는 마음이 강해졌다.

"알겠습니다. 특별 영업날로 하죠."

"이, 이 은혜는 잊지 않으마! 이야, 다행이다! 어떻게 하면 좋을지 전혀 알 수가 없었어. 역시 가져야 할 건 친구구나!"

가토리 씨는 그렇게 말하고 크게 웃으면서 퍽퍽 코르레오네 씨의 어깨를 두드렸다. 그 힘에 코르레오네 씨의 세련된 중절모가 휙 날아갔다. 가토리 씨는 이어서 카운터 너머로 내 어깨를 두드렸고, 덕분에 나는 그 자리에서 무릎을 꿇을 뻔했다.

나와 코르레오네 씨는 얼굴을 마주보며 서로 쓴웃음을 지었다.

5

결행 날짜는 정기휴일로 선택했다. 그렇게 하면 아침부터 준비를 할 수 있었고, 가게 분위기도 바꿀 수 있었다.

그렇다고 너무 신경을 쓰면 가토리 씨가 긴장할 것은 불 보듯 뻔했다. 때문에 어디까지나 평소의 분위기를 유지하면서 살짝 특별한 느낌이 나도록 연출하기로 했다.

나는 두 사람이 앉을 자리에 새하얀 테이블보를 깔고, 촛불을 켰다. 비록 그것뿐이라고 해도 분위기는 확 달라졌다.

나도 잔뜩 힘이 들어갔지만, 그 이상으로 힘이 들어간 사람은 바로 코르레오네 씨였다.

일류 식자재를 잔뜩 실은 마차가 가게 앞에 멈춰 섰을 때에는 대체 몇 인분의 디너를 만들려는 거냐고 생각했을 정도였다. 식재료를 반입할 때 마차 안을 잠깐 들여다볼 수 있었는데, 웬걸. 마차 안에는 커다란 냉장고나 냉동고가 가득 실려 있었다.

"이건…… 굉장한데?"

나는 무심코 그렇게 말을 흘렸다. 그 목소리에 냉장고에서 채소를 꺼내던 요리사가 웃었다.

"그럴 겁니다. 이 정도의 식재료 운반차는 어지간해서는 보기 힘드니까요. 저쪽 것은 온장고이고, 이쪽 건 염열고(炎熱庫)입니다."

"염열고요?"

"좀처럼 들어본 적이 없지요? 예를 들면 화산지대에서 생식하는 포르골의 알은 깨보면 내부가 용암처럼 걸쭉하면서 그 자체로 상당한 열을 품고 있습니다. 하지만 조금이라도 식으면 내용물이 급격히 딱딱해져서 먹는 것조차 어려워지지요. 그런 식자재를 위해 준비해 둔 겁니다."

그건 또 대단한 고집이다……. 속물처럼 들리겠지만, 값은 얼마나 할까…….

"코르레오네 가에서는 이런 식자재 운반차가 매일, 이 도시의 안팎을 오가며 식재료를 들여오거나 싣고 나가고 있습니다."

"매일 말인가요?"

"여기저기의 가게에서 식자재를 요청하고 있으니까요."

그 정도라면 이제 마피아랄까, 그쪽 사업보다는 이쪽 사업에 전념하는 편이 좋지 않을까. 부업이라 할 수준이 아닌 것 같은데…….

어쨌든 그건 일단 차치하고, 코르레오네 씨 덕분에 식재료는 산더미처럼 쌓였는데, 식재료와 함께 온 요리사는 한 명뿐이었다. 그것은 우리 주방이 좁다는 이유가 컸다. 게다가 만드는 것도 2인분뿐이고.

요리사 씨는 이미 재료 준비 작업을 시작하고 있었다. 나도 뭔가 도우려고 했지만, 그럴 틈조차 없었다. 나는 프로의 일하는 솜씨를 「우와……」 하고 넋을 놓고 바라볼 뿐이었다.

오늘의 요리는 그에게 맡기기로 하고, 나는 가게의 배치에 집중하자.

밖은 점점 어두워지고 있었다. 이제 곧 가토리 씨가 올 것이다. 그것도 여성을 데리고.

어떤 사람일까…… 두근두근.

"정말 맛있는 요리였어요. 고마워요, 가토리 씨. 근사한 가게를 알고 계시네요."

메드리 씨가 부드러운 미소를 지었다. 가토리 씨는 호들갑스럽게 손을 흔들면서 「아아」라든가, 「어……」라는 미묘한 대답을 반복했다.

"그렇지도 않아. 그, 이런 가게라도 좋다면 얼마든지, 어……."

이런 가게라서 미안하네요. 그렇게 참견을 하고 싶었지만, 나는 당연히 아무 말도 하지 않았다. 조금 떨어진 곳에서 생글생글 붙임성 있게 웃기만 했다.

두 사람의 디너는 기대한 대로 순조롭게 끝을 맞이해가고 있었다.

역시 코르레오네 씨가 데리고 있는 요리사, 라고 해야 할까.

전채는 미궁만이 아니라, 다른 나라에서 가져온 채소와 버섯, 햄과 치즈를 사용한 몇 가지 자잘한 요리를 한 접시에 담은 것이었다. 어느 것이나 놀랄 정도로 손이 많이 갔다.

다음에는 내가 모르는 과일과 채소를 이용한 냉스프와 샛노란 색의 몸통을 가진 생선으로 만든 뫼니에르가 뒤를 이었다. 그 뒤에는 내가 만든 푹 끓인 햄버그 스테이크가 나가고, 그것을 메인 디시로 취급했다. 나는 그것이 매우 부끄러웠다. 프로의 요리 다음에 내가 만든 가정요리급의 음식이 나가도 되는 것일까, 진지하게 고민했을 정도였다.

디저트로는 과일을 잔뜩 올린 셔벗이 나갔고, 그것을 끝으로 이런 작은 가게에서 내놓기에는 너무 본격적이던 코스요리가 매듭지어졌다.

주점에서는 볼 수 없는 격식 있는 요리에 긴장한 가토리 씨는 식기를 부딪치거나 포크를 떨어뜨리는 등, 결코 세련되게 행동했다고는 할 수 없었다. 하지만 메드리 씨는 그런 모습을 봐도 생글생글 미소만 지을 뿐, 요만큼도 신경 쓰는 기색이 아니었다.

메드리 씨의 미모와 인품은 나와 코르레오네 씨의 상상 이상이었다.

메드리 씨는 가토리 씨에게 완전히 가려질 정도로 작은 체구의 여성이었다. 부드러운 갈색 머리카락은 살랑살랑 바람에 날렸고, 눈꼬리가 살짝 처진 눈에서는 부드러운 상냥함이 느껴졌다. 등에는 커다란 날개가 접혀 있어서, 그녀가 조족이라는 사실을 나타내고 있었다. 메드리 씨는 등이 크게 파인 드레스 같은 옷을 입고 있었는데, 그것은 날개를 가진 사람들에게는 당연한 옷이라고 했다. 그러나 몸에 두른 기품이나 부드러운 언동은 그야말로 귀부인이라고 부를 수 있을 정도였다. 아마 그대로 고급 레스토랑에 가도 가게 앞에서 출입을 저지당하거나 하지는 않으리라.

그에 반해 가토리 씨는 우리의 설득으로 겨우 그 터질 것 같은 정장을 단념했다. 대신 평소보다 조금 더 말쑥하게 보일 정도의 일상복을 차려 입었다.

"이 가게에는 자주 오시나요?"

메드리 씨가 물었다.

"어, 어어. 자주 오지. 이 도시에 막 왔을 무렵에 말이지, 여기를 발견했어. 그, 간판이 눈에 확 띄잖아."

"맞아요. 무척 근사한 그림이 그려져 있었어요."

"그렇지? 그래서 가게에 들어와 봤더니, 저 꼬마가 미궁에 가기 전에 안전을 기원하며 한잔 사겠습니다, 라고 말해줘서 말이지……."

그녀가 긴장한 가토리 씨를 배려하고 있다는 것은 옆에서도 한 눈에 알 수 있었다. 메드리 씨는 적절한 타이밍에 맞장구를 치고, 화제가 없어지면 가토리 씨가 이야기하기 쉬우리라 생각되는 내용에 대해 질문을 했다.

"그래서, 아이스커피라는 것을 마셔봤는데 말이야."

"아이스커피?"

"그래. 도시에서는 늘 마시는 건가, 라고 생각했는데…….

그러고 보니 다른 가게에서는 전혀 보이지 않는걸."

"그러게요. 저도 처음 들었어요."

"그, 시커먼 데다, 향은 좋은데 엄청나게 써서 사람이 마실 게……."

가토리 씨가 도중에 말을 멈추고 나를 힐끗 쳐다보았다.

나는 미소를 지으며 그를 마주 바라보았다.

"……마실 수, 마실 수 있는 거라서 말이지! 술과는 다른 씁쓸함에, 그, 뭐랄까……."

"중독될 것 같다?"

메드리 씨가 대신 말을 해주었다.

"그래! 중독될 것 같아. 뒷맛은 산뜻하고 말이지!"

"어머, 그런가요? 그럼 가토리 씨는 그 아이스커피라는 것을 자주 드시나요?"

멀리 떨어져 있는 내 위치에서도 가토리 씨의 관자놀이가 실룩거리는 것이 보였다.

어려운 질문이었다. 가토리 씨는 그 이후로 내가 몇 번이나 권해도 커피를 마시지 않았다. 하지만 여성에게 그런 질문을 받고 「아니, 안 마십니다!」라고 대답할 수 있는 남자가 몇 명이나 될까. 남자의 심장은 절반은 허세로 이루어져 있는 것이다.

"그, 그럼! 물론이지. 그렇지? 마스터!"

가토리 씨는 거짓말이 치명적으로 서툴렀다. 스스로도 그걸 아는 가토리 씨는 내게 대화의 화살을 돌렸다.

"그렇죠. 오실 때에는 반드시 주문하십니다."

나는 태연하게 그렇게 대답했다. 내 대답에 가토리 씨는 안도의 한숨을 내쉬었다.

하지만 과연, 그렇게 긴장을 늦춰도 되는 걸까. 이 이야기의 흐름대로라면…….

메드리 씨가 얼굴 앞에서 두 손을 짝 마주쳤다.

"어머, 그렇다면 오늘도 그 아이스커피인지 하는 것을 드시는 건가요? 저도 흥미가 있답니다."

"엑?"

가토리 씨가 입을 떡 벌리며 언뜻 보기에도 「실수했다!」라는 표정을 지었다. 나는 웃음이 터져 나오려는 것을 필사적으로 참았다. 메드리 씨는 즐거운 듯이 미소를 지었다.

아, 이 사람…….

나는 바로 감이 왔다.

"그럼, 특별히 준비해 드리겠습니다."

"고마워요."

꾸벅 고개를 숙이는 메드리 씨와 눈이 마주쳤고, 나는 그녀와 뭔가가 통하는 것을 느낄 수 있었다.

이 사람, 겉보기에는 우아했지만 부잣집에서 곱게 자란 아가씨는 아닌 것 같았다. 가토리 씨의 거짓말을 이미 꿰뚫어 보고 거기에 편승한 것이었다.

나는 나도 모르게 쓴웃음을 짓고는 주방으로 들어왔다.

재빨리 아이스커피를 준비해 두 사람에게 가져가자, 두 사람은 미소를 지으며 담소를 나누고 있었다. 조금 조심스럽게 말해서, 좋은 분위기라고 할 수 있었다. 그것을 방해하는 것에 나는 약간 죄책감을 느꼈다.

"아이스커피 나왔습니다."

나는 아이스커피를 각자의 앞에 내려놓았다.

메드리 씨는 입가를 손으로 가린 채 물끄러미 아이스커피를 주시했다.

"정말로 새까마네요. 이런 음료가 있다니, 처음 알았어요."

"그럴 거야. 나도 놀랐다니까."

가토리 씨가 그렇게 말하며 어째선지 가슴을 펴고 커피잔을 들었다. 그것을 본 메드리 씨도 두 손으로 잔을 들었다.

잔의 크기는 똑같을 텐데 가토리 씨가 드니 이상하게 작아 보였고, 반대로 메드리 씨의 잔은 손잡이가 달린 맥주잔처럼 보이기도 했다. 착시현상이란 무서웠다.

가토리 씨는 꿀꺽 침을 삼키고는 눈을 감고 커피를 들이켰다. 저기, 독약이 아닌데요…….

"읏…… 큭……! 이건, 아니, 좀 세게 오는데……."

"후후."

메드리 씨는 남자의 의지를 잘 보여준 가토리 씨를 매우 상냥한 눈으로 지켜보았다. 그녀 역시 입가에 미소를 띠며

꼴깍 하고 커피를 마셨다.

"어머나…… 쓰면서도 개운한 것이 정말로 신기한 맛이네요."

"그렇지?! 이게 아이스커피라는 거야."

"과연. 이게 아이스커피라는 것인가요."

가토리 씨는 가슴을 폈고, 메드리 씨는 생글생글 웃었다.

그것이 내가 본 두 사람의 첫 번째 식사였다.

그 후, 가토리 씨와 메드리 씨는 자주 둘이서 함께 내 가게에 와 주게 되었다. 그로 인해 우리 가게가 평소에는 디너를 취급하지 않는다는 사실이 곧 발각되었다. 그날의 요리를 마음에 들어 했던 메드리 씨는 무척 유감스러워했다. 그런 동시에, 가토리 씨에게 협력해 준 코르레오네 씨와도 만나고 싶어 했다.

메드리 씨와 처음 만나던 날, 코르레오네 씨는 어딘지 안절부절못하는 것이 진정이 안 되는 듯한 기색이었다.

딸이 결혼 상대를 소개하는 것도 아닌데요. 내가 그렇게 말하며 웃자, 코르레오네 씨는 「흥」 하고 코웃음을 치며 탕 하고 뒷다리를 굴렀다.

하지만 메드리 씨와 실제로 대면했을 땐 태도가 180도 달라져서, 메드리 씨가 첫 인사로 「그 모자, 무척 잘 어울리시네요」라고 칭찬하자 곧바로 기분이 수직상승했다.

"차이점을 아는 안목이 뛰어난 아가씨로군."

“그거, 코르레오네 씨가 좋아하는 모자죠.”

나 역시 메드리 씨와 친하게 지내게 되었다.

무엇보다, 그녀는 내 아이스커피를 자주 주문해줬던 것이다.

“신기하게도, 또 마시고 싶은 맛이에요.”

메드리 씨는 그렇게 말해주곤 했다.

커피를 좋아하는 사람 중에 나쁜 사람은 없었다. 그녀는 무척 좋은 사람이었다.

“모든 일에 대한 네 판단 기준은 커피인 게냐.”

코르레오네 씨의 말은 전혀 귀에 들어오지 않았다.

우리는 때때로 함께 식사를 하러 갔고, 때때로 그녀의 노래를 들으러 갔다.

그것은 내게 있어 매우 신기한 체험이기도 했다.

나는 바로 최근까지 가게 밖으로 나가는 것을 되도록 피해 왔었다. 물건을 사는 것도 대부분 배달해달라고 했고, 외식 같은 것도 하지 않았다.

어느 날 갑자기 와 버린 이 세계에, 영문도 알 수 없는 이 장소에 어느샌가 녹아드는 것이 두려웠기 때문이다. 내가 돌아가야 할 장소의 기억을 퇴색시키고 싶지 않았다.

하지만, 그 탄생제의 날을 경계로 내 안에서 빙글빙글 소용돌이치던 답답한 감정은 가볍게 타협점을 찾은 모양이었다. 정신을 차리고 보니, 나는 코르레오네 씨와 가토리 씨에게 이끌려 많은 장소에 가 보았다.

그러자, 과연 어땠는가.

그렇게 싫어한 주제에— 그렇게 스스로도 이상하게 여겨질 정도로 나는 그것을 즐기고 있었다.

코르레오네 씨가 요리에 대한 잡다한 지식을 들려주고, 가토리 씨는 그것을 흘려들으며 입을 크게 벌리고 맹렬히 음식을 먹는다. 그런 그를 메드리 씨가 타이르면서 코르레오네 씨에게 맞장구를 친다. 그런 광경을 바라보며, 그들과 같은 시간을 보낸다. 나는 그런 일이 즐겁다고, 솔직하게 생각하게 되었다.

모든 일은 늘 움직이면서 시간과 함께 변해간다. 내 감정이 변한 것처럼.

그것에, 바라느니, 바라지 않느니 하는 우리의 의사는 개입되지 않는다. 우리가 할 수 있는 일은 어느 날 갑자기 맞닥뜨리게 된 변화에 어떻게 대응하느냐 하는 것뿐이다. 변화를 막는 일은 불가능했다.

인생을 바꿀 정도의 거대한 변화는 싱거울 정도로 갑자기 찾아오는 법이었다.

6

이른 아침의 일이었다. 개점 전에 홀로 가게를 찾아온 메드리 씨는 어떻게 봐도 우울하다고밖에 볼 수 없는 표정을 짓고 있었다.

요 한동안 메드리 씨를 만나지 못했기 때문에, 나는 놀라움과 약간의 불안함을 느끼며 그녀의 이야기를 들었다.

"실은, 고향으로 돌아가기로 했답니다."

메드리 씨는 그렇게 말을 꺼냈다.

"어머니가 병으로 쓰러지셨다고 편지가 왔어요. 아버지도 고령이시고…… 여동생도 그냥 내버려둘 수는 없어요."

그리고 그녀는 조금씩 자신에 대해 이야기를 들려주었다.

가수가 되겠다는 꿈을 목표로 반대를 무릅쓰고 고향을 나왔으나, 그 꿈은 아직도 이루지 못했다. 조금만 더, 조금만 더…… 하고 나날이 그 꿈에 매달렸지만, 이제 물러날 때라고, 메드리 씨는 그렇게 말했다.

"저희 집은 대대로 마을의 토지를 지켜 왔으니까요……. 고향으로 돌아가면 결혼해서 집안의 의무를 다해야죠……. 그런 식으로 사는 것이, 이미 정해져 있었어요."

아이스커피잔의 가장자리를 손가락으로 매만지며 메드리 씨는 말을 이었다.

"그래도, 저는 꿈을 좇고 싶었어요. 노래를 부르는 일을 정말 좋아했고, 또, 그것만이 제 특기이기도 했지요. 그래서 가수라는 광채를 동경해서 도시라는 빛을 향해 나아갔던 건데…… 하지만, 소용없었어요."

그녀는 그렇게 말하고 미소를 지었다. 기묘할 정도로 맑고 올곧은 미소였다.

"억지를 부려서 도전했다가 패했다. 그뿐인 이야기예요. 하지만, 가토리 씨를 만날 수 있었고, 유우 씨와 코르레오네 씨와도 만날 수 있었어요. 모두와 함께 보냈던 시간은 정말로, 정말로 즐거웠답니다. 그것만으로도 이 도시에 오길 잘했다고, 그렇게 말할 수 있어요."

나는 그녀에게 아무 말도 해줄 수 없었다. 그 어떤 말도 메드리 씨의 마음에 닿을 것 같지 않았다.

"그러니까, 제 꿈은, 제 청춘은, 여기서 끝이에요."

"……그 얘기, 가토리 씨에게는 하셨나요?"

나는 메드리 씨에게 물었다. 그러자 메드리 씨는 눈을 밑으로 내리깔았다.

"어제, 이야기했어요."

"뭐라고, 하던가요?"

"그런가, 라고요."

분명 머리가 상황을 쫓아가지 못한 것이리라. 나는 그렇게 생각했다. 가토리 씨는 마음이 따뜻한 사람이었다. 그리고 메드리 씨를 매우 좋아하는 사람이기도 했다. 마음에 둔 사람에게서 갑자기 떠난다는 말을 전해 듣고 아무 생각도 하지 못하게 된 것이리라.

"그 사람은, 재능이 풍부해요. 위험한 일은 하지 않았으면 하지만, 그래도 모험가로서의 재능이 있어요."

가토리 씨에 대해 이야기하는 메이드 씨는 따뜻한, 마치 어머니와도 같은 미소를 띠고 있었다.

"유명한 길드에서 권유를 받았다고 해요. 그걸로 이제는 일류가 될 수 있을 것이라고 기뻐했죠. 저도 무척 기뻤어요."

메드리 씨는 아이스커피의 대금을 두고 자리에서 일어났다.

"그 사람을 잘 부탁해요. 그는 늘 코르레오네 씨와 유우 씨를 소중한 친구라고 자랑한답니다."

메드리 씨가 입가에 손을 대고 쿡쿡 웃었다. 그 웃는 얼굴은 어딘가 쓸쓸해 보였다.

"저는 더 이상 옆에서 지켜볼 수 없지만…… 하지만 부디, 꿈을 이루어서 행복해지셨으면 해요."

메드리 씨는 시선을 내려 카운터 위에 놓인 아이스커피를 바라보았다.

얼음은 이미 다 녹아, 잔에는 약간의 물방울만이 맺혀 있었다.

"오늘 정오에 승합마차로 이 도시를 떠나요. 이 도시에서, 좋은 추억 따위는 없었답니다. 하지만 마지막에 정말로 멋진 시간을 보낼 수 있었어요. 유우 씨, 그동안 신세를 졌어요. 코르레오네 씨에게도 부디 인사를 잘 전해 주세요."

메드리 씨는 꾸벅 고개를 숙여 인사한 뒤, 아쉽다는 듯이 아이스커피잔을 매만졌다.

"저는…… 이 맛을 잊지 않을 거예요."

미소를 띠고 떠나가는 그녀의 뒷모습을, 나는 불러 세울 수가 없었다.

안녕이라고, 이별의 말조차 전하지 못한 가운데, 메드리 씨는 가게를 뒤로했다.

7

나는 의자에 앉은 채 잠시 멍하니 창문을 바라봤다. 가게를 여는 것도 귀찮아서 가게는 여전히 닫은 채였다.

나는 메드리 씨와 가토리 씨, 코르레오네 씨…… 참으로 조화가 안 되는 이 네 명이서 시끌벅적하게 지냈던 나날을 떠올렸다.

그 날들이 이렇게나 맥없이 끝났다는 사실에 나는 허탈감이 들었다. 동시에 가토리 씨의 심정을 상상하고는 위가 묵직해지는 것을 느꼈다. 가토리 씨는 지금, 어떤 기분일까.

그때 문득, 나는 우선 코르레오네 씨에게 이야기를 해야 한다는 사실에 생각이 미쳤다.

시계를 확인하니 시간은 벌써 정오에 가까워졌다.

나는 가게를 나섰다. 그 순간, 길 건너편에서 걸어오는 커다란 그림자가 내 시선을 빼앗았다. 비틀비틀 걷는 그 모습은 틀림없이 가토리 씨였다.

더 가까이 다가간 나는 가토리 씨의 모습을 보고 깜짝 놀랐다. 행색이 말이 아니었던 것이다. 옷은 여기저기 찢어지고 누렇게 변하거나 적갈색으로 더러워져 있었다. 얼굴의 오른쪽 절반은 퉁퉁 부어 있었으며, 코피의 흔적도 남아 있었다.

그리고, 그런 가토리 씨를 코르레오네 씨가 앞장서서 이끌고 있었다.

"대체, 어떻게 된 건가요?! 이거……."

나는 멍하니 그렇게 중얼거렸다. 그러자 코르레오네 씨가 대답했다.

"어제 저녁에 이 바보가 어딘가의 주점에서 크게 싸움을 해서 말이다. 위병에게 붙잡혀서 지금까지 감옥에 처박혀 있었다."

과연. 그 대답에 나는 강하게 납득이 됐다.

가토리 씨의 눈은 탁하게 가라앉아서 평소의 소년과도 같은 반짝임은 어디에도 보이지 않았다.

코리레오네 씨는 그대로 총총 걸어서 가게 안으로 들어갔다. 가토리 씨도 말없이 그 뒤를 따랐다.

마지막으로 내가 가게에 들어가자, 두 사람은 여느 때처럼 의자에 앉아 있었다.

가토리 씨는 카운터에 남겨진 아이스커피잔을 멍하니 바라보고 있었다.

"유우. 사정은 아는 게냐."

나는 무엇을 말하는 것인지 바로 알아차렸다.

"방금, 본인에게 들었습니다. 정오에 도시를 떠난다고."

가토리 씨가 느릿느릿 얼굴을 들었다가 다시 고개를 떨궜다.

"그런가. 참나. 내게도 인사 정도는 하고 가도 좋았을 것을."

"인사, 잘 전해달라고 하셨어요."

"그게 아니고 말이다. 직접……."

"그렇지만, 코르레오네 씨가 어디에서 사는지 가르쳐 주지 않으셨잖아요."

"……뭐, 그렇긴 하다만."

코르레오네 씨는 짧은 팔을 가슴 앞에 모으고 입을 우물우물 움직였다.

그것을 끝으로, 괴괴한 침묵이 이 공간을 에워쌌다.

아무도 말을 하지 않은 채, 한동안 시간이 흘렀다.

"그래서, 자네는 어쩔 생각인가."

포문을 연 것은 코르레오네 씨였다.

"그녀는 곧 이 도시를 떠난다고 했다. 어쩔 겐가. 가토리."

가토리 씨는 아이스커피잔을 바라본 채로 아무 말도 하지 않았다.

"……뭐, 괜찮겠지. 이건 자네가 선택할 문제이니까. 자포자기 상태가 되어 주정뱅이와 치고받아도 되고, 헤어짐의 시간을 앞에 두고 멍청히 주저앉아서 아무것도 하지 않고 시간을 헛되이 보내는 것도 좋겠지. 쫓아가는 것도 쫓아가지 않는 것도, 가는 것도 이곳에 남는 것도 모두 자네 인생이야."

"……는 거야."

가토리 씨가 툭 중얼거렸다.

"뭐라고?"

"어쩌라는 거냐고. 메드리는 고향으로, 시골로 돌아간다고 했어. 나는 시골 생활에 싫증이 나서 이곳에 왔지. 사람이 많고, 늘 밝으면서, 뭐든 갖춰진 도시에! 그래서 모험가가 됐고, 길드의 권유를 받게 되어서 드디어 전부 잘 될 것 같았다고! 전부, 전부 다! 그랬는데! 난 어떻게 해야 하는 거냐고!"

그것은 절규였다. 머리를 감싸 쥔 채 카운터에 엎드린 가토리 씨의 삐걱거리는 마음의 소리였다.

어떻게 해야 할까.

나 역시 그것은 알 수 없었다.

지금 당장 쫓아가라고 설득해야 하는 것일까. 어쩔 수 없어, 그런 일도 있는 법이야, 라고 위로를 해야 하는 것일까. 정답은 없다는 것을 알면서도, 그래도 어느 쪽도 고를 수 없었다.

"—뭐, 아무래도 좋잖나."

그때, 코르레오네 씨가 명랑하게 그렇게 말했다.

"그 정도의 여자라면 얼마든지 있다. 이곳은 미궁도시 알베르타. 바야흐로 세계의 모든 것이 모이는 곳이지. 대신할 여자 따위 금방 찾을 수 있을 게야. 내가 몇 명이든 소개해

주지.”

가토리 씨가 얼굴을 들었다.

“전부터 그렇게 생각하고는 있었다. 가토리, 자네에게 그 정도의 여자는 아까워. 자네에게는 모험가로서의 재능이 있어. 좀 더 위로 올라갈 수 있지. 돈 따위 빗자루로 쓸어서 버릴 정도로 손에 들어올 거라고. 맛있는 식사에 멋진 여자……. 멋진 인생이잖나? 꿈만 같군.”

“……니야.”

“그런 되다 만 가수에 지나지 않는 시골뜨기 처녀를 고를 필요는 전혀 없어. 이걸로 머리가 식었겠지? 그러니 다음에는 더 좋은 여자를—.”

“아니야!”

가토리 씨의 일갈이 가게 안에 울려 퍼졌다. 부르르 떨린 공기가 우웅 하고 뒤울림을 남겼다.

“그렇게, 그렇게 좋은 여자는, 어디에도 없어! 그렇게 상냥하고, 늘, 혼자서 열심히 노력하고, 자신은 아무리 고통스러워도 다른 사람을 배려해 줄 수 있는 여자는— 어디에도, 어디에도 없다고!”

가토리 씨는 이를 꽉 악문 채 코르레오네 씨를 노려보았다.

코르레오네 씨가 모자의 차양에 손을 갖다 대며 씩 웃었다.

“뭐야— 잘 알고 있지 않은가.”

“엉?”

가토리 씨가 멍하니 입을 떡 벌렸다.
"그래, 가토리. 그런 여성은 어디에도 없어. 자네에게는 너무 아까울 정도로 근사한 사람이지."
"아, 어, 뭐?"
코르레오네 씨가 쿡쿡 웃었다.
"다들 여자는 하늘의 별만큼 있다고 말하지. 허나, 사람은 언젠가 자신의 단 하나뿐인 별을 찾는다."
"어, 어어……."
"가토리. 별과 만날 수 있는 것은 인생에게 단 한순간뿐이다. 스쳐 지나가 버린 별과는 다시 만날 수 없어. 도시에서의 생활? 그야 근사하겠지. 일류 모험가? 훌륭해. 그러나……."
코르레오네 씨가 가토리의 팔을 탁 두드렸다.
"단 하나의 별이 없는 인생에, 얼마만큼의 가치가 있겠나?"
가토리 씨는 멍한 표정 그대로 코르레오네 씨가 두들긴 팔을 물끄러미 바라보았다. 탁하게 가라앉았던 눈동자는 어느샌가 원래의 빛을 되찾았다. 그것은 그때, 처음 이 가게에서, 이 자리에서 가토리 씨와 만났던 때 갖고 있던, 순수한 소년과도 같았던 빛이었다.
"그렇군. 그래. 나는 당치도 않은 실수를 했다……. 이 도시에 처음 왔을 때, 나는 돈도 지위도 아무것도 없었다. 지금 와서 뭘 아까워한 걸까."
가토리 씨는 두 손으로 얼굴을 덮었다.

"나는, 그 녀석만 있어 준다면 그걸로 행복했는데……."

밖에서 종소리가 들려왔다.

시계탑에서 들려오는 종소리가 도시 전체에 울려 퍼지고 있었다. 그것은 정오를 알리는 소리였다. 그리고 메드리 씨가 탄 마차가 출발하는 신호의 소리이기도 했다.

시간에 맞추지 못했다. 모든 것이, 너무 늦었다.

카운터에 엎드린 가토리 씨의 어깨가 흔들렸다. 가게 안에 서글픈 남자의 오열이 울려 퍼졌다.

"유우, 아이스커피를 다오."

"예, 예?"

갑작스러운 코르레오네 씨의 주문에 나는 무심코 되물었다.

이런 상황에 왜 그런 것을……?

"됐으니 서둘러다오."

그러나 진지한 코르레오네 씨의 모습에 나는 잠자코 고개를 끄덕였다. 그리고 여느 때보다 재빠르게 커피를 준비했다.

"가토리. 자네는, 포기할 줄 모르는 편인가?"

코르레오네 씨가 가토리 씨에게 물었다.

"이제는 다 끝났다는 것을 알았어도, 그래도 끝까지 발버둥치는 쪽을 선택할 수 있나?"

가토리 씨가 얼굴을 들었다. 부어오른 눈에서는 눈물이 흘러내려 콧물과 코피와 범벅이 되어 있었다.

"무슨 의미냐?"

가토리 씨의 떨리는 목소리를 들으며 나는 잔에 얼음을 채우고 커피를 따랐다.

그 뒤, 더 완성된 아이스커피를 코르레오네 씨 앞에 내려놓았다. 코르레오네 씨는 그것을 가토리 씨에게 내밀었다.

"마셔. 그리고 달려라. 만약 자네가 포기하지 않는다면, 계속 달린다면, 어쩌면 놓쳐버린 별에도 손이 가 닿을지도 모르지."

가토리 씨와 코르레오네 씨는 그렇게 서로를 마주보았다. 그리고 가토리 씨는 아무것도 묻지 않고 아이스커피가 든 잔을 받아들고 그것을 단숨에 들이켰다.

"크으윽…… 이거, 변함없이 뼈가 저리는 듯한 맛이로군."

그 뒤, 가토리 씨는 얼굴을 탁탁 두드리고는 내 쪽으로 돌아섰다.

"유우. 그동안 신세를 졌다! 이 가게를, 너를 만날 수 있어서 정말로 좋았다. 즐거운 시간이었어. 고맙다!"

가토리 씨가 카운터 너머로 손을 뻗어 나를 끌어당겼다.

"우왓?!"

가토리 씨는 카운터 위로 끌어올리듯이 나를 끌어안았다.

그러다가 내게서 몸을 확 떼는가 싶더니, 이번에는 코르레오네 씨를 끌어안았다.

"에잇, 놔라! 지저분해!

"그런 차가운 말, 하지 말라고!"

평소와 같은 대화에 나는 나도 모르게 웃고 말았다. 가토리 씨도 웃고, 코르레오네 씨 역시 어쩔 수 없다는 듯이 웃었다.

다 같이 웃으면서도, 우리는 모두 이것이 마지막 이별이 될지도 모른다는 사실을 알고 있었다.

"그럼, 안녕."

가토리 씨가 웃는 얼굴로 그렇게 말했다.

"아아."

코르레오네 씨가 고개를 끄덕였다.

"건강하세요. 메드리 씨에게도 인사를 전해 주세요."

"그래!"

가토리 씨는 그대로 출구를 향해 걸어가서는 이쪽을 돌아보았다.

"너희 두 사람은 죽을 때까지 잊지 못할 거다. 그리고 아이스커피의, 이 맛도."

그렇게, 평소와 똑같은 미소를 남기고 가토리 씨는 가게를 나섰다. 곧이어 빠르게 달려 나가는 소리가 들려왔다.

정말로 맥 빠지는, 하지만 어딘지 개운한— 마치 아이스커피와도 같은 이별이었다.

"……시간에 맞출 수 있을까요."

나는 시계를 확인했다. 그러나 어떻게 봐도 이미 정오는 지나 있었다. 거리에서 도시의 출입문까지는 그럭저럭 거리가 있긴 하지만, 달려서 쫓아가는 것은 아무리 생각해도 무리였다.

"이것이 희극이라면 시간에 맞출 수 있겠지. 거기엔 작가라는 운명을 다루는 여신이 존재해서, 어떠한 불가능이라도 모두 비틀어 가능하게 만드니까 말이다."

"그렇다면……?"

코르레오네 씨는 모자의 차양을 매만진 뒤, 의자에서 뛰어내렸다.

"나는, 운명의 여신이라는 것을 믿지 않는다. 때문에, 분명 시간에 맞출 수 있겠지, 라는 말은 하지 않아. 대신 억지로 시간에 맞추게끔 만들지. ―그렇지 않으면 뒷맛이 개운치 않잖나?"

그는 그렇게 말하고는 씩 웃어 보였다.

"그나저나, 네가 끓이는 아이스커피는 정신이 들게 하거나 숙취를 해소하는 데 좋은 것 같군. 숙취해소제로 팔면 어떤가?"

나는 그 제안에 쓴웃음을 지으며 고개를 가로저었다.

"이게 약이었다면, 저 두 사람의 추억도 모양새가 나지 않아요."

확실히 그렇군. 코르레오네 씨는 그렇게 대답한 뒤 가게를 나섰다.

8

이 세계에서 카페를 연 지 2년이 지났다. 처음에는 그저 신기함에 이끌려 찾아왔던 손님들이었지만, 고맙게도 그 사이 단골이 몇 명 생겼다.

그중에는 드문드문 잡담을 하는 사람이 있는가 하면, 침묵을 미덕이라 여기고 느긋하게 커피를 마시는 사람도 있었다. 또는 뭔가를 기다리고 있는 것인지, 혹은 그 뭔가를 찾는 것인지, 테이블석에 앉아 하루 종일 거리를 오가는 사람들을 바라보는 엘프 누님도 있었다.

그런 단골 중 한 명, 테렌스라고 자신을 소개한 청년은 언제나 때 하나 묻지 않은 새하얀 셔츠를 맵시 있게 입고 있었다. 늘 웃는 얼굴에 예의가 바르며 눈치 빠른 대화를 할 줄 아는 그는 순식간에 다른 단골손님들과 안면을 트게 되었다.

테렌스 청년은 훌쩍 가게를 찾아서는 거리에서 있었던 일을 자주 이야기해 주었다. 잡담을 주고받던 중에 내가 우연히 가게 밖으로 나가는 일이 별로 없다고 말했던 것을 신경써주는 모양이었다.

"유우 씨, 들었나요? 그저께 일어났던 일이요."

테렌스 청년이 꺼내는 이야기에 나는 고개를 끄덕여 보였다.

"응. 화제가 됐으니까. 문에서 마차가 넘어지는 바람에 과일이 사방으로 넘쳐났다면서?"

테렌스 청년은 내가 하고 싶은 말이 바로 그것이라는 것처럼, 만족스러운 기색으로 이야기를 시작했다.

"네, 맞아요. 그런데요, 그 마차가 글쎄, 그 코르레오네 가의 식재료 운반마차였다고 해요."

"그래?"

"예. 바닥에 쏟아진 과일도 원래는 시내에 있는 일류 레스토랑에 보내기 위해 외부에서 들여온 물건이었던 것 같아요. 상품으로서의 가치가 떨어졌다면서 통 크게 주변 주민들에게 나눠줬다는데요, 다들 손해가 막심할 거라느니 그렇게 얘기하고 있어요."

"그렇구나."

나는 고개를 주억거렸다.

"그것만이 아니에요. 그 소동 때문에 통행금지로 길게 늘어섰던 마차들 중 하나에 산적 같이 생긴 거구의 남자가 올라탔다고 해요. 그리고, 주변에 다 울려 퍼질 듯한 커다란 목소리로 여성에게 구혼을 했다던가?"

"호오……."

나는 컵을 닦던 손을 멈췄다.

"그래서, 그 구혼은 성공했대?"

"사방에서 환성과 박수갈채가 쏟아졌다고 하니, 분명 잘 되었겠죠. 그나저나 이 도시에는 참 별별 일이 다 일어나네요. 마차가 쓰러지질 않나, 남자가 여자에게 갑자기 구혼을 하질 않나…….”

테렌스 청년은 그렇게 말하고는 작게 웃었다. 그런 그에게 나도 마주 웃어 보였다.

나는 힐끗 카운터 끄트머리에 시선을 주었다.

그곳에는 코르레오네 씨가 앉아 있었다. 그 앞에는 특별 주문한 작은 잔에 담긴 아이스커피가 놓여 있었다.

코르레오네 씨가 내 시선을 알아차리고 얼굴을 들었다. 그러더니 한번 씩 웃고는, 모자의 차양을 만지작거렸다.

막간 카페의 늦은 밤 야식 -날달걀밥-

내일은 정기휴일이다.

영업을 마치고 가게를 닫은 나는 조미료나 생활용품의 재고를 확인했다. 내일은 부족한 물품을 사러 시장에 가볼까 하고 생각했기 때문이다.

그런데 내친김에 선반 정리도 같이 했더니 생각했던 것보다 시간이 더 많이 걸리고 말았다.

땀과 먼지를 씻어내고 한숨 돌렸을 무렵에는 이미 밤이 깊어졌다.

남은 것은 이제 자는 것뿐이었는데…….

나는 배에 손을 갖다 댔다.

저녁을 먹은 지 시간이 꽤 흘러서인지 아무래도 배가 출출했다. 출출함을 참고 이대로 잠자리에 드는 것도 가능할 것이다. 하지만, 내일은 모처럼의 정기휴일…… 다소 몸에 안 좋은 일을 해도 문제는 없지 않을까?

그렇게 생각하자, 진짜 그러고 싶은 기분이 들어 나는 오랜만에 야식을 먹기로 했다.

나는 잠옷차림 그대로 2층의 거주 공간에서 가게로 내려와, 주방과 카운터 위에만 불을 켰다.

부모님의 눈을 피해 심야에 몰래 밥을 먹는 것 같은 기분이라 가슴이 설레었다.

나는 냉장고 문을 열고 무엇을 만들까 생각했다.

당연한 이야기이지만, 우리 가게는 음식점이다. 때문에 냉장고에는 각종 식재료가 갖춰져 있었다. 평범한 집이었다면 있는 것으로 대충 먹자, 라고 생각했겠지만, 이렇게까지 풍부하게 선택지가 준비되어 있으니 오히려 고민이 되었다.

일단, 손이 많이 가는 것은 만들고 싶지 않았다.

간단하고, 맛있으며, 만족감이 드는 것…….

나는 냉장고에 정리되어 있는 식재료를 위에서부터 차례로 훑어보았다. 그리고, **그것**에 시선이 머문 순간, 뭔가가 내 뇌리를 스치고 지나갔다.

"이걸로 하자."

나는 손을 뻗었다.

밥, 이었다.

조리용 화로에 올려놓은 질냄비에서는 수증기가 슉슉 뿜어져 올라오고 있었다.

이렇게 손쉽게 밥을 지어먹을 수 있는 장소라서 다행이라고, 나는 늘 생각했다. 쌀은 일본에서 먹던 것보다 모양이 세로로 더 길쭉했지만, 차이는 거의 없었다.

이 세계에서 일반적으로 먹는 쌀은 좀 더 갈색빛이 돌거나 현미와 비슷했지만, 나는 백미를 골라서 샀다. 백미는 고급품에 들어가지만, 큰일을 위해서 작은 희생은 감수하는 수밖에 없었다. 먹고 싶은 것이다. 어쩔 수 없었다.

흰 쌀밥을 질냄비로 짓는다. 이것만으로도 최고였다. 불만을 토로할 요소는 없었다.

게다가…….

나는 카운터에 놓인 바구니에 시선을 주었다.

그곳에 쌓여있는 것은 계란이었다. 그것도 단순한 계란이 아니라, 미궁 안에서 생식하는 새의 알이었다. 『미궁』이라는 수식어가 붙는 것만으로도 왠지 굉장한 것 같은 느낌이 드니, 참 신기한 일이었다.

야식의 재료는 이 두 가지였다. 실로 간단하고 맛있으며, 만족감이 드는 것.

그렇다. 날달걀밥이었다.

슬슬 밥이 다 되었을 질냄비의 상태를 살피면서 나는 사고의 바다에 빠져들었다.

언뜻 보기에, 날달걀밥은 요리가 아니었다. 갓 지은 따끈따끈한 쌀밥 위에 신선한 계란을 깨뜨려 올린다. 거기에 간장과 화학조미료를 적당히 넣으면, 사람들은 그것만으로도 충분히 맛있다고 생각한다.

하지만 나 같은 날달걀밥 애호가의 눈으로 보자면, 그것은 너무나도 안이한 방법이었다.

가령, 스테이크에 대해 그와 똑같이 생각할 수 있을까.

신선한 고기를 프라이팬에 굽고, 소금과 후추를 뿌리면 맛있다. 이것은 누가 만들어도 똑같다, 라고 말할 수 있을까.

아니다.

날달걀밥은 그런 것이 아니었다.

불에 얼마나 구웠는지에 따라 고기의 맛이 바뀌듯이, 물의 온도 하나로 커피의 맛이 달라지듯이—.

날달걀밥은 먹는 방법 하나만으로도 맛이 변했다.

그것은 어떻게 먹는 것이 가장 맛있다, 라는 얘기가 아니었다. 자신에게 어떤 것이 가장 잘 맞는가, 하는 이야기였다.

하얀 쌀밥과 계란을 앞에 두었을 때, 우선 생각해야 할 것은 그 순간의 자신의 마음이었다.

닭이 갓 낳은 신선한 계란을 보다 깊이 맛보기 위해 천천히 먹고 싶은가.

아니면 갓 지은 뜨거운 쌀밥의 달큰함을 즐기기 위해 계란을 들러리로 만들 것인가.

그것은 요컨대, 자기 자신과의 대화였다.

날달걀밥을 정말로 맛있게 먹으려고 할 때, 인간은 자신을 다시 되돌아보게 되는 것이다. 계란은 늘 「먹고 싶은 대로 먹어도 돼」라고 말하고 싶어 하는 얼굴로 뒹굴고 있지만, 먹는 쪽은 그렇지 않다. 우리는 늘 진지하게 승부에 임하고 있는 것이다.

질냄비에서는 다 지어진 밥의 달달한 향이 풍겼다. 뚜껑을 열자, 갇혀있던 새하얀 증기가 확 피어올랐다. 냄비 안에는 백은색으로 빛나는 평원이 펼쳐져 있었다. 밥알이 한 알, 한 알 살아있었다. 정말 맛있게 잘 지어졌다.

나는 밥주걱 대신 나무주걱을 들고 소복하게 쌓인 눈에 발자국을 남기는 소년의 마음으로 그것을 밥에 찔러 넣었다.

그리고 꾹 힘을 주어 밥을 뒤섞었다. 긴장되는 순간이었다.

"……훌륭해."

질냄비의 장점은 밥 아래쪽에 누룽지가 만들어진다는 점이었다.

불이 강하게 와 닿는 밑바닥은 쌀이 조금씩 눌어붙어 잘 여문 벼 이삭과도 같은 선명한 황색을 띠었다. 평소라면 조금 더 단단한, 그야말로 입에 넣으면 바삭바삭 씹는 맛이 생겨날 정도의 누룽지를 더 좋아했겠지만, 날달걀밥을 위해서는 이 정도가 딱 좋았다.

나는 밥 전체를 재빨리 뒤섞은 뒤, 한 공기만큼을 퍼서 그릇에 담았다.

그런 다음, 밥그릇에 담은 밥을 주걱으로 탁탁 정리했다. 중앙으로 모으듯이, 밥을 눌러 단단하게 만들었다. 그러자 밥그릇을 분단하듯이 산이 생겨났다. 새하얀 밥의 산은 흡사 눈을 뒤집어쓴 산봉우리와도 같았다.

나는 정면에 밥그릇을 내려놓고 후우 하고 호흡을 고른

뒤 계란을 집어 들었다.

오른손 안에서 계란을 몇 번이나 고쳐 쥐면서 손에 딱 잡히는 위치를 찾았다.

계란은 계란마다 천차만별이었다. 때문에 어제의 계란 깨는 방법이 오늘도 정답이라는 일은 있을 수 없었다. 껍질의 두께나 계란의 미묘한 곡선을 손바닥으로 감지해 어떤 각도에서 아름답게 깨질 것인가를 생각한다. 계란이 깔끔하게 깨질지 어떨지는 이 단계에서 결정된다고 해도 좋으리라.

"여기구나."

나는 계란이 손에 착 붙는 것을 느낄 수 있었다. 그 순간, 계란은 손바닥에 완전히 감싸여 손과 하나가 됐다. 계란은 내 일부이며, 손의 연장선이 되는 것이었다.

나는 팔을 들어 손목에 가볍게 스냅을 줘서 테이블을 두드렸다. 계란으로 두드린 것이 아니었다. 살짝 주먹을 쥐고 테이블을 두드리는 것 같은 이미지. 가볍게, 하지만 기세 좋게. 손목을 유연하게 움직여야 했다. 그렇게 해서 여분의 충격은 모두 손목으로 흡수하는 것이다.

내려친 반동의 기세 그대로 손을 밥그릇 위로 가져갔다. 그때서야 비로소 손 안에 계란이 있었다는 사실을 재확인하게 된다.

계란에는 방사형으로 금이 가 있었다. 오늘의 모양은 비 내린 뒤의 거미집 같았다. 거미집에 달라붙은 물방울이 비가 갠 뒤의 햇빛을 받아 반짝반짝 빛나고 있었다. ―오케이.

나는 금이 간 부분에 엄지를 갖다 대고 양손으로 균등하게 힘을 주었다. 결코 금 안으로 손가락을 찔러 넣어서는 안 되었다. 약해진 껍질은 한순간의 길항작용 뒤 곧바로 부서져 흩어질 것이기에, 생각 이상으로 깊숙이 찔러 들어간 손가락으로 인해 노른자가 터져버릴 가능성이 컸다.

뭐, 노른자는 결국 터뜨려서 다 섞어버리기 때문에 계란을 깨뜨릴 때 노른자의 막이 터져서 걸쭉하게 흘러나온다고 해도 먹는 데에는 아무 문제가 없었다.

하지만, 아름답지 않았다.

세심한 주의를 기울여 깬 껍질은 파삭하고 가벼운 소리를 냈다. 그 순간을 기다렸다는 듯이 흰자가 주르륵 하고 빠져나왔다.

밥그릇에 담긴 밥의 산을 기준으로 한쪽에 계란 흰자가 착지했다. 담황색의, 안개가 낀 것처럼 살짝 탁한 빛을 띤 그것은 마치 아침 해를 받아 어스레하게 밝아오기 시작하는 삼림의 공기처럼 산뜻했다.

나는 고개를 한번 끄덕이고는 다시 기합을 넣었다.

손에 든 계란껍질의 반대쪽에는 노른자가 근소하게 남은 흰자 안에 잠들어 있었다.

나는 그 잠을 방해하지 않도록 신중하게, 유리세공품을 만지는 것보다 더 부드럽게 껍질을 기울여 다른 한쪽의 껍질로 노른자를 받아냈다.

그러자 마지막으로 남아있던 극소량의 흰자가 밥그릇 안에 만들어진 연무 속으로 떨어져 내렸다.

그리고, 껍질 안에는 겨우 순수한 노른자만이 남았다. 볼록 하고 부풀어 올라서 매끈매끈한 광택을 발하는 노른자의 존재는 한층 더 관능적이기까지 했다.

그 노른자는 흰자와는 반대쪽에 살짝 떨어뜨렸다.

그렇게 밥그릇 안은 밥의 산에 가로막히듯 흰자 쪽과 노른자 쪽으로 나뉘어졌다.

나는 준비해 둔 조미료를 집어 들었다. 이 세계에서 사용하는 어장(魚醬)은 맛과 향이 강해서 간장과 비슷한 풍미를 냈다. 내 조미료는 그 어장에 다른 조미료를 섞고, 버섯의 육수를 섞어 만들어 낸 나만의 맛간장이었다.

그것을 살짝, 결코 너무 과하지 않도록 조금씩, 조금씩 밥 위에 뿌렸다.

새하얀 캔버스에 이리저리 내지른 붓 자국의 흔적처럼 간장이 색을 남겼다.

계란을 깨고 나서 여기까지 불과 22초.

초조해하지도 않고, 그렇다고 너무 시간을 들이지도 않고—.

나는 젓가락을 들고 두 손을 모았다.

"잘 먹겠습니다."

그리고 밥의 산이 김을 피어 올리는 밥그릇을 들어올렸

다. 그 움직임에 흰자가 흔들리고 노른자가 부르르 떨렸다.

섞는다, 라는 행위는 하지 않았다. 그것은 마지막 단계였다.

우선 먹어야 하는 것은 흰 쌀밥이었다.

나는 산의 한쪽을 도려내듯이 맛간장을 머금은 밥을 먹기 좋게 퍼서 입에 넣었다.

"아뜨, 아뜨……!"

과연 갓 지은 밥다웠다. 밥이 뜨끈뜨끈했다. 무심코 입을 벌리고 몇 번이고 공기를 빨아들였다. 입에서 하얀 김이 모락모락 새어나왔다.

뜨겁다. 델 것 같아. 그러나, 이 뜨거움이 참을 수 없을 정도로 좋은 것이다.

이윽고 밥이 조금 식자, 나는 밥알을 제대로 씹을 수 있었다.

밥알 한 알, 한 알의 씹는 맛을 알 수 있을 것 같은 절묘한 단단함. 흰 쌀알 안에 갇힌 수분과 달콤함이 꽉 짜여 나와 혀를 즐겁게 했다. 그리고 맛간장 특유의 짭짤한 맛이 그것을 한층 더 돋보이게 했다.

다른 반찬은 아무것도 필요 없었다.

갓 지은 흰 쌀밥에 맛간장을 뿌리는 것만으로도 몇 그릇이고 먹을 수 있었다.

삼키는 것이 아쉬워서 나는 정성껏 밥알을 씹었다. 씹을 때마다 단맛이 배어나왔다.

이 한 입.

심야에 배가 살짝 출출한 상태에서, 갓 지은 쌀밥을 먹는다. 그 첫 한 입만큼 맛있는 것은 이 세상에 없었다.

"하아……."

밥을 삼켰다. 입안이 허전했다. 방금 전까지 있던 열기가 느껴지지 않았다. 나는 밥그릇을 내려놓았다. 김이 피어오르는 흰 쌀밥을 다시 한 입 먹고 싶어졌다. 입안에 저절로 침이 고였다.

그것을 꿀꺽 삼키고, 나는 고개를 저었다.

이 밥그릇에 담은 밥의 양으로는 그것이 허락되는 양은 한 입까지였다.

내 머릿속에서는 이미 밥의 배분이 끝나 있었다.

지금 여기서 필요 이상으로 밥을 먹어버리게 되면, 후반에 노른자와 섞을 분량이 부족해졌다. 그렇게 되면 노른자의 농후함은 깊은 감칠맛보다 느끼함을 먼저 느끼게 하리라.

나는 마음을 다잡고 이번에는 흰자를 떨어뜨린 쪽으로 젓가락을 뻗었다.

날계란의 흰자만 먹는 사람은 웬만해서는 없을 것이다. 투명한 그 부분에는 아무 맛도 없다고 생각하는 사람이 많았다.

그러나, 그것은 엄청난 착각이었다.

나는 흰 쌀밥에 계란의 흰자만을 섞어 묻힌 뒤, 한 입 맛보았다.

흰자의 서늘한 냉기가 밥의 열기를 중화시켜 실로 딱 적당했다. 흰자가 혀에 닿는 걸쭉한 식감, 그리고 흰자가 희미하게 갖고 있는 달콤함이 느껴졌다. 이렇게 먹음으로써, 계란 흰자에도 맛이 있다는 사실을 깨달을 수 있었다.

맛간장의 짭짤한 맛은 자신의 존재를 강하게 주장하지 않았다. 밥과 흰자의 희미한 맛을 더 돋보이게 하는 데 전념하고 있었다. 잔잔하고 깔끔한 맛은 그 안에 나도 모르게 마음이 편해지는 것 같은 상냥함을 품고 있었다.

꼭꼭 씹어서 삼키면, 입안에는 여운조차 남지 않았다. 그 정도로 섬세한 맛이었다.

나는 물 흐르듯이 젓가락을 움직여 반대쪽, 대좌에 놓인 보물과도 같은 노른자에 젓가락 끝을 찔러 넣었다. 그리고 살며시 빼자, 그 안에서는 벌꿀보다도 더 선명한 색깔의 액체가 흘러나왔다.

흰 쌀밥의 산과 밥그릇 가장자리 사이에 노란 바다가 생겼다. 대륙과 바다. 이것은 밥그릇 안에서 일어나는 세계의 창조였다.

뜨거운 쌀밥에 노른자를 천천히 비비자, 노른자가 희미하게 열기를 띠었다.

나는 재촉당하는 것처럼 젓가락을 밥에 찔러 넣고, 노른자와 섞인 밥을 들어올려 입에 넣었다.

—진하다.

흰자와 분리되었기 때문에 비로소 느낄 수 있는, 노른자만의 농후한 맛. 그리고 혀에 느껴지는 노른자의 부드럽고 감칠맛 넘치는 매끄러운 식감이 참을 수가 없었다.

흰 쌀밥에 흰자라는, 조용한 숲속과도 같은 세계였던 내 입속에 화산의 마그마가 흘러든 것 같았다. 노른자와 맛간장이 입안에서 자신의 존재를 강하게 주장하고, 쌀이 그런 그들을 지탱해 주었다.

이봐. 지금은 심야라고. 그렇게 말하는 소리가 들렸다.

이런 걸 먹어도 되는 거냐, 하고 어디선가 나 자신이 속삭였다.

괜찮아.

심야이기 때문에 괜찮았다.

심야에 밥을 짓고, 날계란을 얹어, 농후한 노른자가 비벼진 흰 쌀밥을 먹는다. 그 배덕감이야말로 최고의 조미료였다.

나는 다시 한 입, 노른자에 비빈 밥을 먹었다. 이번에는 맛간장이 많이 묻은 부분이었던 모양이었다. 다소 많은 양의 밥에 맛간장의 감칠맛과 짠맛이 진하게 느껴졌다. 자칫하면 짠맛이 너무 강해서 자극적이 될 수 있는 것을, 노른자가 감싸 안아 순하게 해주었다.

주역이 될 수도 있을 뿐더러, 조역이 되어 줄 수도 있다니, 노른자란 정말이지 굉장한 녀석이었다.

하지만, 그 농후함이 계속되면 혀가 피곤했다.

"슬슬 진정시켜 둘까……."

나는 손안에서 밥그릇을 빙글 돌려 흰자가 있는 쪽이 앞쪽으로 오게 했다. 그리고 흰자와 쌀밥을 입안에 그러넣었다.

아아, 진정이 된다. 정말로 부드러운 맛이야.

그렇게나 입 속을 휩쓸었던 찰기 넘치는 농후함이 깨끗하게 씻겨 내려가고, 개운할 정도의 달콤함이 찾아왔다.

이거였다. 이 흰자가 아주 중요했다.

날달걀밥은 처음부터 끝까지 똑같은 맛이 계속되었다. 아무리 맛있는 것이라도 계속 먹으면 익숙해지고, 싫증이 나기도 한다.

하지만 이렇게 노른자와 흰자를 나눔으로써, 각각의 장점을 맛보면서 변화도 줄 수 있는 것이었다.

흰자로 일단 입안을 진정시킨 나는 마침내 하나의 결단을 내렸다.

그리고 흰자와 노른자를 가로막은 거대한 밥의 산— 그 끄트머리를 무너뜨렸다.

밥그릇을 기울이자, 흰자와 노른자가 천천히 흘러내려서 개통된 끄트머리에서 드디어 합류했다.

나는 젓가락으로 그것을 가만히 저었다.

두 색은 색조가 딱 좋을 정도로 섞여서, 어느 한쪽의 색깔로 완전히 물들거나 하지 않았다.

나는 그렇게 절묘하게 섞인 계란을 한 입만큼 덜어낸 밥과 섞었다.

입으로 옮기는 움직임은 나도 모르는 사이 빨라져 있었다.

"맛있다."

흰자의 자극적이지 않은 맛, 노른자의 농후한 맛, 맛간장의 감칠맛. 그리고 밥의 달콤함.

모든 것이 조화된 그 한 입에 나는 무심코 밥그릇을 들여다보았다.

그 뒤의 행동은 억누를 수 없었다.

나는 정신없이 젓가락을 움직였다.

노른자를, 흰자를, 그리고 그 두 가지 맛을 마음이 가는 대로 즐겼다.

그렇게 반쯤 먹었을 즈음, 마침내 밥그릇 안에서 전부를 모두 섞었다. 밥은 노란색으로 물들었고, 거기에 흰자도 녹아들었다. 맛간장의 색깔이 한층 더 노른자의 색을 짙게 만드는 가운데, 휘저으면서 머금어진 공기가 작은 거품을 만들어 전체가 둥실 하고 부풀어 올랐다.

나는 밥그릇 가장자리에 입을 대고 내용물을 입안으로 쓸어 넣었다.

젓가락이 밥그릇 바닥을 리드미컬하게 두드렸다. 입에 넣고 씹고, 삼키기 전에 또다시 한 입. 그렇게 되자, 이제 멈추는 일은 불가능했다. 기세와 본능이 이끄는 대로 그저 먹는 수밖에 없었다.

퍼뜩 정신을 차리자, 밥그릇은 이미 텅 비어 있었다.

눈 깜짝할 사이에 다 먹어버린 것이었다.

"—하아……."

나는 아쉬움을 느끼며 밥그릇과 젓가락을 내려놓은 뒤, 한숨을 내쉬며 배를 문질렀다.

아직 조금 더, 아주 조금 더…….

부족해.

아니, 그렇지만…….

나는 질냄비를 바라보았다. 밥은 아직 남아 있었다. 여전히 뜨끈뜨끈했다. 누룽지도 있었다. 하지만 그것은 내일 아침밥을 위해 남겨놓은 것이었다.

내일 아침에 주먹밥을 만들어도 좋았다. 미궁에서 채취한 소금을 뿌려 만든 주먹밥은 그것만으로도 맛있었다.

육수와 계란을 넣고 죽처럼 부드럽게 끓여도 좋을 것이다. 치즈를 듬뿍 넣은 리조토로 만들어도 최고였다.

자기 전에 이 이상 먹는 것은 몸에 전혀 좋지 않았다. 그래, 좋지 않은 일이었다.

하지만…….

하지만— 뭐냐?

어디선가 그런 목소리가 들려왔다.

그렇기 때문에 맛있는 거잖아?

나는 꿀꺽 침을 삼켰다. 정신을 차리고 보니 손이 저절로 움직이고 있었다. 몸이 내 의지에 반해 멋대로 움직였다. 아니, 이것이야말로 내 의지인 것이리라.

나는 질냄비의 뚜껑을 열고 밥그릇에 밥을 펐다.

그리고 계란을 집어 들었다. 어떻게 먹을까. 아까와는 다른 방법으로…… 아니, 이젠 귀찮아. 평범하게 깨서 넣자.

나는 밥 위에 적당히 계란을 깨서 넣고, 되는 대로 맛간장을 뿌린 뒤 대강 섞었다. 그런 뒤, 입에 쓸어 넣었다.

"아뜨, 하으, 마시따……!"

결론적으로, 날달걀밥은 어떻게 먹어도 맛있었다.

밤에 먹으면 더더욱 좋았다.

결국, 나는 질냄비 안의 밥을 모조리 먹어치웠다. 두둑하게 찬 배를 어루만지며 약간의 죄책감과 그것을 상회하는 만족스러운 기분에 젖었다.

문제는 내일 아침밥이 없어졌다는 것인데…… 뭐, 그건 내일 생각하기로 하자.

지금은 졸렸다. 먹고 바로 잔다. 그것도 야식의 좋은 점이었다.

하품을 한번 하고—.

나는 텅 빈 식기들을 앞에 두고 두 손을 모았다.

"잘 먹었습니다."

5. 행복의 배달꾼

체스라는 게임의 심오함을 설명하기에 내 어휘는 너무나 빈약하다.

체스의 매력을 모르는 사람에게 그것을 전하는 일은 어렵다. 애초에 체스는 일본에서는 그다지 친숙하지 않은 게임이었고, 체스의 이미지라고 하면 『뭔가 세련된 게임』이라는 정도였다.

그러나 체스라는 게임은 예부터 많은 사람들이 즐겨왔다. 그리고 때로는 그것에서 오락 이상의 가치를 찾아내는 사람도 있었다.

"체스는 예술, 과학, 스포츠, 그 모든 것이다."

그런 말을 남긴 사람도 있었다.

불과 예순네 칸 안에서 펼쳐지는 싸움은 단순한 오락으로 머물지 않는 발전성을 갖고 있었다. 때때로 그것은 서로가 가진 투쟁심의 충돌이 되기도 했고, 아름다운 예술이 되기도 했으며, 지혜의 시금석(試金石)이 되기도 했다.

그렇다고 해서 까다로운 게임은 아니었다. 무엇보다도, 재미있기 때문에 그렇게까지 심오하게 연구를 하려는 사람들이 나타나는 것이었다.

나도 체스는 무척 좋아했다. 단 한 번의 실수로 승패가 뒤집히는 일조차 있는 그 긴장감은 매혹적인 뭔가가 있었다.

"아앗! 잠깐만요! 그 비숍! 스톱이에요!"

"또?"

나는 상대의 진지 깊숙이 찔러 넣었던 비숍을 다시 원래 위치로 되돌렸다.

이렇게 몇 번이나 『물림』을 당하면, 그런 긴장감은 다 사라지게 된다.

"으으으……. 이상해요, 이상합니다……. 왜 이렇게 체스에 강한 거죠. 소시민 주제에……."

"이상한 할아버지 때문에 늘 단련이 되고 있거든. 그리고 소시민이라고 하지 마."

입술을 깨문 채 나를 노려보는 아이나에게 나는 어깨를 움츠려 보였다.

"그렇다고 해도 이상해요. 체스는 귀족의 오락인데, 어떻게 이렇게……."

아이나는 그렇게 중얼거리며 체스판을 들여다보았다. 입가에 손을 대고 골똘히 생각에 잠긴 모습은 평소와 달리 매우 필사적인 기색이었다.

요전번에 아이나가 내게 「결투를 신청하겠다」던 얘기는 농담이 아니었던 모양이었다. 아침 일찍부터 가게를 찾아온 그녀는 가방에서 체스판과 말을 꺼내들었던 것이다.

아이나가 말하길, 이것이 귀족의 우아한 결투라고 했다.

"이럴 리가 없어요……. 제가 규칙을 가르치면서 압도적인 승리를 장식할 터였는데……."

"초심자를 상대로 압도적인 승리를 장식하는 게 우아한 거야?"

절대로 지지 않을 승부를 가져온 것뿐이잖아?

아이나는 체스판을 들여다보는 자세 그대로 나를 노려보았다.

"흥! 리나리아 씨가 걸린 승부에서 질 수는 없습니다."

"그래서 뭐, 결과가 이거란 말이지."

"시끄럽네요."

체스판 밖에 늘어선 말의 대부분은 아이나의 것이었다. 내 쪽의 손해는 많지 않았다.

"크, 으윽……."

아이나는 부들부들 떨면서 손가락을 뻗었다. 그리고 말을 집으려고 하다가 불현듯 손을 거두었다. 그러고는 이번에는 다른 말에 손을 뻗었다가, 또다시 손을 거두었다.

"가정교사에게는 괜찮은 소질을 보인다고 칭찬받았는데 말이죠……."

"나도 그렇게 생각해."

"……이 상황에서 그런 말을 하면 빈정거리는 걸로밖에 안 들려요."

아이나는 그렇게 말하며 나를 노려보았지만, 정말로 아이나의 전법은 깔끔했다. 고르 할아버지와 비교하면 품위가 있었고, 교과서처럼 정돈돼 있었다.

그러나 그런 만큼 수를 읽기가 쉬웠다. 아이나가 가고 싶어 하는 장소, 전략, 그 모든 것을 손바닥 보듯이 훤히 알 수 있었다. 고르 할아버지처럼 고약한 함정도, 서로의 속을 읽고 읽히는 것 같은 공방도 없었다.

"귀족은 다들 체스를 가르치는 가정교사를 두고 있어?"

"예. 여성은 그래도 소양 정도로 끝나지만, 남자분들은 대부분 열심히 배우죠."

"그렇구나."

아이나의 전법이 실천적이지 않은 것은 그 때문일까. 소양, 이라고 한다면 위화감은 없었다.

"체스는 교섭에 반드시 따라붙는 것이니까요. 출세하고자 한다면 보통 정도의 실력으로는 곤란해요. 또, 강하면 강할수록 지혜로운 자로 신뢰를 받기도 하고요."

"……그렇게까지 중요한 줄은 몰랐어."

정치가가 장기나 바둑으로 서로의 기량을 재는 것 같은 느낌이려나.

망설이고 망설인 끝에, 아이나는 퀸을 물렸다. 방어적인 한 수였다.

"예전에는 체스가 전쟁을 대신한 적도 있었어요."

나는 고개를 갸웃했다.

"당시, 국경 문제로 오랫동안 싸우던 두 나라가 있었어요. 두 나라의 왕은 모두 체스의 명수였죠. 왕들은 열흘하고도 나흘에 걸쳐 체스로 싸웠고, 그것을 전쟁 대신으로 삼았답니다. 역사상 가장 우아한 전쟁이라고 전해지고 있어요."

"호오, 그런 일화도 있구나."

실제 전쟁을 체스로 대체하다니 굉장한 이야기였다. 그러나 그만큼 시합의 긴장감은 엄청났으리라. 말의 움직임 하나에 영토가 왔다 갔다 하는 것이다. 상상하는 것만으로도 위가 아파왔다.

그런 생각을 하면서 나는 나이트로 훌쩍 아이나의 진지 깊숙이 파고 들어갔다.

"저기, 그거, 기다려 주세요."

"또?"

"예. 거기에 나이트를 놓으면 곤란해요."

아이나가 눈썹을 치켜세우고 말을 해왔기 때문에 나는 묵묵히 나이트를 물렸다.

개점 전, 아침 댓바람부터 나는 왜 접객체스를 두고 있는 것일까. 슬슬 배도 고팠다. 모자를 양손으로 쥐고 신음하는 아이나를 곁눈으로 살피며 나는 턱을 괴고 하품을 눌러 죽였다.

아이나는 턱에 손을 대고 깊이 생각에 빠진 자세를 취하고 있었다. 오래 걸리려나…….

그렇게 멍하니 기다리는 것도 지루할 것 같아서 나는 이야깃거리를 찾았다. 그리고 금방 좋은 것을 떠올렸다.

"있지, 아이나는 꿈이 있어?"

"뭔가요? 갑자기."

"참고할까 해서. 최근에 꿈 찾기에 열중하고 있거든."

"이상한 일에 열중하는 사람이군요, 당신은."

아이나는 고개도 들지 않고 체스판만을 노려봤다.

"꿈이라는 건 당신들의 특권이에요. 귀족에게는 그런 것이 없답니다."

"특권?"

"직업을 고를 자유가 있고, 여행을 떠날 자유가 있으며, 원하는 결혼을 할 수 있는 자유가 있죠. 귀족에게는 그 어떤 것도 없어요. 남자에 차남, 삼남이라면 얘기가 달라지겠만, 여자는 집안을 위해, 영지를 위해 좋은 신랑감과 결혼하는 것이 정해진 운명이에요."

사뭇 당연하다는 어조에서 아이나의 결의를 느낄 수 있었다. 그것은 내게는 낯선 문화였다. 귀족에게는 자신의 인생을 선택할 자유조차 없다는 사실에 놀라움과 당혹스러움조차 느껴졌다.

아이나는 체스말에 손가락을 뻗으며 아무것도 아니라는 듯이 말을 계속했다.

“이렇게 자유롭게 지낼 수 있는 것도 학원을 졸업할 때까지겠죠. 꿈을 꾼다고 한다면, 동화에 나오는 것처럼 모험을 떠나거나 몸을 불사를 정도의 사랑을 하는 것, 일까요.”

딱 하는 소리를 내면서 새로운 위치에 놓인 체스말을 앞에 두고 나는 할 말을 찾을 수가 없었다. 그런가, 그런 인생도 있는 걸까, 라고 생각할 뿐이었다.

나는 지금 나 자신의 처지조차 불분명했기 때문에 미래 따위 전혀 생각도 못하고 있었다. 하지만 아이나는 자신의 처지도, 나아가야 할 미래도 이해하고 그것을 똑바로 바라보고 있었다.

나와 다르지 않은 나이인데도 이렇게 다른 건가. 이렇게, 확실하게 현실과 마주하고 있는 것인가.

나는 아이나에게 감탄하는 동시에 나 자신의 왜소함 같은 것을 함께 느꼈다. 여기서 비굴해져도 소용없다는 것은 알지만…….

“안녕하세요~!”

그때, 문득 가게 문이 열리고 내 고뇌를 날려버리는 것 같은 밝은 목소리가 가게 안에 울려 퍼졌다.

어깨 위에서 여기저기로 뻗친 갈색 머리카락 사이로 커다란 강아지 귀가 엿보였다. 큼지막한 가방을 비스듬하게 걸친 그 여자아이는 언제나 기운차게 미소를 띠고 있었다.

“안녕, 시루루. 늘 밝구나.”

"아, 예! 오늘도 날씨가 참 좋아요!"

날씨가 아니라, 바로 네가 말이야. 언제나 눈부신 얼굴로 웃는, 맑게 갠 하늘과도 같은 아이였다.

나는 얼핏 아이나를 쳐다보았다. 그랬더니 그녀는 입가에 손을 갖다 댄 채 멍하니 시루루를 쳐다보고 있었다.

"이, 이렇게 귀여울 수가……."

아이나의 눈이 반짝반짝 빛나고 있었다. 어? 뭐야, 이 녀석…….

그러나 시루루는 그런 위험한 어른은 신경 쓰는 기색도 없이, 종종걸음으로 내 앞까지 다가와 아이나에게 꾸벅 고개를 숙였다.

"아, 안녕하세요! 처음 뵙겠습니다!"

"아, 안녕하세요."

아이나는 자신의 가슴을 억눌렀다.

"뭔가요? 이 아이. 너무 귀여운 거 아닌가요?!"

아이나가 진지한 얼굴로 내게 말했다. 나는 아무 대꾸도 하지 않은 채 고개만 가로저었다. 그녀의 말에는 완전히 동감이었지만, 그것을 말로 하는 것은 조금 주저되었다.

"오늘도 물건을 전해드리러 왔어요, 유우 씨! 어디다 꺼내놓을까요?"

"아, 안쪽 창고에 부탁할 수 있을까?"

나는 자리에서 일어났다. 흔쾌히 대답을 한 시루루가 꼬

리를 살랑살랑 흔들면서 따라왔다.

나는 카운터 안쪽에 있는 작은 방을 식재료 보관고 겸 창고로 쓰고 있었다. 벽 한쪽을 가득 채운 찬장에는 예비 식기와 보존식 등이 들어 있었고, 구석에는 냉장고도 있었다. 나는 공간이 비어있는 중앙 근처에서 멈춰 섰다.

"이 근처에 꺼내놔 줘. 순서라든가 놓는 위치는 상관없으니까."

"예!"

등 뒤에서 신입생의 모범으로 삼고 싶을 정도로 기운찬 대답이 들려왔다. 나는 무심코 미소를 지으면서 몸을 돌렸다.

"……왜 너도 여기 있는 거야?"

"아뇨, 그게. 신경이 쓰여서 말이죠."

시루루의 뒤에 아이나가 서 있었다. 태연한 모습을 가장하고 있었지만, 시선은 시루루에게 못 박혀 있었다.

시루루가 바닥에 가방을 내려놓고 입구를 벌렸다. 그런 다음, 거기에 두 손을 집어넣었다.

"영차~!"

그런 귀여운 기합과 함께 가방에서 꺼낸 것은 크기가 한 아름 정도 되는 나무상자였다. 원래대로라면 가방에 들어갈 리도 없을 뿐더러 꺼낼 수 있을 리도 없는 크기였다.

"어머."

아이나가 눈을 동그랗게 떴다.

"이건 코벤 씨가 보낸 거예요."

나무상자를 내려놓은 시루루는 또다시 가방 안에 손을 찔러 넣었다. 그리고 이번에는 가늘고 긴 보퉁이를 끄집어냈다.

"이쪽은 루루 씨 거예요!"

시루루는 꼬리를 살랑살랑 흔들면서 가방에서 차례로 짐을 꺼냈다.

"공간압축 마법을 가방에? 정말 호사스럽네요."

그 광경을 지켜보던 아이나가 중얼거렸다. 어이없음과 감탄이 섞인 것 같은 음성이었다.

"보기 드문 거야?"

"보기 드문 정도가 아니에요. 공간압축을 부여할 수 있을 정도의 마술사는 그렇게 많지 않은 걸요. 작은 가방이라고는 해도 집 한 채를 살 수 있을 정도의 가격은 될 거예요."

"진짜?!"

나는 나도 모르게 꾸미지 않은 솔직한 반응을 보이고 말았다.

그랬나. 그런 대단한 것이었던가. 나는 마법도구 정도로만 생각하고 있었다.

"할아버지가 젊으셨을 때, 아는 마술사에게 부탁했다고 해요! 그 뒤로 줄곧 이 가방으로 배달꾼 일을 하고 있어요!"

시루루가 짐을 꺼내는 손을 멈추고 자랑스럽다는 듯이 말했다.

그녀는 여기저기에서 물건을 맡아 배달해 주는 배달꾼이었다. 배달꾼들은 보통 마차 같은 것을 이용하지만, 시루루는 이 가방이 있었기 때문에, 그녀가 자랑하는 건강한 두 다리로 뛰어다니고 있었다. 그 다리는 엄청나게 빨라서, 나는『제일 빠른 배달꾼』이라고 부르고 있다.

"시루루 씨도 그 가업을 이을 건가요?"

아이나는 무릎을 굽혀 눈높이를 맞추며 생글생글 웃는 얼굴로 시루루에게 말을 걸었다. 그 붙임성 좋은 태도는 내게 말을 걸 때와는 천지차이였다.

"예! 지금은 아직 수습이지만, 열심히 하고 있어요!"

"그렇군요. 그럼, 나도 일을 의뢰해도 될까요?"

"예, 물론이죠!"

방긋! 그렇게 웃는 얼굴은 순진무구라고밖에 표현할 수가 없었다. 가까이에서 그 얼굴을 보게 된 아이나는 가슴을 움켜쥐며 그 자리에 털썩 주저앉았다.

……그 기분, 충분히 이해해.

그건 그렇다 치고, 시루루는 이번에는 상반신을 통째로 가방 안에 집어넣었다. 그 광경은 무척이나 초현실적이었다. 흐냐~ 하고 맥 빠지는 기합소리와 함께 시루루가 꺼낸 것은 한 아름이나 되는 갈색 주머니였다. 빵빵하게 가득 찬 그것의 내용물은, 쌀이었다.

이것은 가게에 내놓기 위한 것이 아니라 내가 개인적으로 먹기 위한 것이었다. 역시 토종 일본인이라 아무래도 쌀밥이 먹고 싶어졌다. 조금 더 사치스러운 소리를 하자면, 된장 같은 것도 있었으면 했지만 유감스럽게도 된장은 아직 찾질 못했다.

"후우."

주머니를 내려놓은 시루루는 강아지 귀를 움찔움찔 움직이고는 자랑스럽다는 듯이 미소를 지었다.

"이걸로 마지막이에요!"

"고생했어. 고마워."

나는 그 작은 머리를 슥슥 쓰다듬어 주었다. 그러자 시루루가 눈을 가늘게 뜨면서 황홀한 표정을 지었다. 뒤에서는 꼬리가 붕붕 기세 좋게 움직이고 있어서, 그야말로 강아지와 같은 사랑스러움이 전신에서 흘러넘치고 있었다. 시루루는 머리를 쓰다듬어 주면 기분이 좋은 모양이었는데, 쓰다듬는 쪽인 나도 기분이 좋은 것이 참으로 근사한 일이었다. 강아지 귀의 탄력 넘치는 감촉은 정말로 더할 나위 없는 행복함을 전해 주었다. 하루 종일 쓰다듬고 싶어질 정도였다.

"흐냐……."

"흐아……."

우리는 잠시 그렇게 멍하니 있었다. 그러다, 나는 헉 하고 냉정을 되찾았다. 위험했다, 위험했어. 나도 모르게 의식이 날아갈 뻔했다.

중독성이 있었기 때문에 이것은 적당히 하지 않으면 위험한 행위였다. 그렇지 않으면 짐승 귀를 볼 때마다 무의식중에 쓰다듬고 싶다는 증후군이 발병했다. 이것은 매우 위험한 병이었다. 특히 나의 체면이라는 부분에서 말이지.

나는 아쉬움을 느끼면서 시루루의 머리에서 손을 뗐다.

시루루의 귀가 계속 쓰다듬어 달라고 재촉하듯이 움찔움찔 움직였다. 아, 만지고 싶다. 엄청 치유 받고 싶어. 그러나 만져서는 안 됐다. 나는 나도 모르게 움직이려고 하는 오른손을 억눌렀다.

시루루도 눈을 뜨고 조르는 것처럼 나를 올려다보았다. 그러나 그런 시선에도 져서는 안 됐다.

내가 필사적으로 오른손을 억누르고 있자, 이윽고 시루루도 포기한 모양이었다. 강아지 귀가 움찔움찔 움직이던 것이 멈추고, 덕분에 내 오른손의 근질거림도 가실 수 있었다. 이것으로 일단 안심할 수 있었다. 시루루의 쓰다듬어 달라는 것 같은 시선은 여전했지만, 거부하는 나도 괴로워. 좀 알아 줘.

서로의 뜻을 확인한 우리는 둘이서 조용히 고개를 끄덕였다. 다음에, 또 다음에 하자.

슬픔에 겨운 마음으로 서로에게서 시선을 떼자, 아이나가 경악에 찬 시선으로 우리를 보고 있었다.

"어, 음, 왜?"

"설마, 그런…… 그런 멋진 일을……."

아이나가 입가를 실룩거리면서 중얼거렸다.

"그런 일이, 용납되는 건가요……?"

아이나는 한 발, 그리고 또 한 발, 내게 가까이 다가오면서 물었다.

"용납된다고 할까, 그렇지?"

문득 이유 없이 느껴지는 불길함에 나는 반사적으로 시루루에게 대화의 화살을 돌렸다.

솔직하고 착한 아이인 시루루는 어리둥절한 얼굴로 우리를 쳐다보았다. 그러나 이내 아이나와 얼굴을 마주보며 두 손을 머리에 얹었다.

"저기, 쓰다듬어 주시는 건가요?"

조금 부끄러워하는 얼굴로 그렇게 묻는 시루루의 모습에 아이나는「하읏!」하고 입을 손으로 막으며 비틀거렸다.

위험했군……. 내 얼굴을 보면서 그렇게 말했다면 난 즉사했을 것이다. 시루루, 무시무시한 아이다……. 나는 이마에 흐르는 땀을 훔쳤다.

아이나는 벽을 짚은 채 몸을 가누고 서서 호흡을 가다듬었다. 그런 뒤, 꼼짝 않고 기다리고 있는 시루루의 머리로 떨리는 손을 뻗었다.

시루루는 꼬리를 붕붕 흔들며 그 손 밑으로 머리를 가져다 댔다.

—쓰담.

말은 없었다. 아이나는 말없이 손을 움직였다. 쓰담쓰담, 만질만질.

"뀨웅."

시루루가 기분 좋은 듯이 목을 울렸다.

아이나는 녹이 슨 기계인형처럼 어색한 동작으로 나를 쳐다보았다.

그 얼굴은 희한하게도 무표정했다.

"왜 그래?"

나는 아이나에게 물었다. 그러자 아이나는 바로 대답하지 않았다. 나와 시선을 마주한 채, 오른손은 일심분란하게 시루루를 쓰다듬고 있었다.

잠시 후, 그녀가 드디어 입을 열었다.

"이 아이, 집에 데려가겠어요."

"잠깐잠깐잠깐."

평탄한 목소리였다. 그것이 한층 더 본인의 굳은 의지를 느끼게 했다.

"이렇게 사랑스러운 아이를 그냥 내버려 둬서는 안 돼요. 위험합니다. 이상한 녀석들에게 무슨 일을 당하기 전에 보호해야 해요."

"그건 오히려 너야! 네가 그 이상한 녀석들이라고!"

"있죠, 시루루 씨. 우리 집에 같이 가요. 맛있는 식사를 준비할 테니까요."

"맛있는 식사? 밥!"

"시루루! 낚이지 마! 그건 함정이야!"

"함정은 싫어요…… 히잉."

"소시민 씨. 왜 방해를 하는 건가요. 나는 이 아이를 데리고 돌아가겠다고 정했어요."

"에잇, 좀 진정해! 이 바보 귀족!"

시루루의 손을 붙잡고 걷기 시작한 아이나를 말리는 데 진짜로 고생했다.

그렇지만 눈앞에서 납치해 가려고 하니 어떻게든 해서 말리지 않을 수 없었다.

학원의 수업시간이 거의 다 되었다는 이유가 아니었다면, 아이나는 그대로 시루루를 집으로 데려가 버렸을 것이다.

……피곤하다.

다음 날.

평소대로 아침 준비를 마치고 가게 앞에서 청소를 하고 있으려니, 멀리서 이쪽으로 달려오는 그림자가 보였다.

모래먼지라도 일으킬 것 같은 속도로 가까이 다가온 그림자는 순식간에 커져서 모습을 판별할 수 있게 되었다.

"안녕하세요!"

쵸아악! 환하게 웃는 얼굴이 발로 브레이크를 걸면서 내

앞을 지나갔다. 달려오던 기세가 살짝 강했는지 잘 멈춰 설 수 없었던 모양이었다.

"우왓! 앗! 후우~."

문제의 그림자는 헛발을 디디면서 겨우 멈춰선 뒤, 에헤헤 하고 머리를 긁적이며 되돌아왔다.

"조금 지나쳐 버렸네요. 다시 한 번, 안녕하세요!"

"응, 안녕. 시루루. 하루 만이네."

"예! 오랜만이에요!"

시루루가 느끼기에는 그런 것일까. 나는 왠지 귀여워졌다.

"오늘은 무슨 일이야?"

"예. 유우 씨 앞으로 물건이 도착했어요!"

"받을 물건이 있었던가?"

부탁했던 물건은 전부 도착했다고 생각하는데…….

시루루는 가방 안에 손을 집어넣더니, 봉투 한 통을 꺼내 들었다.

"아이나레라 씨가 어제 맡기셨어요!"

"아이나가?"

예상외의 이름이었다. 나는 시루루가 내민 편지를 받아들었다. 봉투는 부드럽고 매끄러웠으며, 뒷면에는 붉은 봉납까지 되어 있었다. 파티의 초대장인가 싶을 정도로 제대로 된 것이었다.

무슨 일이 있는 것일까. 그렇게 생각하며 봉투를 열었다.

봉투 안에는 종이가 한 장 들어 있었다.

"……."

"아, 저기, 유우 씨. 왜 그러세요?"

종이에 적힌 내용을 읽고 나도 모르게 한숨을 쉬고 말았다. 진짜, 진짜 시시하다…….

"시루루, 있지……."

"예!"

"혹시 아이나에게 불려가서 맛있는 밥이라도 대접받았어?"

내가 그렇게 묻자, 시루루는 창피하다는 듯이 고개를 끄덕였다.

"같이 먹으면 어떠냐고 말하셔서요…… 에헤헤."

역시…….

종이에는 이렇게 편지를 이용해 체스를 두자고 쓰여 있었다. 서로 자신의 수를 편지에 적어 주고받는 것이었다.

그러나 아이나는 이것을 이용하는 것에 불과했다. 아이나의 진짜 노림수는…….

나는 눈앞에 시선을 주었다. 시루루가 똑바로 나를 마주보았다. 시루루의 꼬리가 살랑살랑 흔들리고 있었다.

틀림없이, 시루루를 만나고 싶었던 것이 분명했다. 이렇게 편지를 주고받으면 합법적으로 배달꾼인 시루루와 만날 수 있다고 생각한 것이리라. 그 녀석, 천재데……?

나는 편지를 접었다.

"시루루, 혹시 배고프니?"

"예? 고, 고프, 고픕……니다."

시루루는 얼굴을 빨갛게 물들이면서 손으로 배를 살짝 눌렀다. 성장기인 데다 그렇게 뛰어다니니, 배도 금방 꺼지겠지.

"편지의 답장을 쓰려고 하는데, 조금 시간이 걸릴 것 같아. 괜찮으면 밥이라도 먹고 가지 않을래? 내가 대접할게."

내가 그렇게 말하자, 시루루의 얼굴이 확 밝아졌다.

"그, 그래도 괜찮은가요? 유우 씨의 밥은 무척 맛있어서 엄청 좋아해요!"

만면에 미소를 지으며 끊어질 것 같은 기세로 꼬리를 흔드는 모습은 그야말로 사랑스러움 그 자체였다. 나는 나도 모르게 그 머리를 슥슥 쓰다듬었다.

그 뒤, 시루루를 가게 안으로 맞아들였다. 냉장고에서 재료들을 꺼낸 뒤, 두꺼운 나무판자를 닦아 조리 준비를 했다. 시루루는 의자 옆에 선 채로 커다란 눈을 빛내며 나를 지켜보았다. 꼬리가 붕붕 흔들리며 잔상을 남기고 있었다.

"……으음, 안 앉아?"

"괜찮아요!"

"……."

"……?"

"앉아!"

"머, 멍!"

시루루는 등줄기를 곧게 세우고는 재빠르게 의자에 앉았다.

이걸로 됐어. 나는 고개를 끄덕이고는 다시금 요리를 시작했다.

나는 동그란 빵을 가로로 잘라 철판에 늘어놓고, 그것을 소형 가마에 집어넣었다. 이 세계에서는 어느 가정에나 소형 가마가 있어서, 집에서 빵을 굽는다고 했다. 하지만 나는 빵을 구워본 경험이 없었기 때문에, 이렇게 빵을 데우거나 오븐으로 쓰는 일이 많았다.

그 뒤, 프라이팬을 화로에 올려놓고 방금 빚어 준비한 햄버그 스테이크 반죽을 구웠다.

고기가 구워지는 정도를 보면서 채소를 물에 씻은 뒤 먹기 좋게 찢거나, 이 세계에서는 악마의 열매라고 불리는 새빨간 토마토를 썰었다.

그런 다음, 냉장고에서 작은 항아리를 꺼냈다. 안에 든 것은 미리 만들어 둔 데리야키 소스였다. 특제 맛간장과 설탕, 거기에 붉은 포도주라는 간결한 조합이었지만, 이것이 또 고기에 잘 어울렸다.

그것을 잘 익은 고기 위에 두르듯이 뿌렸다. 소스가 뜨겁게 달궈진 프라이팬에 닿은 순간, 슉 하고 기분 좋은 소리와 함께 세게 튀면서, 달달하면서 진한 향기가 단숨에 퍼져나갔다.

"시루루는 말이지……."

"어, 아, 예!"

문득 고개를 들자, 시루루는 무릎 위에 손을 올려놓고 몸을 앞으로 내민 채 진지하게 내 손을 바라보고 있었다. 입가에서는 침이 살짝 흘러내리고 있었다.

"꿈이 있어? 목표라든가."

물론 나는 그 점은 지적하지 않고, 최근에 신경 쓰고 있는 일을 물어보았다.

"꿈 말인가요?"

시루루는 쓱쓱 하고 침을 닦으면서 어리둥절한 얼굴로 나를 마주 바라보았다.

"역시, 훌륭한 배달꾼이 되고 싶어요. 그리고, 어, 그러니까, 모두에게 미소와 행복을 전달해 줄 수 있게 되고 싶어요!"

시루루는 그렇게 말한 뒤 부끄럽다는 듯이 웃었다.

"정말 착한 아이구나……."

그 너무나도 순수한 마음에 내 안의 더러운 마음이 정화되는 것 같았다.

"그, 그렇지 않아요."

시루루가 두 손과 꼬리를 좌우로 흔들었다. 매우 근사한 꿈을 들을 수 있었다.

시루루는 아직 어린 나이임에도 확실한 꿈을 갖고 있었다. 역시, 모두 그렇게 살아가는 것일까.

굉장하다, 하고 한숨이 새어나왔다.

나는 가마에서 적당히 노릇노릇 익은 둥근 빵을 꺼내 버터를 듬뿍 바른 뒤, 구운 햄버그 스테이크를 얹었다. 스테이크는 빵 밖으로 가장자리가 삐져나올 정도로 컸는데, 고기에 듬뿍 배어든 데리야끼 소스가 그 끄트머리에서 주르륵 흘러 내렸다.

그 위에 얇게 썬 체다 치즈와 잘게 찢은 채소, 토마토를 호쾌하게 얹고 다시 살짝 빵으로 덮으니, 데리야키 버거가 완성되었다.

시루루의 앞에 그것을 내놓자 「우와아아아~!」 하는 환성이 일었다. 그것만으로도 나는 충분히 기뻤다.

“유우 씨, 이거! 이거! 엄청 커요!”

“그렇겠지.”

“엄청 두꺼워요!”

“그게 중요해.”

“무지무지 맛있는 냄새가 나요!”

“내 특제 소스를 사용했으니까.”

“머, 먹어도 되나요?!”

“물론.”

“멍! 잘 먹겠습니다!”

시루루가 햄버거를 손에 쥐고 들어올렸다. 크기는 시루루의 얼굴과 거의 비슷했고, 두께는 시루루가 겨우 붙잡고 있을 수 있는 정도였다. 드는 데에도 꽤 고생할 것 같았다.

……조금 너무 컸나. 다 제대로 먹을 수 있으려나. 아직 시행착오 중이니까. 이쯤은 용서해줬으면 해.

시루루는 싱글벙글하면서 입을 크게 벌리고 햄버거를 덥석 물었다. 빵이 푸욱 꺼지고 채소가 아삭 하는 소리를 냈다. 반대편으로 빛나는 데리야키 소스가 육즙과 뒤섞여 뚝뚝 떨어졌다.

입안 가득히 햄버거를 베어 문 시루루는 눈을 동그랗게 뜨더니, 이내 눈을 꾹 감고 꼬리와 강아지 귀를 미친 듯이 흔들어댔다.

"~~~으!"

바둥바둥!

입안에 담은 햄버거 조각을 온힘을 다해 우물우물 씹어 삼킨 뒤 시루루가 얼굴을 들었다.

"유우 씨! 이거! 이거 굉장해요! 맛있어요!"

"그래?"

"고기 맛은 쫙 퍼지고! 채소는 아삭아삭하고! 이 빨간 건 뭔가요?!"

"영업 비밀."

"영업…… 잘은 모르겠지만! 엄청 맛있어요!"

시루루는 얼굴 한 가득 미소를 지어 보였다. 보고 있는 나까지 같이 웃고 싶어질 것 같은, 행복으로 가득한 얼굴이었다.

커다란 햄버거를 손에 들고 한 입 가득 우물거리는 모습은 무척이나 사랑스러웠다. 입가에 묻은 소스를 닦아주면서 나는 따뜻한 기분으로 시루루를 지켜보았다.

……크크크. 아이나 녀석. 배달물을 부탁해 시루루와 만나는 빈도를 늘린다는 작전은 훌륭했다. 나도 거기에 편승하도록 하지. 직접 만든 요리라는 무기가 있는 내 쪽이 먹을 것으로 길들이기에는 더 유리하다는 사실을 깨닫게 해주…… 어이쿠, 위험해라. 나도 모르게 진심이 흘러 나왔군…….

"유우 씨! 더 주세요!"

"어? 벌써 다 먹었어? 더 달라고? 진짜?"

그 뒤로 나는 추가로 햄버거를 두 개 더 만들어야 했다.

6. 인생에는 설탕을

흔히들 사람을 외모로 판단하지 말라고 하지만, 과연 외모란 무엇일까.

우리가 주로 주목하게 되는 부분은 역시 얼굴이다. 우리는 길을 걷는 사람들을 보고 잘생겼다고 말하고, 텔레비전에 나오는 사람들을 보고 귀엽다고 입을 모아 칭찬한다. 얼굴이 잘생겼다는 것만으로 인생에서 큰 이득을 얻는 일은 흔하다.

그러나 얼굴이라는 것은 본질적으로 단순한 균형의 문제에 지나지 않는다. 애초에 미추의 가치관은 시대에 따라 변화해 왔고, 사람에게는 각자의 취향이라는 것도 존재한다.

또한 겉보기에 아름다운 사람이 반드시 선한 마음을 갖고 있는 것은 아니다. 반대로 추하게 생긴 사람이 꼭 악인인 것도 아니다.

하지만 우리는 툭하면 그렇게 생각하는 경향이 있다. 미인은 언제나 옳고 우락부락하게 생긴 사람은 악인이며, 짓궂어 보이는 사람에게는 가까이 다가가지 않는다.

외모로 판단하는 일이 옳지 못하다는 것을 알면서도, 그렇게 딱 나누어 생각하는 것은 쉽지 않다. 어떤 말로 포장하든

외모는 타인을 판단하는 요소로 늘 큰 비중을 차지한다.

화제를 바꿔서, 내가 가게를 차린 이 도시 알베르타는 미궁과 모험가의 도시다. 모험가의 대부분은 독신으로, 그들은 자취가 아닌 외식을 주로 한다. 내 가게처럼 미궁에서 그리 멀지 않은 거리에 있으면, 매일같이 뭘 먹을지 고민하는데 지친 모험가들이 훌쩍 들르는 일도 많다. 우리 가게는 카페지만, 큰 범주에서 보면 음식점이기 때문에 물론 식사 메뉴도 준비되어 있다.

즉, 무슨 말인가 하면, 우리 가게는 가끔 바빴다. 바로 점심시간에. 하지만 점심 식사를 목적으로 오는 손님들은 가게를 나서는 것도 빨랐다. 지금은 근처에 사는 부인들 세 명이 테이블을 둘러싸고 있고, 늘 오는 엘프 누님이 두꺼운 책을 읽고 있는 정도였다.

쌓이고 쌓인 식기와 조리 도구 설거지를 다 끝내고 한숨 돌리고 있을 때였다. 난폭한 소리를 내며 문이 열렸다.

그곳에 있는 것은 검은색과 하얀색의 벽이었다. 아니, 벽으로 보일 정도로 커다란 몸이었다. 이 세계에는 나보다 압도적으로 몸집이 큰 사람이 많았다. 특히 수인(獸人)이라면 그런 경향이 현저했다.

그는 답답하다는 듯이 몸을 기울여 가게 안으로 들어왔다.

검은 털은 반짝반짝 빛을 반사했으며, 얼굴은…… 그래, 굳이 비유하자면 표범이라고 해야 하리라. 그야말로 육식동

물이라고 해야 할, 위풍당당한 외관이었다. 팔꿈치를 걷어 올리고 터프하게 걸친 새하얀 백의가 아름다운 대조를 이루고 있었다.

그는 입구에 서서 지그시 가게 안을 둘러보았다.

손님의 모습을 봤는지 부인들의 수다 소리가 딱 멈췄다. 엘프 누님이 사락 하고 책장을 넘기는 소리가 이상하리만큼 크게 들렸다.

흑표범 사내는 가게 안 분위기의 변화에 신경 쓰는 기색도 없이 천천히 카운터로 다가왔다. 나는 그와 마주섰다.

"두카 씨, 어서 오세요."

"……그래."

두카 씨는 콧잔등에 주름을 잡았다. 그 모습에 부인들 쪽에서 작게 비명이 터져 나왔다. 2미터가 넘는 거구의 사내가 육식동물 그대로의 얼굴을 찡그렸으니, 옆에서는 위협하고 있는 것으로밖에 보이지 않으리라.

그러나 두카 씨로서는 화를 낸 것이 아니라, 그 나름대로의 인사를 한 것뿐이었다. 위협은커녕, 오히려 붙임성 있게 웃은 축에 들어갈 터였다. 물론 나도 그렇다고 알게 될 때까지는 한동안 무서워했지만.

내가 자리를 권하자, 그는 거북하다는 듯이 천천히 자리에 앉았다.

두카 씨 정도의 체중을 지탱하는 데 우리 가게의 의자로는 다소 불안한 것이리라. 나도 불안했다.

"오늘은 뭘로 하시겠어요?"

내 물음에 두카 씨는 가게 안에 시선을 주었다. 이쪽을 살피며 소곤거리던 부인들이 그 순간 입을 딱 다물었다. 엘프 누님은 이쪽에는 신경도 쓰지 않았다.

두카 씨는 부인들과 엘프 누님을 보고는 조금 불만스럽다는 듯이 코 부분을 실룩거렸다.

"……그걸 부탁해."

"그래도 괜찮으시겠어요?"

"그래. 그걸로 줘."

두카 씨는 그렇게 말하고는 팔짱을 끼었다. 황금색 눈동자가 나를 꿰뚫듯 바라봤고, 입 사이로 날카로운 이빨이 엿보였다. 부인들의 자리에서 또다시 비명이 일었다.

나는 가만히 한숨을 쉬고는 찬장에서 갓 갈아놓은 커피 분말을 꺼내 사이폰 준비를 했다.

커피잔을 준비하면서 나는 두카 씨에게 말을 걸었다.

"요즘에는 오랫동안 못 뵀네요."

"아아, 꽤 바빠서 말이지. 어제는 네 명 정도 해치웠다."

부인들의 자리에서 달그락 하고 뭔가가 넘어지는 소리가 울려 퍼졌지만, 나는 그쪽을 쳐다보지 않으려고 노력했다.

"그것 참 고생하셨겠어요."

"여전히 목숨 아까운 줄 모르는 바보 녀석들이 많아서 말이지. 한 명은 팔을 자르는 수밖에 없었지만, 목숨을 건진 것만으로도 운이 좋은 걸 거다."

부인들 자리에서 쨍 하고 뭔가가 깨지는 소리가 났지만, 나는 아무것도 들리지 않은 척했다.

램프로 바닥이 데워진 플라스크 안에서 더운 물이 보글보글 거품을 내뿜기 시작했다. 나는 로트에 커피 분말을 넣고, 그것을 플라스크에 연결했다. 두카 씨는 그런 내 움직임을 진지한 눈으로 지켜보았다.

"전부터 신경이 쓰였는데 말이지."

"예?"

"그 기구는 의약품이나 마법약을 만들기 위한 것이 아닌가?"

두카 씨는 턱을 매만지며 말했다.

그것을 알아차리다니 과연 두카 씨였다.

"결국 알려지고 말았군요."

"으응?"

"알려진 이상, 살려서 돌려보낼 수는 없겠네요."

"응?!"

"농담이에요."

그랬다. 이 세계에는 커피를 타는 데 특정한 방법을 고집하는 사람 따위 존재하지 않았다. 커피는 아직 기호품이라는 위치를 확립하지 못하고 있던 것이다.

오히려 콩을 그대로 씹어서 잠을 쫓는 약으로 쓰이는 일이 많은 것 같았다. 잘 먹어 봤자 거칠게 부순 커피콩에 뜨거운 물을 붓고, 물에 뜬 커피 분말을 치워가면서 마신다는, 너무나도 잡스러운 대우가 전부였다. 이 세계에서는 아마도 약탕, 이라는 범주에 들어갈 것이다. 그러니 당연히, 맛이 없었다.

결과적으로, 모험가나 야근을 하는 사람들이 작은 주머니에 콩을 넣어 갖고 다니며 졸려서 참을 수 없게 되면 씹는다, 그 정도 취급이었다.

그렇게 커피를 이용하는 것은 아직 이해할 수 있었다.

미궁 안을 탐험하거나 한창 서서 일하는 중에 일일이 사이폰이나 드립에 수고를 들일 수는 없을 것이다. 그리고 무엇보다, 애초에 느긋하게 커피의 향기나 맛을 즐길 수 있는 상황도 아니리라.

그러나 지극히 평범한 사람들조차도 커피를 맛있게 마시는 일에 무관심한 것은 어찌 된 일일까.

최첨단의 식문화를 자랑하는 이 도시에서조차 커피는 전혀 주목받지 못하고 있었다.

나는 이 도시 전체를 돌아다니다가 약품 조합 기재로 쓰이던 이 기구를 발견했다. 회복약이나 실험약을 만들기 위한 것이었는데, 그것을 장인에게 부탁해 개조해서 내 기억에 있는 커피 사이폰으로 다시 태어나게 한 것이었다.

나는 커피를 준비하며 그런 사실을 담담하게 이야기했다.

그러자 두카 씨는 무척이나 어이가 없다는 눈으로 나를 쳐다보았다.

"너의 그 열의는 어디에서 오는 것인지 참 신기하군."

"열의는 어디에선가 오는 것이 아니에요. 몸 안에서 타오르는 겁니다."

나는 따뜻하게 데워 둔 잔에 커피를 따라 두카 씨에게 내밀었다. 그러자 두카 씨의 미간에 상당한 주름이 잡혔다.

"자, 드세요."

"아아……."

안쪽 자리에서 이쪽을 힐끗힐끗 살피는 부인들의 시선이 느껴졌다. 엘프 누님은 울적한 기색으로 창밖을 바라보고 있었다.

두카 씨는 이를 악물고, 커피를 입에 가져갔다.

"으읍……!"

"으읍?"

"아아, 아니…… 역시, 늘 마시던 커피는 맛있군. 늘 마시는 이 커피가 없으면 하루가 시작된 것 같지가 않아. 역시나 항상 마시니까 말이지."

"벌써 오후인데요."

"아아, 너무 맛있어서 머리가 아파오는군. 심박수도 조금 올라간 것 같아."

"그거, 괜찮은 건가요?"

“당연히 괜찮지. 난 의사다. 내 몸은 손바닥 들여다보듯이 잘 알아.”

그렇게 말하며 히죽 웃는 두카 씨는 마치 「사냥감을 괴롭히다 죽이는 일이 가장 즐겁다」라고 말할 것 같은 무시무시한 얼굴을 하고 있었다. 커피의 쓴맛에 얼굴을 찡그린 상태에서 억지로 웃고 있는 탓인 것이 분명했다.

그 엄청난 박력에 안쪽 자리에 앉아 있던 부인들 중 한 명이 휘청하고 탁자 위로 쓰러지는 것이 보였지만, 나는 아무것도 보지 못한 것으로 쳤다.

“저기, 무리하지 않는 편이 좋지 않나요?”

나는 목소리를 낮춰서 두카 씨에게 말을 걸었다.

“무리 같은 건 하지 않는다. 그래. 전혀 하지 않아. 커피 따위 별것 아니라고.”

“두카 씨, 쓴 것 못 드시잖아요.”

“이봐, 이봐. 나 같은 남자가 쓴 것을 못 먹을 리가 없잖아?”

분명 두카 씨는 외양은 무척 사나이답고 씩씩했다. 커다란 체구는 크게 부풀어 오른 근육에 덮여 있었고, 흑표범 얼굴은 늠름해서 실로 사내다운 강직함을 온몸에 두르고 있었다. 담배는 물론, 위스키나 버번 등의 강한 증류주가 잘 어울릴 것이 틀림없다고 여겨지는 모습이었다. 그리고 두카 씨는 그 모든 것에 다 약했다. 하드보일드한 것은 겉모습뿐인 것이다.

"그렇게 주변의 시선을 신경 쓰지 않아도 된다고 생각하는데요."

내 말에 두카 씨는 으음 하고 커다란 손으로 턱을 쓰다듬었다.

"이런 용모라도 말이지, 모험가를 상대할 때에는 도움이 된다."

그러고는 그렇게 말을 꺼냈다.

"모험가 중에는 불량한 녀석들도 많지. 그리고 치료원에는 그런 거친 녀석들이 매일 찾아온다. 힘에 자신 있다고 위세를 떨치면서 남들에게 얕보이면 진다는 것처럼 말이지."

"예. 왠지 알 것 같아요."

"그런 녀석들이 다쳐서 치료원에 오면 꽤나 애를 먹게 된다. 특히 손이나 발을 잘라야 하는 때나 이미 돌이킬 수 없게 된 때, 혹은 목숨을 살릴 수 없었을 때에는 더더욱 더."

나는 그 상황을 상상해 보려고 했다. 하지만 그럴 수 없었다. 나와는 너무나도 접점이 없는 세계였다.

"그런 때에 냉정하게 있을 수 있는 사람은 없지. 본인만이 아니라, 동료들도 마찬가지다. 그중에는 이성을 잃고 폭력에 호소하려는 사람도 있어. 그런 때에는 우리 의료종사자들의 목숨도 위험해진다."

정말 목숨을 건 직장이었다. 모험가만이 아니라, 그들을 치료하는 쪽도 필사적이 될 수밖에 없었다.

“그럴 때, 나나 주변 사람들을 지킬 수 있으면 좋겠다고 생각해서 나는 몸을 단련했다. 무뢰배들에게 진료 내용을 설명할 때, 협박이나 위압에 지지 않도록 나도 그것들을 몸에 익히려 했지. 그 결과, 모험가를 겁내는 일도 없어졌고, 주위 사람들을 지키는 일로도 연결됐다고 생각한다.”

“고생하셨네요.”

“그래. 고생했지. 지금도 사생활에서의 행동 하나하나에 주의를 기울이고 있다. 그래서 이렇게 다른 사람들의 눈이 있을 때에는 커피를 마시고, 주점에서는 강한 술을 마신다. 식사는 물론 고기요리지.”

거기에 커피가 필요할까. 나는 고개를 갸웃했다. 하지만 그것은 처음 만났을 때 내가 「멋진 남자는 커피를 마시는 법이랍니다. 예, 상식이죠」라고 세뇌— 아니, 뜨겁게 열변을 토한 탓인지도 모른다.

“하지만, 요즘 좀 곤란한 일이 생겼다.”

두카 씨가 찌릿 하고 나를 노려보듯이 보며 말했다. 그 황금색 눈동자에는 먹잇감을 노리는 빛이 깃들어 있었다. 어떻게 봐도 건실한 직업에 종사하는 사람의 눈이 아니었다.

“누군가가 구역을 넘보고 있나요?”

“아아, 요즘 젊은 것들은 사리라는 것을 이해하지 못해서 말이지……가 아니라, 무슨 말을 하게 하는 거냐?!”

부인들의 비명이 들려왔다.

"……난 건실한 사람이다."

"손을 씻었군요."

"태어난 이래로 지금까지 쭉 품행방정했다."

어떻게 봐도 품행방정한 눈초리가 아니었지만, 나는 고개를 끄덕여 보였다.

"그래서, 무슨 일로 곤란해 하시는 건가요?"

"아아, 그래. 실은 줄곧 고민을 하고 있는데……."

두카 씨는 울적한 기색으로 시선을 밑으로 떨어뜨렸다. 무슨 일이 있던 걸까?

두카 씨가 그 몽실몽실한 털에 싸인 입을 열려던 때였다. 문득 손님을 알리는 도어벨이 울렸다. 그 소리에 문을 향해 고개를 돌리자, 시선 끝에 나른하다는 듯이 서 있는 작은 그림자가 있었다. 푸른 하늘과 소나기구름을 섞은 것 같은 흐린 색깔의 머리카락을 땋아 내린 머리모양과 마술학원의 하얀 교복. 우리 가게의 작은 단골, 노르토리였다.

"아, 어서와."

나는 축 늘어져서는 나른하다는 듯이 카운터로 다가온 노르토리에게 말을 걸었다. 마치 사흘은 밤을 샌 것 같은 모습을 보이고 있었지만, 그녀는 이것이 평소 모습이었다.

노르토리는 고개를 들어 나를 보고 고개를 끄덕이고는, 의자에 앉은 두카 씨를 올려다보았다.

두카 씨는 흥미롭다는 듯이 노르토리를 쳐다보았다.

그렇게 두 사람은 서로를 마주보았다.

물끄러미…….

노르토리는 아무 말도 하지 않고 두카 씨 옆을 지나 늘 앉는 카운터석으로 향했다.

"늘 마시던 거면 되겠어?"

"……응……."

"쿠키 있는데, 먹을래?"

"……으응……."

"과일 있는데, 먹을래?"

"……으응……, 응……."

"오늘 학원가는 날 아냐?"

"쉬는 날."

그 부분만 명료하게 대답하지 말아 줘.

나는 그만 나도 모르게 웃으면서 카페오레를 준비했다.

노르토리는 엄청난 귀차니스트로, 매사에 의욕이 없었다. 그래서 학원 수업도 자주 빼먹었다. 그러고는 이 가게의 카운터에서 축 늘어져 있곤 했다.

내가 찬장에서 노르토리 전용 카페오레 대접을 꺼내려고 하던 때였다. 두카 씨가 작은 목소리로 나를 불렀다.

"마스터. 저 아이는 마술학원의……."

그 뒷부분은 말을 흐렸기 때문에 내가 대신 말을 이었다.

"예. 학생이에요."

"그런데, 학원은……?"

"오늘도 평소대로 수업을 하고 있겠죠."

"다시 말해서……."

"그 생각대로예요."

내가 그렇게 대답을 하자, 두카 씨는 팔짱을 끼었다. 입을 우물우물 움직이고 있는 얼굴은 의도를 정확히 전달하기 위해 단어를 신중히 고르고 있는 것 같았다.

"저 나이부터 벌써 수업을 빼먹다니, 그다지 좋지 못하다고 생각된다만."

두 말 할 나위 없는 정론이었다. 확실히 그렇긴 하네요, 그렇게 대답하는 수밖에 없으리라.

그러나 두카 씨의 말의 이면에는 나를 훈계하는 울림이 담겨 있었다.

"왜 그녀가 수업에 빠지는 것을 묵인하는 거냐, 라는 거죠?"

"……그래. 어른의 입장에서 타일러 이끄는 것도 필요한 것은 아닐까. 그, 뭔가 사정이 있다면야 이야기는 별개지만."

두카 씨의 눈은 진지했다.

그것이 일반적인 상식이니까, 라든가 혹은 자신의 생각이 옳다고 믿으니까, 라는 그런 류의 시선은 아닌 것 같았다. 그의 말에는 동시에 노르토리에 대한 배려가 담겨 있었다. 이렇게 보여도 두카 씨는 아이들을 정말 좋아했다.

나는 나도 모르게 웃음을 흘리고 말았다.

"그러네요. 그건 필요한 일이라고 생각해요."

"그럼, 왜?"

나는 잠시 천장을 올려다보며, 뭐라고 대답하면 좋을까 하고 말을 정리했다.

"제 담당이 아니니까, 라서일까요."

"담당?"

나는 힐끗 노르토리를 쳐다보았다.

그녀는 카운터에 엎드려서 꼼짝도 하지 않고 있었다.

"타이르고, 훈계하고 야단친다…… 어느 것이나 모두 중요하죠. 하지만, 저는 저 아이에게 그 어떤 것도 하고 싶다는 생각이 안 드네요."

두카 씨가 눈썹을 찡그렸다.

"그건 연장자로서의 책임을 방치하는 것이 아닐까. 우리는 우리의 경험으로 얻은 지식을 이용해 다음 세대의 성장을 도울 수 있을 거다."

"예. 그건 그 말이 맞을 겁니다."

나는 노르토리의 대접을 내려놓고 냉장고에서 작은 과일을 꺼냈다. 껍질은 새파랬지만, 과육은 샛노란 색으로 맛과 식감은 배와 비슷한 녀석이었다. 먼저 이쪽을 준비하자.

"하지만 그런 것은 저 아이의 부모님이나 학원의 교사에게 맡기자, 라고 생각하고 있습니다. 타인을 가르치는 건 저답지 않을뿐더러, 저는 그렇게 훌륭한 사람이 못 되니까요."

"흠."

두카 씨가 고개를 끄덕였다. 하지만 팔짱을 낀 채 무뚝뚝한 얼굴을 한 모습은 어떻게 봐도 납득하지 못한 것 같았다.

"어떤 장소라도, 그곳을 불편하게 여기는 사람은 반드시 있을 겁니다."

"그건 그렇겠지."

"자신을 바꿈으로써 그곳에 적응하는 사람도 있지만, 어떻게 해도 그게 안 되는 사람도 있습니다. 그건 확실히, 잘 타일러야 한다고 말해 봤자 소용없다고 생각해요. 왜 너는 그렇게 못하는 거냐. 주위 사람들은 모두 잘 하는데. 노력이 부족하구나, 라고 말이죠."

나는 과일에 과도의 칼날을 갖다 댔다.

"물론 그렇게 해서 개선하는 사람들도 있습니다. 하지만 아무리 해도 개선이 안 되는 사람들도 있죠. 왜냐하면, 그 사람들은 그런 식으로 되어 있지 않으니까요."

"되어 있지 않아?"

"새에게 물속을 헤엄치라고 한다든가, 생선에게 육지를 달리라고 한다든가, 그런 것과 비슷한 겁니다. 그런 것들은 아무리 무슨 말을 해 봤자 소용이 없잖아요? 그건 애초에 신체가 그렇게 할 수 있게끔 안 되어 있는 것이니까요."

"그건 알겠지만, 수업을 빼먹는 것과는 별개잖나."

"똑같은 거예요."

나는 원래 세계에서 친하게 지냈던 연상의 사촌누이를 떠올렸다. 그녀 역시 주위에 적응하지 못하는 자신에 대해 고민했다. 주변에 맞추지 못하고, 그런 자신을 반푼이인 것처럼 느껴 학교를 그만두었다.

"그렇게 하지 못해서 가장 곤란한 건 사실 본인입니다. 자신이 주변과 어울리지 못한다는 것은 본인이 가장 잘 알아요. 자신은 왜 그렇게 못하는 걸까. 왜 안 되는 걸까. 어떻게 하면 될까…… 자신에게 맞지 않는 환경에 억지로라도 적응하려고 하는 것은 괴로운 일입니다. 그리고, 그것을 누구도 이해해 주지 않는 것은 더욱 괴롭죠."

"……음."

두카 씨는 턱에 손을 갖다 대었다. 뭔가를 떠올리고 있는 모양이었다.

"그렇게 무리하는 사람도, 야단을 맞고 의기소침해 있는 사람도, 뭔가 고민하고 있는 사람도, 필요한 것은 쉴 수 있는 장소가 아닐까요."

"쉴 수 있는 장소, 인가……."

"그걸 두고 도망치고 있다고 말하는 사람도 있을지도 모릅니다. 하지만, 야단을 치는 사람이 있다면 도망칠 장소를 준비해 두는 사람 역시 있어도 괜찮잖아요?"

그리고, 세상이라는 것은 대부분 야단치는 사람보다 도망칠 장소 쪽이 더 적었다. 때문에 결국 혼자서 어떻게든 도망치는 수밖에 없었다.

"도망치는 시간은 사람마다 다릅니다. 긴 사람도 있고, 짧은 사람도 있죠. 하지만 모두에게 공통되는 것은 단 하나, 도망치는 사람은 언젠가는 싸워야 한다는 사실을 안다는 점이죠."

나는 토끼 모양으로 깎은 과일을 접시에 담았다.

"그러니까, 제 담당은 도망치는 장소인 겁니다. 여기엔 싸움도 없고 제한시간도 없습니다. 얼마든지 쉬어도 좋고, 시간을 보내는 방법도 자유예요. 이곳에서 날개를 쉬면서 힘을 비축하다가, 그때가 오면 다시 여로에 오른다. 그럴 수 있는 장소가 하나 정도는 있어도 좋다고 생각하지 않나요? 뭐, 영업시간은 있지만요."

나는 두카 씨에게 웃어 보이고는 노르토리에게 과일을 갖다 주었다.

"자, 노르토리, 먹이야."

내 부름에 노르토리가 느릿하게 얼굴만 들었다.

"……먹여 줘……."

농담이었는데, 음식을 먹이 취급해도 괜찮은 거냐, 넌.

어쩔 수 없이 나는 포크에 배 비슷한 그것을 찍어 노르토리의 입가로 가져갔다. 노르토리는 그 끄트머리를 깨물더니 우물우물 씹었다. 그러다가 한숨을 돌리고, 한층 더 우물우물 씹었다. 그러고는 또다시 크게 한숨을 토해냈다. 그녀는 먹는 방법까지 일관되게 나른했다. 그 모습에 한층 더 반할 것 같았다.

"노르토리는 장래의 꿈 같은 게 있어?"

나는 무의식중에 그런 질문을 던졌다.

노르토리는 무겁다는 듯이 눈을 뜨고 나를 쳐다보았다.

"……있어."

있는 건가? 예상외였다.

노르토리의 대답에 나는 살짝 동요했다. 그런 나를 앞에 두고 노르토리는 힘찬 목소리로 말했다.

"……평생…… 게으르게…… 지내고 싶어……."

"아, 네."

나는 순간 깜짝 놀랐다. 뭔가 거창한 꿈이라도 말하면 어쩌나 싶었기 때문이었다. 안도감이 드는 것과 동시에 역시나 노르토리구나, 라는 생각이 들어 나는 고개를 끄덕였다. 멋진 꿈이었다.

"너, 노르토리라고 했나."

두카 씨가 맥이 빠진 듯한 얼굴로 이쪽을 바라봤다.

"……?"

노르토리는 카운터에 엎드려 턱을 댄 자세 그대로 성가시다는 듯이 두카 씨에게로 얼굴을 돌렸다.

"한 가지, 물어봐도 될까."

"……뭔데……."

"내가 무섭지 않나?"

두카 씨는 물끄러미 노르토리를 응시했다. 흑표범 얼굴에 체격은 작은 산과도 같이 거대해서, 육식동물의 풍격이 보는 이의 피부가 아파올 정도로 발산되고 있었다.

노르토리는 그 모습을 물끄러미 관찰하고는 이렇게 말했다.

"커."

두카 씨는 멍하니 입을 벌렸다.

그러더니, 이내 눈을 가늘게 뜨며 이윽고 가게 안이 울릴 정도로 큰 목소리로 웃었다.

그에 노르토리는 눈썹을 찌푸리며 「뭐야, 이 녀석. 기분 나빠……」라는 기분을 아낌없이 표현했다.

"확실히 네 장래는 유망할 것 같구나. 마스터. 네가 말한 것이 조금은 이해가 되는 것 같다."

두카 씨는 큭큭 하고 어깨를 떨며 웃으면서 머리를 긁적였다.

나는 두카 씨가 진정하는 것을 기다렸다가 이렇게 물었다.

"그런데, 두카 씨의 고민이라는 건 뭐였죠?"

내 물음에 두카 씨는 고개를 좌우로 저었다.

"아니, 됐어. 이미 해결됐다."

"예? 예…… 그렇다면 다행이지만요."

나는 고개를 갸웃했다.

"유우…… 늘 먹던 거, 아직 안 됐어……?"

"미안. 금방 준비할게."

노르토리의 재촉에 나는 카페오레를 준비하기 시작했다.

"마스터."

"예?"

그러다 두카 씨의 부름에 뒤를 돌아보았다. 그러자 어딘가 고민을 다 떨쳐버린 듯한 두카 씨의 얼굴이 보였다. 두카 씨는 평소보다 훨씬 온화한 얼굴로 말했다.

"내게도 같은 것을. 설탕은 듬뿍 넣어 줘."

7. 꽃 금화

1

남자에게는 3대 악습이 있다고 한다. 『색벽』, 『주벽(酒癖)』, 그리고 마지막으로 『도박벽』이 그것이었다.

색벽이 악화되려면 일종의 재능이 필요할 것이다. 무엇보다 용모가 됐든 성격이 됐든 여자에게 인기를 끌 소질이 없다면 애초에 악습이 될 수가 없었다. 인기가 없어서 곤란한 사람들도 물론 존재하는 것이다.

주벽은 어떻게 할 수가 없다고들 한다. 술을 마시면 성격이 변하는 일도 있거니와, 당치도 않은 일을 벌려놓고 그것을 기억하지 못하기도 한다. 그러나 체질적으로 술을 마시지 못하는 사람도 있으니, 만인에게 공통되는 악습이라고 할 수도 없었다.

도박벽은 성가셨다. 내기, 즉, 흔히 말하는 도박을 말하는 것인데, 이것만큼 우리의 생활에 침투해 있는 악습도 없을 것이다. 도가 지나치면 누구나 눈썹을 찌푸리지만, 비난하는 사람들조차 자신들이 일상에서 작은 도박을 반복하고 있다는 사실에는 무심했다.

그 경향이 가장 두드러지는 것이 바로 점이었다.

무릇 도박의 기원은 점이었다. 불확정한 미래의 좋고 나쁨에 대한 단서를 찾던 것이 이윽고 도박으로 발전한 것이다.

점이란 맞을 수도 있고 안 맞을 수도 있다.

점의 결과에 연연하지 말고 그것을 심각하게 받아들여서는 안 된다는 말이었다. 그러나 그것에 금전이나 손익이 걸리게 되면, 사람의 마음은 그렇게 쉽게 끊고 맺을 수는 없을 것이다. 아침 텔레비전 프로그램에서 해주는 별자리 운세의 결과가 최하위였다면, 점을 믿지 않아도 조금은 의기소침해지는 법이었다.

도박이라는 것은 어느 시대나 사람들을 열중케 해왔다.

사람들이 너무나도 열광적이 되다 보니, 정치를 하는 높으신 분들이 몇 번이나 그것을 금지하려고 했다. 하지만 그렇게 되지 못한 것은 그 정치가들이야말로 도박에 열중하고 있었기 때문이라고 한다.

한 치의 앞조차 알 수 없는 긴박감과, 결과가 나온 순간의 고양감. 승리의 기쁨과 패배의 분함. 커다란 감정의 흔들림과 실리를 동반하는 도박은 특히 남자의 마음을 붙잡고 놔주지 않았다.

그러나 도박을 하는 모든 이가 언젠가는 깨닫는 것이 있었다.

무언가를 얻기 위해서 다른 무언가를 대가로 치른다면,

어느샌가 소중한 것을 잃어버리는 게 된다는 것이다.

그 사실을 알아차리는 것은 언제나 돌이킬 수 없게 된 뒤였다.

2

요 며칠 동안은 계속 비 내리는 날이 이어졌다. 그 끝에 드디어 보게 된 청명한 날에 기분 좋게 개점 준비를 하기 위해 밖으로 나오자, 대로변의 가게들도 오랜만에 찾아온 장사하기 딱 좋은 날을 반기듯 활기를 띠고 있었다. 길가에서는 노점상들이 천을 펼치고 상품을 늘어놓고 있었고, 어디선가 바퀴가 달린 포장마차를 끌고 온 고양이 귀의 아저씨가 죽을 팔고 있었다.

길에는 아침부터 미궁에 가는 모험가들이 여럿 있어서, 그들을 대상으로 한 먹거리 포장마차가 많았다. 여기저기에서 기운찬 목소리들이 난무하고 있었다.

이 도시는 변함없이 기운이 넘치는군.

나는 그런 생각을 하며 고개를 주억거렸다. 그러고 있으려니, 옆에서 누군가가 불쑥 꽃을 내밀었다.

"하나, 어떠신가요?"

어라? 하며 나는 시선을 밑으로 내렸다. 그랬더니 작은 소녀가 꽃바구니를 손에 들고 있었다. 내게 내민 꽃은 선명한 푸른색을 띠고 있었다. 마치 오늘의 맑게 갠 하늘과도 같았다.

"본 적이 없는 꽃인데, 무척 예쁘구나."

"예! 미궁에서 피는 꽃이에요. 오늘 하늘처럼 산뜻하죠?"

여자아이는 우후후 하고 자랑스러운 듯이 웃었다.

"미궁의 꽃을 파는 거니?"

나는 주변을 돌아보았다. 평상시에는 30대 정도로 보이는 여성이 작은 꽃다발을 팔았는데, 오늘은 그 모습이 보이지 않았다.

"평소에는 엄마가 파시는데, 오늘은 엄마 대신 제가 꽃장수예요."

과연. 늘 보던 그 여성의 딸인 모양이었다. 어쩐지 처음 본 얼굴이었다.

"그래, 미궁의 꽃이란 말이지. 그 말을 들으니까 무척 귀중한 것처럼 보이기 시작하네."

나는 여자아이가 여전히 내밀고 있는 꽃을 물끄러미 응시했다.

꽃에 대해 잘 알지 못하는 탓에 어떤 꽃과 비슷하군, 이라는 그런 감상은 나오지 않았다. 떠오르는 것은 예쁜걸, 이라든가 꽃잎이 희한한 형태를 하고 있는걸, 정도뿐이었다. 하지만 이것이 그 미궁 안에서 피는 꽃이라고 하니, 분명히 희소한 것이리라.

내가 꽤 열심히 들여다보는 것이 이상했던 모양인지 여자아이가 웃음을 흘렸다.

"이 꽃, 미궁의 지하 2층에서 피는 것이에요. 그러니까 그렇게 귀중한 건 아니에요."

"어, 그래?"

"예. 지하 3층까지는 모험가가 아니어도 들어갈 수 있으니까요. 하지만 미궁에 일부러 꽃을 따러 가는 사람은 적으니까, 이렇게 파는 거라고 엄마가 말했어요."

그런가. 지하 3층까지는 들어갈 수 있는 건가.

일부러 무서운 것을 보고 싶은 그런 심리도 있어서, 한 번 정도 가보고 싶은 마음은 있었다. 그렇지만 「그럼 미궁 관광이라도 갈까!」라고 생각하는 날이 과연 내게도 올 것인가…… 오지 않을 거야.

"그럼, 한 송이 살까?"

"정말인가요? 고맙습니다!"

나는 주머니에서 동전을 꺼내 미궁에 핀다는 꽃과 교환했다.

미궁에는 갈 수 없었기 때문에 나는 미궁을 불러오기로 했다. 꽃 한 송이긴 하지만, 이것도 역시 미궁의 일부임에는 변함없었다.

여자아이는 내게 깊숙이 고개를 숙이고는 새로운 손님을 찾아 종종걸음으로 달려갔다. 땋아 내린 머리카락이 흔들리는 그 뒷모습을 배웅하고, 나는 손에 든 꽃을 햇빛에 비추어 보았다.

지하에서 자랐을 터인 꽃의 잎은 높게 펼쳐진 하늘과 같은 색을 하고 있었다. 내게는 그 점이 신기하게 느껴졌다.

과연 미궁의 꽃. 분명히 다른 평범한 꽃과는 환경도 생태도 다른 것이리라.

“음. 그렇게 생각하니, 어딘가 기품마저 느껴지는데?”

“아침 댓바람부터 가게 앞에서 뭐하는 거야?”

문득 누군가가 그렇게 말을 걸어왔다. 그 목소리에 나는 소리가 난 쪽으로 얼굴을 돌렸다. 그러자, 리나리아가 매우 어처구니가 없다는 듯한 얼굴로 서 있었다.

“아, 안녕. 오늘도 빠르구나.”

“그러는 너도 말이지. 그런데 너답지 않은 걸 갖고 있구나.”

“아아, 이거? 방금 꽃 파는 아이에게서 샀어. 미궁의 꽃이라기에 신기해서.”

리나리아는 허리를 살짝 굽히고 내가 손에 든 꽃에 얼굴을 가까이 가져다 댔다. 흘러내린 머리카락을 귀 뒤로 넘기는 동작이 묘하게 눈부시게 보여서, 나는 눈을 가늘게 떴다. 분명 오랜만에 보는 청명한 날씨이기 때문임이 틀림없었다.

“카에룸의 꽃이구나. 군락에 가면 굉장해. 마치 발밑에 하늘이 펼쳐진 것 같으니까.”

“그렇구나.”

나는 고개를 끄덕였다. 그 광경을 머릿속에 떠올려 보려고 노력했지만 그리 쉽게 되지 않았다.

"분명히 아름다울 테지."

"미궁 관광 코스에서도 인기 장소인걸."

응?

"미궁에 관광 코스가 있어?"

"있지 그럼."

리나리아는 태연하게 대답했다.

"그야, 미궁은 쉽게 볼 수 있는 것이 아니니까. 여행자가 됐든 한가한 부자가 됐든 많은 사람들이 산처럼 미궁을 보러 몰려와. 그래서 미궁의 3층까지는 모험가가 아니어도 들어갈 수 있게 정비해 놨을 정도인걸."

"그, 그런가. 관광지로 활용하고 있는 건가."

"지하 1층의 큰 홀은 관광객과 기념품을 파는 노점, 포장마차로 늘 북적대."

"뭐랄까, 내가 생각하던 것과는 조금 다른걸."

좀 더, 그, 살벌하고, 어둡고, 한 발 내디디면 목숨을 위협하는 것들로 넘쳐나는, 그런 곳을 상상하고 있었다.

하지만, 확실히 미궁이라는 보기 드문 곳이 있다면 관광을 해보고 싶다는 사람도 있으리라. 미궁을 관리하는 쪽도 관광객을 받아들여 입장료 같은 것을 받는다면 나름대로의 수입이 될 터였다. 관광지화라는 수법은 매우 합리적이기는 했다.

"하지만, 뭐랄까……."

미궁이라는 판타지의 대표적인 존재가 좀 더 로망과 꿈이 넘치는 분위기이기를 바라는 마음이 있기도 하고 없기도 했다.

"뭘 그렇게 웅얼거리는 거야?"

리나리아가 어리둥절한 얼굴을 했다. 나는 고개를 좌우로 흔들었다.

"아니, 아무것도 아니야. 들어가자."

기분을 새로이 하고 가게의 문을 열려고 했을 때, 오른손에 든 꽃에 생각이 미쳤다.

나는 잠시 생각한 끝에 그것을 리나리아에게 내밀었다.

"뭐야?"

"내친김, 이라는 건 아니지만, 모처럼 산 것이니까 선물로 줄게. 남자가 갖고 있는 것보다는 네가 갖고 있는 편이 꽃도 더 기쁠 테니까."

"어, 그러니까, 나한테 주는 거야?"

나는 고개를 끄덕였다. 그러자 리나리아가 머뭇머뭇 하는 기색으로 손을 뻗어 꽃을 받아들었다.

그리고 가슴 앞에서 그것을 물끄러미 쳐다보더니, 이번에는 위로 치켜뜬 눈으로 나를 쳐다보았다. 그 뺨은 희미하게 붉은색으로 물들어 있었다.

"그, 고마워. 기뻐."

수줍어하는 그녀의 모습에 나는 순간적으로 말문이 막혔다. 그저 즉흥적으로 한 행동이었다. 그것이 리나리아에게서 이렇게 부드러운 표정을 이끌어 내리라고는 생각도 못했던 것이다.

왠지 묘하게 마음이 뒤숭숭해서, 나는 적당히 대답을 하며 과장되게 크게 웃어 보였다. 그리고, 스스로도 꼴사납다고 생각하면서도 도망치듯이 가게 안으로 들어왔다.

이것도 분명 오랜만에 보는 청명한 날씨 탓임이 틀림없었다. 어쨌든 오늘은, 하늘이 무척이나 예뻤으니까.

3

카페의 마스터라는 일을 하고 있으면, 때때로 묘한 손님과 만나는 때가 있다. 겉모습이 매우 특이하거나 행동이 수상쩍은 등 그 양상은 다양하다. 그리고 지금, 그런 손님이 한 명, 창가 자리에 있었다.

아저씨, 였다. 부스스하고 칙칙한 금발을 뒷덜미에서 대충 묶고 있었으며, 복장도 칠칠치 못하다고 해야 할 법한 모습을 하고 있었다. 셔츠의 목덜미는 누렇게 바래 있었고, 걷어올린 소매도 많이 헤져 있었다.

그것뿐이라면 딱히 신경 쓸 필요는 없었다. 하지만, 아저씨는 창문에 이마를 딱 붙이고 뚫어져라 밖을 쳐다보고 있던 것이다. 주문은『물』로, 이래저래 세 시간은 그러고 있었다.

창밖에 뭔가 재미있는 것이라도 있는 걸까.

내게는 평소와 똑같은 풍경으로밖에 생각되지 않았다. 길가의 노점상과 상인들. 먹거리를 파는 포장마차에 길을 오가는 수많은 사람들. 그 북적이는 광경은 계속 보고 있어도 질리지 않기는 했지만, 그렇다고 그렇게까지 열심히 바라볼 필요도 없을 것이다.

기품 넘치는 부인 2인조가 계산을 마치고 가게를 나서자, 가게 안에는 나와 그 아저씨, 이렇게 둘만이 남았다.

그때, 꾸르륵 하고 성대한 소리가 울려 퍼졌다.

나는 아저씨를 힐끗 쳐다보았다.

아저씨는 창문에 이마를 붙인 채로 배 언저리를 쓰다듬고 있었다. 배가 고픈 것이리라. 주문을 받으러 가야 하는 것일까, 가만히 내버려둬야 하는 것일까. 나는 조금 고민이 되었다.

그때, 가게에 들어온 뒤로 줄곧 똑같은 자세를 하고 있던 아저씨가 나를 향해 손짓을 했다.

"예. 주문하시려고요?"

가까이서 보니, 아저씨는 홀쭉한 뺨에 덥수룩한 수염이 나 있었다. 얼굴색도 안 좋았는데, 눈만큼은 신기할 정도로 생생한 빛을 발하고 있었다.

"아아, 오래 눌러앉아서 미안하군. 뭔가 먹을 것을 내어줬으면 하는데."

아저씨의 목소리는 탁하게 갈라져 있었다. 하지만 그 어조나 표정에서는 기뻐서 어쩔 줄 모르는 기색이 아낌없이 전해져 오고 있었다.

아저씨는 품을 뒤져 금화 한 닢을 꺼내 들었다. 본 적이 없는 무늬가 새겨져 있었다.

"실은 남쪽에서부터 계속 여행을 해서 말이지. 방금 도착한 참이라, 아직 이 도시의 돈을 갖고 있지 않거든."

과연. 긴 여행 탓이라면 아저씨의 그 피로에 절은 것 같은 상태도 납득할 수 있었다.

"어때? 내기를 하지 않겠나?"

"내기, 말인가요?"

갑작스러운 말에 나는 고개를 갸웃했다.

"이건 말이지."

아저씨는 엄지로 금화를 가볍게 튕겼다. 새된 소리와 함께 내 머리보다도 더 높이 올라간 그것은 반짝반짝 빛을 반사하며 떨어지다가 아저씨의 손 안으로 들어갔다.

"사막과 눈의 나라, 사라샤드의 금화다. 이 도시에서 바꾸면 꽤 두둑한 금액이 될 거야."

"아, 예……."

아저씨는 나의 별 관심이 없다는 것 같은 대답에는 신경도 쓰지 않고 말을 이었다.

"네가 금화의 앞뒤 중 좋을 대로 골라. 금화는 내가 튕길 테니까. 네가 맞히면 이 금화를 손에 넣는 거고, 만약 틀리면 내게 먹고 싶은 만큼 먹을 걸 먹게 해 주는 거야. 어때?"

그렇게 내기를 제안한 아저씨는 웃었다. 그 표정은 왠지 무척이나 즐거워 보였다.

지금까지 수많은 손님을 만났지만, 그런 내기를 걸어온 것은 처음 있는 일이었다.

내기, 였다.

그것도, 꽤나 내게 유리한 조건인 것 같았다. 금화쯤 되면 그 금액이 상당했다. 아무리 많이 먹는다고 해도, 우리 가게의 메뉴라면 그 절반 이하의 금액이라도 거스름돈을 건넬 수 있을 것이다.

"거절하고 싶네요."

"음? 왜지? 금화, 갖고 싶지 않아?"

아저씨가 유감이라는 듯이 나를 올려다보았다. 하지만 그래도, 나는 그런 내기에는 신중해지는 성격이었다.

그렇다기보다…….

"아무리 봐도 수상하고 말이죠……."

"수상하지 않아, 전혀! 마침 여비를 다 써버려서 살짝 돈이 궁한 것뿐이라고!"

"그 금화가 있잖아요."

"얼마 안 되는 이 한 닢마저 없어지면 살 수가 없어!"

"내기에 사용하는 건 괜찮은가요?"

내가 그렇게 묻자, 아저씨는 입술 끝을 끌어올렸다. 자신감이 느껴지는 그 미소에서는 어째서인지는 알 수 없지만,

등줄기를 오싹하게 만드는 정체를 알 수 없는 위압감도 같이 느껴졌다.

그런 미소와 함께 아저씨가 말했다.

"그건, 내가 반드시 이길 테니까 말이지."

호오. 나는 흥미가 동했다.

동전을 튕겨서 앞이냐 뒤냐를 맞힌다.

단순하게 생각하면, 그 확률은 2분의 1일 터였다. 그런 것을 반드시 이긴다고 단언하는 것이다.

"알겠습니다. 그 내기, 받아들이죠."

도전하는 기분으로 나는 그렇게 말했다. 이기고 지는 그 자체보다, 이 아저씨가 내보이는 자신감이 신경 쓰였던 것이다.

"남자라면 그렇게 나와야지."

아저씨가 내게 동전을 내보였다.

"앞과 뒤, 어느 쪽을 고를래?"

"앞이요."

아저씨가 두 손가락 사이에 동전을 끼워 들어 내보였다. 아까 보았던 무늬였다.

"이쪽이 뒤다. 내가 동전을 튕겨서 이쪽이 나오면 내가 이기는 거고, 앞이 나오면 네가 이기는 거야. 알았지?"

"예. 하세요."

아저씨가 뜸을 들이듯이 천천히 동전을 손가락 위에 얹고 방금 전과 마찬가지로 가볍게 튕겼다. 나는 그 궤도를 눈으로

좇았다. 금화는 금색의 궤적을 남기며 아저씨의 손등 위에 찰싹 하고 착지했고, 아저씨의 반대쪽 손이 금화를 덮었다.

나는 나도 모르게 몸을 앞으로 내밀고 말았다. 일단 시작하면 이렇게 결과가 신경 쓰이는 것이 내기라는 것이리라. 아저씨는 내 반응을 즐기듯이 천천히 손을 치웠다.

"뒤다. 내 승리로군."

"으으음."

이럴 수가, 정말로 지고 말았다. 그렇게 되자, 역시 왠지 분했다. 나도 모르게 다시 한 번, 이라고 말하고 싶어졌다. 나는 그 한마디를 가까스로 꿀꺽 삼켰다. 하지만, 완전히 포기하지 못하고 대신 이렇게 말했다.

"잠깐 그 금화를 보여주실 수 있나요?"

"오오? 감이 날카로운데."

그런 말을 하면서도 아저씨는 싱거울 정도로 선뜻 금화를 내게 건넸다.

금화는 자잘한 상처와 패인 곳이 많아 그 세월이 느껴졌다. 나는 금화를 빙글 뒤집어 보았다. 그곳에는 또 다른 무늬가 새겨져 있었다.

"평범한 금화다."

나는 아저씨에게 금화를 돌려주면서 작게 중얼거렸다. 아저씨가 웃음을 터뜨렸다.

"위조 금화라고 생각했지? 생각이 낡았어."

"하지만, 자주 볼 수 있잖아요. 실은 양쪽 모두 앞이었어, 라는 거요."

"그런 잔재주를 부리는 건 삼류나 하는 짓이야. 이렇게 보여 달라고 하면 속일 수가 없잖아?"

으으음. 확실히 그렇기는 하지만…….

"그럼, 어떻게 그렇게 자신만만했던 거죠? 이길지 질지는 확률이 반반이었는데."

"그건 말이지……."

아저씨는 척 하고 집게손가락을 세웠다.

"비밀이야."

나는 나도 모르게 쓰러질 뻔했다.

설명을 해주는 건가, 라고 생각했건만.

"자, 내기에 졌지? 밥을 주지 않겠나? 난 뭐든지 먹을 수 있다고!"

아저씨가 배를 두드리며 크게 웃었다. 그런 아저씨의 모습에 왠지 완전히 맥이 빠지고 말았다.

예이, 예이, 하고 나는 주방으로 향했다.

저 호리호리한 몸의 어디에 저렇게 들어가는 것인가. 그런 태클을 걸게 되는 날이 올 줄은 생각도 하지 못했다. 그 정도로 아저씨는 대식가였던 것이다. 내가 만드는 요리는 뭐든 「맛있다」를 연발하며 먹어 주었다.

예상외였던 것은 그 먹는 모습이 정말로 볼만했다는 것이리라.

길가 쪽에 난 창가 자리에서 자못 맛있다는 듯이 먹는 아저씨는 좋은 선전이 된 모양이었다. 길을 지나던 사람들이 「응?」 하고 발을 멈추었다.

고기요리를 예로 들어보자. 그것은 커다란 닭고기를 껍질이 바삭바삭해질 때까지 구운 뒤 데리야끼 소스를 바른 것을 뜨겁게 찐 감자와 함께 내놓은 것이었다. 그 감자를 으깨서 소스와 섞어 먹어도 좋았고, 고기와 함께 빵에 싸먹어도 좋았다. 아저씨가 그렇게 먹는 것을 보고, 육식계 수인들이 문을 열고 이렇게 말했다.

"저 사람이 먹는 것과 같은 걸로."

그렇게, 가게는 갑자기 바빠졌다. 하지만 이래서는 카페가 아니라 단순한 요리점이 아닐까. 문득 그런 생각이 든 것은 겨우 마지막 손님을 배웅하고 난 뒤였다.

산더미 같은 설거지거리를 앞에 두고 나는 후우 하고 한숨을 내쉬었다.

밖은 점점 해 질 녘이 다가오고 있었다.

내가 요리에 쫓기고 있는 사이에도 아저씨는 줄곧 창문으로 밖을 바라보고 있었다.

뭐가 그렇게 신경이 쓰이는 것일까.

그런 내 시선을 알아차린 것일까. 아저씨가 나를 돌아보았다. 저녁놀에 비친 얼굴이 왜인지 쓸쓸해 보였다.

아저씨는 자리에서 일어나더니 내 앞까지 걸어왔다.

"있지, 너. 이 가게에 달리 종업원은 없지?"

"예. 저밖에 없습니다만. 왜 그러세요?"

"날 고용해 주지 않겠나? 급여는 많지 않아도 돼. 일을 찾고 있어서 말이지."

갑자기 그런 말을 해도 나로서는 당연히 곤란했다.

사람을 고용해 본 경험 따위 물론 없었을 뿐더러, 우리 가게는 급여를 지불할 여유가 있을 정도로 번성하는 가게가 아니었다.

떨떠름해하는 내 속내를 알아차린 듯, 아저씨가 미소를 지었다. 입술 끝을 끌어올리는, 아까 그 미소였다.

"내기를 하지 않겠나?"

나는 얼굴을 실룩거렸다.

"조건은 아까랑 동일해."

물론 나는 거절하고 싶었다. 내기란 정말 좋지 않은 것이었다. 응. 좋지 않아.

"난 반드시 이긴다고?"

정말이지 이 사람은……. 나는 코웃음을 쳤다.

내가 학습도 못하고 그런 값싼 도발에 넘어갈 것이라고 생각하는 것일까. 그런 식으로 생각하고 있다면 나에 대한 실례였다. 나를 바보로 여기는 것 같은 그런 생각은 바로 고쳐

줬으면 했다.

“자. 그럼 거기에 느긋하게 앉아있어. 설거지는 맡겨줘. 어쨌든 넌 내 고용주이니까 말이지.”

또 지고 말았다…….

왜냐. 이번에는 뒤를 골랐건만. 왜 이기지 못한 거냐.

아저씨는 기분이 좋은 모습으로 휘파람까지 불고 있었다. 나는 탈력감을 등에 진 채 의자에 주저앉아 머리를 감싸 쥐었다.

내기 같은 것은 하는 게 아니었다.

“맞다. 내기를 하지 않을래? 실은 오늘 잘 곳을—.”

“아뇨. 이젠 됐어요…….”

나는 두 손을 들고 항복했다.

4

결국 2층의 빈방에 묵게 된 아저씨는 다음날부터 의기양양하게 일을 해주었다.

“어라? 손님, 숙취이신가? 그렇다면 우리 가게의 아이스커피를 추천하지. 단번에 눈이 번쩍 뜨인다고, 이게.”

“그런 게 있나? 그럼 한 잔 부탁해.”

“예이. 마스터. 여기 손님에게 아이스커피 한 잔!”

이런 식으로, 아저씨는 내가 어안이 벙벙해질 정도로 접객에 능했다. 그리고 무엇보다도 아저씨가 손님을 잘 관찰하고 있다는 것을 깨닫게 되었다. 그것은 컨디션이기도 했고, 식사 도중에 음료를 마시고 싶어 하는 것이기도 했으며, 부부싸움의 원인이기도 했다. 그런 것을 간단히 꿰뚫어보는 그 눈썰미는 내가 보기에는 특수기능의 영역으로 생각될 정도였다.

어떻게 그렇게까지 잘 알 수 있는 거죠? 내가 묻자, 아저씨는 이렇게 대답했다.

"이젠 거의 버릇이다. 내기란 건, 우선 상대를 잘 관찰하는 게 중요하거든. 상대를 알면 어떤 내기라도 이길 수 있어."

손님의 방문이 좀 진정되면 아저씨는 늘 창가로 가서, 창문에 이마를 딱 붙이듯이 해서 밖을 내다보았다.

뭘 보고 있는 것일까. 신경이 쓰여서 다가가면 아저씨는 으레 얼버무리듯이 웃으며 창에서 떨어졌다. 나도 똑같이 창문으로 밖을 내다봤지만, 보이는 것은 평소와 똑같은 거리와 사람들의 생활뿐이었다. 아저씨는 뭘 보고 있던 것일까.

그런데, 최근 노점상이 늘어난 것 같기도 했다. 나무봉을 조립해 능숙하게 받침대를 만들어 선명하고 산뜻한 색으로 염색한 천을 장막처럼 늘어놓고 파는 사람이 있는가 하면, 명백히 이국풍의 차림을 한 남성이 불가사의한 나무패를 팔기도 했다. 중학생 정도로 보이는 소년이 작은 숫돌로 식칼을 갈고 있기도 했는데, 그런 가운데에서 며칠 전에 만난 꽃을 파는 소녀가 길을 지나는 사람들에게 말을 걸고 있었다. 아무래도 아직도 엄마를 대신해 꽃을 팔고 있는 모양이었다.

"앗!"

그렇게 밖을 보고 있으려니, 문득 시선 끝에서 여자아이가 뭔가에 부딪친 것처럼 나가떨어졌다. 노점에 정신이 팔린 모험가가 아이에게 부딪쳤던 것이다. 바구니가 나뒹굴고 주위에 꽃이 흩어졌다.

이런, 가봐야겠어.

그 모습을 지켜보던 나는 그렇게 생각했다. 그런데 그 순간, 도어벨이 요란하게 소리를 냈다. 어지간히 난폭하게 문을 연 사람이 있는 모양이었다. 나는 재빨리 그쪽으로 시선을 돌렸다. 그러자 아저씨의 뒷모습이 가게를 막 뛰어나간 참이었다. 내가 어안이 벙벙해 있는 사이에도 창문 건너편에서 아저씨가 놀랄 정도의 빠른 속도로 소녀에게 달려갔다. 소녀를 부축해 일으키고 뭔가 말을 걸더니, 이번에는 소녀에게 부딪친 모험가에게 맹렬하게 따지고 드는 모습을 볼 수 있었다. 자칫 멱살이라도 잡을 것 같은 분위기였다.

"어이쿠, 보고 있을 때가 아니었지."

나도 허둥지둥 가게를 나섰다.

"이래서 모험가라는 녀석들은 싫은 거다!"

늘 표표한 아저씨로서는 보기 드물게 목소리를 높이고 있었다.

"아, 저기, 제대로 사과하셨고, 또 저도, 그게, 괜찮으니까요."

여자아이는 그렇게 말하며 머뭇머뭇 아저씨를 올려다보았다. 양손은 좌우로 흔드느라 바빴다.

"괜찮다고 해도 말이지, 저런 커다란 남자가 부딪쳐서 튕겨났다고. 너, 정말로 다친 덴 없는 거냐?"

아저씨는 불안한 표정으로 여자아이의 몸을 몇 번이나 훑어보았다. 걱정이 되는 마음은 알겠지만, 중년 남성이 어린 소녀를 여기저기 쳐다보는 광경은 그다지 좋아 보이지 않았다. 여자아이도 마음이 불편한 듯 몸을 작게 움츠리고 있었다.

"아저씨. 그렇게 노골적으로 쳐다보는 건 무례한 행위예요."

나는 아저씨에게 그렇게 말해 주었다. 그러자 아저씨는 부모님께 장난을 들킨 악동처럼 자세를 바로 했다.

"미, 미안. 나도 모르게."

"아, 아뇨."

그렇게 두 사람이 나란히 서서 등을 똑바로 세우고 있는 모습은 꽤나 재미있었다.

"이봐, 웃지 마."

아저씨가 나를 찌릿 노려보았다. 하지만 지금 상황에서는 아무 박력도 없었다.

모험가와 싸움이라도 벌일 것 같았던 아저씨는 내가 중재를 하는 것으로 간신히 싸움을 관두었다. 모험가도 부딪힌 사실을 알아차리고 서둘러 사과했고, 여자아이도 자기 입으로 괜찮다고 말하고 있었다.

하지만 아저씨는 다짜고짜 여자아이를 안아서 가게로 데려왔다. 그리고 다친 곳은 없느냐, 손은 긁혀 벗겨지지 않았느냐, 그런 것을 물으면서 여자아이의 옷에 묻은 흙먼지를 서툰 손길로나마 털어냈다.

여자아이로서는 갑자기 모르는 아저씨에게 끌려온 것이었다. 아이는 마음이 불편한 듯 안절부절못하고 있었다. 객관적으로 표현하자면 진짜로 경찰신세를 질 상황이로군.

여차할 때에는 아저씨를 내주고 「그런 짓을 할 사람이라고는 생각하지 못했습니다」라고 말해야지. 나는 그렇게 생각했다. 그러고 있으려니, 다른 쪽을 쳐다보고 있던 아저씨가 입을 열었다.

"배, 안 고프냐?"

"아뇨. 전 딱히—."

"너 말고! 너한테 그런 걸 물을 리 없잖아!"

질문에 솔직하게 대답한 것뿐이었는데, 아저씨는 카운터를 퍽퍽 두드렸다.

"정말 무례하군요. 언제든지 사양 말고 물으세요."

"물어서 어쩌라고? 난 요리 못하는데?"

"저기 좋은 포장마차가……."

"아저씨를 잔심부름꾼으로 삼지 말아 줄래……?"

그때, 아저씨의 옆에서 맑고 낭랑한 소리가 들려왔다. 여자아이가 우리를 바라보며 눈을 초승달처럼 뜬 채 웃고 있던 것이다. 아저씨가 그것을 알아차리고 쑥스럽다는 듯이 머리를 긁적였다. 나로서는 한 방 잘 먹여준 기분이었다.

"어, 으음, 그러니까, 배, 안 고프냐?"

아저씨는 여자아이에게로 돌아서서 다시금 물었다.

"저, 저 말인가요? 조금 고프, 아뇨, 괜찮아요."

"어린애가 사양 같은 건 하는 게 아니야."

아저씨는 그렇게 말하며 여자아이의 머리를 마구마구 쓰다듬었다. 「우와앗!」 하고, 그 움직임에 맞춰 여자아이의 몸과 머리가 이리저리 흔들렸다.

"너, 뭣 좀 만들어 주지 않을래?"

"고용주를 부려먹으려고 하다니, 배짱 한번 좋은데요."

"그 부분은 그, 넓은 마음으로 이해해 줘. 값은 내 월급에서 깎아도 좋으니까. 응?"

"아저씨가 그렇게까지 깊이 고개를 숙인다면 어쩔 수 없네요. 그 부탁, 받아들이죠."

"어라? 이상하네……. 나, 머리 같은 건 조금도 안 숙였는데 말이지."

아저씨와 그런 영양가 없는 대화를 주고받으며 나는 요리를 시작했다.

자, 뭘 만들까. 냉장고를 열자 가장 먼저 눈에 띈 것은 새고기와 계란이었다. 오늘 아침에 막 배달받은 식재료였다. 흐음, 오랜만에 그걸 만들어 볼까?

나는 식재료를 몇 가지 더 꺼내 조리대 위에 늘어놓았다.

새고기 덩어리, 계란 네 개, 미궁 버섯. 이것에 조미료만 들어가는, 조리법이 지극히 간단한 음식이었다.

나는 우선 작은 냄비에 물을 붓고 불에 올려놓았다. 그리고 물이 끓을 때까지 새고기를 손질했다.

모든 고기에는 섬유라는 것이 존재한다. 근육을 구성하는 그것들은 긴 데다 튼튼하다. 고기를 굽든 푹 익히든, 이 섬유는 남기 때문에 고기에 따라서는 질기다고 생각되는 원인이 되기도 한다. 고기를 자를 때의 요령은 그 섬유를 잘 확인하고, 섬유의 방향과 직각으로 자르는 것이다. 그것만으로도 씹는 맛이 크게 부드러워진다.

새고기를 2인분 정도 작게 썰어 놓은 뒤, 나는 냄비의 끓는 물에 미궁 버섯을 한 줌 던져 넣었다.

미궁의 특산품은 무수히 많지만, 그중에서도 버섯 종류는 특별히 더 많았다. 게다가 재미있는 성질도 갖고 있었다. 내가 애용하는 미궁 버섯은 특히 요리사들에게 인기가 높다고 했다. 왜냐하면 끓이면 맛이 진한 스프가 만들어지기 때문이었다. 맛을 좀 아는 내가 말하자면 그것은 육수였다. 다시마와 가다랭이포를 우린 것 같은 맛이 났다.

미궁에는 수수께끼가 많았다. 이 세계의 사람들은 미궁의 유산이니, 마물이니 하는 점에 신기함을 느끼는 것 같았다. 하지만 나는 버섯에서 바다의 맛이 난다는 점에서 불가사의를 느꼈다. 편리해서 많은 도움을 받지만.

뜨거운 물이 버섯에서 나온 육수로 은은한 색깔을 띠는 타이밍을 노려, 나는 버섯만을 건져냈다. 이것이 다시마나 가다랭이포였다면, 다시 한 번 끓여 두 번째 육수를 낼 수 있었을 것이다. 두 번째 끓인 육수는 처음 우린 육수보다 감칠맛이 강해져서 국물요리나 전골에 안성맞춤이었다. 하지만 미궁 버섯은 너무 오래 끓이면 쓴맛과 아린 맛만 나왔다. 버섯으로 육수를 낼 수 있는 것은 한 번이 한계였다.

나는 그 육수를 프라이팬에 부었다. 그리고 설탕과, 최근 들어서 조합에 성공한 특제 맛간장을 넣었다. 이 맛간장은 내 자랑거리로, 이것 덕분에 내 날달걀밥은 그 맛이 아주 훌륭했다.

프라이팬에 검은 색의 작은 풀장이 만들어지자, 방금 전 작게 썬 새고기를 흐트러뜨리며 넣었다.

메뉴는 물론 닭고기 계란덮밥이었다.

그러나 일반적인 닭고기 계란덮밥을 만드는 것보다 수분은 더 적게 했다. 그 점이 중요한 포인트였다.

나는 프라이팬을 강불에 놓고 잘 저어가면서 보글보글 끓였다. 그러다가 3분 정도 중불에서 은근히 끓였다. 간을 보는 것은 그때였다.

음, 달달하면서도 짭짜름해. 육수의 감칠맛도 훌륭해.

그렇게 고기를 끓이는 사이, 잘 저어둔 계란물을 3분의 1 정도만 프라이팬에 빙 둘러 부었다. 국물이 적은 덕분에 계란은 반숙이 되거나 곧바로 뭉치거나 하지는 않았다. 육수 위에 뜬 계란은 보글보글 끓으면서 차츰차츰 천천히 뭉쳐졌다. 육수가 적어서 프라이팬의 표면이 그대로 드러난 부분으로 흘러간 계란은 그것보다 빨리 익어갔다. 나는 나무주걱으로 익어서 몽우리가 지어지는 계란을 육수 쪽으로 긁어모았다. 계란이 너무 단단해지는 것을 방지하기 위한 것이었다.

그렇게 생긴 프라이팬의 남은 공간에 나머지 계란물을 부었다. 슈욱 하고 계란이 소리를 냈다. 나는 손목으로 프라이팬을 돌리며 계란을 골고루 폈다. 육수와 섞이면서 익어가는 쪽의 계란 상태를 확인하면서 나머지 계란도 조금씩 한가운데로 모았다.

일반적인 닭고기 계란덮밥만큼 수분이 많지 않았다. 하지만 계란말이나 스크램블 에그만큼 단단하지는 않았다.

중요한 것은 익히는 정도였다. 폭신폭신하지만 너무 부드럽지 않게.

딱 그 타이밍을 노려 다 구운 그것을 접시에 옮겨 담았다. 말하자면, 닭고기 계란덮밥풍 오믈렛이었다.

그 뒤, 찬장에서 커다랗고 둥근 빵을 꺼내 다소 두껍게 썰었다.

접시 위에 놓인 둥근 빵은 마치 관객들 앞에 펼쳐진 무대 같았다. 그것에 닭고기 계란덮밥풍 오믈렛을 살짝 얹었다.

수분을 적게 해서 구워낸 그것은 빵 위에서도 부드럽게 부풀어 오른 형태를 유지했다. 그러나 완전히 굳지 않은 반숙의 계란은 육수와 함께 조금씩 빵에 배어들어 갔다.

닭고기와 계란이라는 존재는 밥만이 아니라, 빵과도 궁합이 최고였다.

나는 그것을 2인분 준비해서 여자아이와 아저씨 앞에 내려놓았다.

"이거, 재미있는데?"

아저씨가 물끄러미 그것을 들여다보았다.

"이 나라 저 나라에서 빵 위에 많은 것들을 올려서 먹어 봤다만…… 이런 건 처음이군. 그렇다기보다, 너무 사치스럽잖아! 계란을 대체 몇 개나 쓴 거냐!"

계란 같은 것은 슈퍼마켓에서 얼마든지 살 수 있는 세계에서 살아온 나로서는 그 말에 의문을 품었다. 확실히 다소 비싸다고 생각은 하지만, 이 도시에서도 계란은 어렵지 않게 살 수 있었다. 그러나 아저씨의 어조로 미루어 보건대, 그것 또한 미궁 덕분이라는 것일까. 오늘 저녁밥은 계란 요리로 하자, 라고 할 수 있을 정도로 쉽게 쓸 수 있는 식재료는 아닌지도 몰랐다.

여자아이는 자신의 얼굴만큼이나 큰 닭고기 계란덮빵을 앞에 두고 「와아아아!」 하고 작은 탄성을 흘렸다.

그러다가 당황한 것처럼 고개를 들고 나와 아저씨와 번갈아 쳐다보았다.

"저기, 아, 그러니까…… 먹어도 되나요?"

나는 손으로 아저씨를 가리켰다.

주문한 것은 아저씨니까, 허가는 이쪽에서 받아주세요.

빤히 쳐다보는 여자아이의 시선에 아저씨는 쓴웃음을 지었다.

"그래, 먹어도 돼. 사양 말고 먹어라."

"하, 하지만, 돈……."

여자아이가 풀이 죽어서 어깨를 축 늘어뜨렸다. 그 모습을 본 아저씨는 어째선지 얼굴을 살짝 일그러뜨렸다. 그것은 어딘가 슬퍼 보이는 표정 같기도 했다.

"애들은 그런 생각 하지 않아도 돼."

"앗!"

아저씨가 여자아이의 머리를 상냥하게 쓰다듬었다. 슥슥 움직이는 손 밑에서 여자아이가 아저씨를 올려다보았다.

"하지만……."

"참내, 고집스럽게 자라서는. 그럼, 자, 나랑 내기를—."

"이봐요."

아직 나이 어린 소녀에게 무슨 말을 하려는 거야?!

내 일갈에 아저씨는 두 손을 들었다.

"알았다, 알았어. 그럼, 그래. 대신 꽃을 받을 수 있을까?"

"꽃, 말인가요? 하지만……."

여자아이의 옆자리에는 꽃바구니가 놓여 있었다. 모험가와 부딪쳤을 때 흩어진 것을 다시 주워 모은 것이었다. 하지만 혼잡한 상황 속에서 사람들 발에 짓밟히거나, 주워 모을 때 꽃잎이 떨어진 것도 많았다.

아저씨는 여자아이가 들어 올린 꽃바구니를 받아들고 쏙쏙 꽃을 골라냈다. 그것들은 하나같이 더는 팔 수 없게 된 것들이었다.

"이거면 됐어. 마침 꽃이 갖고 싶어서 말이지."

아저씨는 여자아이에게 웃어 보이고는 한 손에 든 작은 부케를 내보였다.

"저기, 그거……."

당연하게도 여자아이 역시 그것을 알아차렸다.

"음식 다 식어."

그대로 두면 끝이 없을 것 같아서 내가 옆에서 참견을 했다.

여자아이는 화들짝 놀란 것처럼 눈앞에 있는 닭고기 계란덮빵과 아저씨의 얼굴을 차례로 쳐다보다가, 다시 시선을 닭고기 계란덮빵으로 되돌렸다.

구멍이 뚫릴 것 같을 정도로 닭고기 계란덮빵을 지그시 쳐다보던 여자아이는 결심을 한 것처럼 아저씨를 올려다보았다.

“그럼 말씀을 고맙게 받아들여서, 잘 먹겠습니다!”

그 말을 들은 아저씨는 입가를 실룩거렸다.

“그, 그래. 요즘 애들은 예의도 바르구나.”

“어딘가의 아저씨보다 훨씬 예의가 바르네요.”

“그만 해…….”

여자아이는 작은 손으로 빵을 들고 덥석 빵을 깨물었다. 첫 입에는 안에 든 내용물까지 베어 먹지 못했다. 여자아이는 그것을 우물우물 씹어 삼키고는 다시 한 번 빵을 덥석 깨물었다.

“……!”

여자아이가 눈을 동그랗게 뜨는가 싶더니, 이내 눈을 꼭 감고 얼굴을 위로 든 채 몸을 자잘하게 좌우로 흔들었다. 아무래도 몸 전체로 감동을 표현하고 있는 것 같았다.

입안에 든 것을 꿀꺽 삼킨 뒤 여자아이는 환한 미소를 지었다.

“엄청 맛있어요! 달콤하고 폭신폭신하고, 그리고, 그리고……!”

여자아이는 나와 아저씨를 바쁘게 쳐다보면서 열심히 감동을 전하려 했다. 나까지도 무심코 미소가 떠올랐다.

여자아이는 또다시 빵을 덥석 베어 물었다.

아저씨는 여자아이가 우물우물 입안 한 가득 빵을 물고 먹는 모습을 물끄러미 바라보고 있었다. 손으로 턱을 괴고 부드러운 미소를 띤 채. 나는 그 표정을 어디선가 본 적이 있는 것 같은 느낌이 들었다. 어디서 봤더라……. 그것은 꽤 오래 전의 일 같았다.

여자아이가 빵을 절반 정도 먹을 무렵이 되어서야 아저씨도 겨우 자신의 빵을 먹기 시작했다.

"오, 이건 진짜 맛있는데?"

"예!"

그렇게 아저씨와 여자아이는 얼굴을 마주보며 서로 생글생글 웃었다.

세 입째 씹던 빵을 삼키고 나서 아저씨는 여자아이에게 얼굴을 향했다.

"그런데 얘야. 엄마는 어디 계시니?"

"엄마는 누워 계세요."

여자아이는 얼굴을 들지 않고 말했다. 아이는 접시에 떨어진 내용물을 포크로 정성스럽게 긁어모아 빵에 다시 올리고 있었다.

"아프신 거냐?"

"모르겠어요. 엄마는 아무것도 아니라면서, 괜찮다면서 말해주지를 않아요."

"그래? 그거, 걱정이 되겠구나."

"엄청 걱정돼요."

잠깐 사이를 두었다가 아저씨가 다시 입을 열었다.

"집에 다른 사람은 없는 거냐? 아버지라든가……."

"아버지는 멀리 계세요. 뱃사람이라서요."

여자아이는 얼굴을 들고 아저씨를 바라보았다.

"세계 여기저기에서 편지를 보내주세요! 거기에 그 나라의 진귀한 물건이라든가 동전도요!"

전 세계를 여행하는 선원인가. 꽤 낭만이 넘치는 직업이군.

"아버지, 지금은 어디에 있을까……. 빨리 돌아와 주셨으면 좋겠어요."

웃는 얼굴로 그렇게 말한 여자아이는 빵의 마지막 조각을 입에 넣고 우물우물 씹었다. 아저씨의 접시 위에는 먹다 만 닭고기 계란덮빵이 놓여 있었다.

여자아이를 배웅하고 난 뒤, 아저씨는 줄곧 아무 말도 하지 않았다. 카운터석에 앉아 카운터 위에 늘어놓은 꽃을 바라볼 뿐이었다. 손님이 와도 알아차리는 기색이 없어서, 「어이, 이봐. 난 고용주라고. 얼른 일해」라고 말할까 말까 망설였을 정도였다.

그것을 실행하지 않은 것은 그렇게까지 바쁘지 않았기 때문이었다. 우리 가게는 잘 나가는 가게가 아닌 것이다. 그것이 조금 슬프기도 했지만, 덕분에 느긋하게 지낼 수 있는 시간을 확보할 수 있기도 했다. 손님이 많아지면 아무래도 소란스러워지고, 그렇게 되면 조용하고 느긋하게 지낼 수 있는 분위기가 아니게 되는 법이었다.

그렇다고는 해도, 저녁 시간대가 되면 우리 가게는 한층 더 조용해진다. 구체적으로 말하면, 손님들의 발길이 끊어지는 일이 많았다. 다들 집으로 돌아가서 저녁밥은 어떻게 할지 고민하는 것이리라.

여느 때라면 그것이 쓸쓸하게 느껴졌겠지만, 오늘은 괜찮았다. 아저씨가 있었다.

"언제까지 그렇게 우울해하고 있을 건가요."

나는 아저씨에게 그렇게 말을 걸었다. 그러자 아저씨는 멍하니 얼굴을 들었다.

"대체 무슨 일이죠? 조금 못 본 사이에 딸이 훌쩍 커서 놀란 것 같은 얼굴을 하고."

내가 그렇게 말하자 아저씨는 눈을 둥그렇게 뜨더니 이내 쓴웃음을 지었다.

"너, 감이 뛰어나구나. 내기에는 약하지만."

"내기에 약하다고 말할 필요가 있었나요?"

"나, 그렇게 알기 쉬웠냐?"

"무시하지 말아 주실래요?"

"그런가. 다 들통 난 건가."

"사람 말 좀 들어."

아차. 안 되지, 안 돼. 나쯤 되는 사람이 연상의 사람에게 그런 말투를 쓰는 건 좋지 않아.

나는 후우 하고 심호흡을 했다.

"창문으로 줄곧 밖을 쳐다본다 했더니, 그 아이를 보고 있던 거였군요."

아저씨는 나른한 기색으로 턱을 괴면서 입을 열었다.

"우리 마누라…… 뭐, 나한테 정나미가 뚝 떨어지지 않았다면 말이지만, 지금은 이 도시에서 꽃을 팔고 있다고 편지에 쓰여 있어서 말이지. 그래서 뭐, 오랜만에 만나러 왔더니 마누라는 안 보이고, 대신에 어디선가 많이 본 어린애가 꽃바구니를 들고 있잖아. 혹시나 한 거야."

"뱃사람인가요?"

나는 여자아이에게 들은 말을 그대로 물었다. 그 질문에 아저씨는 어깨를 움츠렸다.

"그렇게 보이냐?"

"아뇨. 전혀요. 변변치 않은 퇴물 노름꾼으로 보여요."

"저기…… 그건 좀 말이 심하지 않냐……. 아니, 뭐, 틀린 말은 아니지만……."

"그럼 왜 선원이라고 한 거죠?"

"내가 그런 게 아니야."

"예?"

아저씨가 온화한 미소를 지었다.

"난 그런 편지, 쓴 적 없어. 다른 나라의 선물도, 동전도 보내지 않았다. 보낸 건 돈뿐이야."

"그럼……."

누가, 라고 계속하려다가 나는 그런 간단한 질문 따위 할 필요가 없다는 사실을 알아차렸다.

"그 사람이 제대로 아버지 역할까지 해준 거겠지……."

아저씨는 꽃을 한 송이 집어서 손 안에서 빙글빙글 돌렸다.

이 도시에는 전 세계에서 사람이 모여들었다. 상인은 진귀한 상품을 가져올 테고, 전 세계의 동전도 모일 터였다. 그 여자아이의 어머니가 그런 것을 사서는, 전 세계를 여행하는 뱃사람 아버지로서 편지를 쓴 것이리라.

"뭐, 도박에 빠져서 그걸로 한몫 크게 벌어 오겠다며 마을을 떠난 남자보다는 선원 쪽이 훨씬 나은 아버지잖아?"

"그건 참 지독하네요."

나는 나도 모르게 솔직하게 그렇게 대꾸하고 말았다.

"……아니, 사실은 금방 돌아갈 생각이었어. 왕도에서 카드게임 대회가 열린다는 말을 들어서 말이야. 거기에 참가해 가볍게 이기고, 그걸로 바로 돌아갈 생각이었지."

"바로 돌아가지 못했나요?"

아저씨는 스윽 시선을 돌렸다.

"……아주 멋지게 깨져서 말이지. 전 재산을 탕진해 버려서 가족들 얼굴을 볼 면목도, 돌아갈 돈도 없었다."

나는 이마를 짚었다. 아이고, 이런, 이라고 밖에 할 말이 없었다.

"그 뒤로, 어떻게 됐나요?"

"왕도에서 이런저런 일을 했지. 그러면서 도시의 즐거움이라는 것에 완전히 푹 빠져버렸다. 시골 촌놈이었던 당시의 내게는 많은 것들이 너무 눈이 부셨지."

"멋지게 표현해봤자 소용없어요."

"……응."

아저씨는 어깨를 축 떨어뜨렸다.

"계속 왕도에 계셨나요?"

"아니. 어느 날, 친하게 지내던 녀석이 빚을 져서 말이야. 둘이서 협력해서 돈을 벌었지."

"하아……. 그건, 어떻게 벌었어요?"

아저씨는 두 손을 들었다.

"도박장."

아저씨는 내 차가운 시선을 피하면서 「어쩔 수 없잖아」라고 한심한 목소리를 냈다.

"그 외에 달리 큰돈을 벌 수단도 없었고, 빨리 갚지 않으면 그 녀석의 목숨이 위험했으니까."

빚을 갚기 위한 목숨을 건 도박. 마치 드라마 속의 세계 같군. 나는 그렇게 생각했다. 나로서는 도박장 같은 것은 상상조차 할 수 없었다.

"그래서, 돈을 벌었나요?"

"날 누구라도 생각하는 거냐?"

아저씨는 표정을 바로 하며 말했다.

"전 재산을 잃고 고향에 돌아갈 수 없게 되었잖아요."

"……뭐, 그런 일도 있었지. 하지만, 그땐 제대로 이겼어."

"그렇다면 다행이네요."

"아니, 그런데 그게 말이지……."

갑자기 아저씨가 묘하게 밝게 웃었다.

"거금이 움직이는 도박장에서는 너무 많이 이기는 건 좋지 않아."

"어, 하지만 도박장이라는 게 원래 그런 장소잖아요?"

"그야 물론 어느 정도의 승패는 당연히 존재하지. 하지만, 원래 도박장이란 최종적으로 노름판 주인이 이기게 돼 있어. 그러니까 너무 크게 이겨버리면 곤란한 거야. 익숙한 도박꾼이라면 그 균형을 이해하고 적당한 수준에서 이기지. 그런 장소에서 우리 같은 신참들이 너무 크게 이기면 말이지……."

"……어떻게 되는데요?"

나는 꿀꺽 침을 삼켰다.

"돌아가는 길에 도박장에서 경호원을 하는 무서운 형님들이 말을 걸어오지. 거기서 뭐, 얌전히 돈을 토해냈으면 아무 일도 없었겠지만, 우리는 아무것도 모르는 생초짜였으니까 말이야. 초조해진 나머지 도망쳐 버렸다. 그렇게 되면, 이제 상대편도 진심이 되지. 도박장 같은 뒷세계 사업은 손님에게 얕보이면 그걸로 끝이라고 생각하는 구석이 있어서 말이야. 도망치면 풀뿌리까지 뒤져서 찾아내려고 해. 그래서, 생명의 위기를 느낀 우리는 왕도에서 도망쳤다는 거지."

그야말로 재난이라고밖에 할 수 없는 이야기였다.

원인을 되짚어 보면 자업자득이라고 할 수 있었지만, 너무 크게 이겼다고 목숨의 위협을 받는 것도 너무 부조리했다.

"그렇게 도망쳤으니 이제 한시름 덜 수 있었다, 라면 좋았을 텐데, 그 도박장 주인인 끈질겨서 말이야. 계속해서 추격자를 보내지, 물밑으로 지명수배를 내리지…… 아, 진짜 고생이었어. 대체 얼마나 악당인 거냐고."

"그 도박장 주인, 엄청나게 앙심을 품었네요. 그렇게나 성대하게 이긴 건가요?"

"아아, 뭐…… 그때 호구로 삼았던 게 귀족의 높으신 분이었다는 것도 안 좋았던 거지."

나왔다. 귀족. 나로서는 그 귀족 제도라는 것이 이상야릇해서 아직도 익숙해질 수가 없었다.

"그 탓에 마음 놓고 고향으로 돌아갈 수도 없게 되어 버려서 말이야. 뭐, 전부 자업자득이기는 하지만."

아저씨가 쓸쓸하다는 듯이 눈을 가늘게 떴다.

어느 날. 청년은 자신에게 재능이 있다는 사실을 깨달았다. 그것은 도박의 재능이었다. 시골에서 살던 청년은 도시에서 자신을 시험해 보고 싶었다. 그러나 그 꿈은 완전히 깨져버리고, 도시에서 도망칠 수도 없게 되었다. 어쩔 수 없이 도시에서의 생활을 계속하던 중, 그 재능을 살려서 친구를 돕고자 했다. 그리고 그 결과, 이번에는 고향에 돌아갈 수도 없게 되었다.

이 사람의 심정을 나는 어떻게 헤아리면 좋을까. 너무 어려웠다.

쓸쓸하다는 듯이, 라고 말했지만, 그 정도의 말로 다 표현할 수 있을 정도의 얄팍한 감정이 아닌 것은 틀림없었다.

"그럼, 지금도 그런 상태인가요?"

나는 아저씨에게 물었다. 그러자 아저씨는 고개를 가로저었다.

"땡전 한 푼 없다고 말했지? 겨우 다 갚았어. 화해금이니 뭐니 해서 원금보다 꽤 바가지를 쓰긴 했지만 말이지."

아저씨가 씨익 웃었다.

"5년이나 걸렸다. 가는 곳마다 도박장에 가서 한결같이 내기를 걸었지. 그 생활에서 이제야 겨우 자유로워진 거다. 그랬더니, 이제껏 내팽개쳐 뒀던 마누라와 딸을 만나고 싶어져서 말이지……. 뻔뻔한 이야기라는 건 알지만……."

당연한 일이었다. 나는 고개를 주억거렸다.

"그렇다면 왜 이 가게에 있는 건가요?"

바로 만나러 가면 될 텐데.

"아니, 그게…… 어떤 얼굴을 하고 만나러 가면 좋으냐고. 그야, 아직 편지는 주고받고 있고, 또 날 기다리겠다고 말은 해줬지만 나 자신이 한심해서 말이지. 딸아이는 내 얼굴도 기억하지 못한다고."

아저씨는 그렇게 말하며 양손으로 얼굴을 덮었다.

정말이지 기개가 없는 사람이군.

"부인이 아저씨를 기다리겠다고 편지에서 말한 거죠? 그럼 빨리 만나러 가주세요. 그리고 확실하게 머리를 숙이고 사과하자고요. 얘기는 거기서부터입니다."

나는 허리에 손을 얹고 아저씨에게 말했다.

"뭣보다, 아까 그 아이, 말했잖아요. 아버지를 만나고 싶다고요. 그 아이 얼굴 봤어요? 언제까지 그렇게 쓸쓸해 보이는 얼굴을 하게 할 건가요."

"윽!"

아저씨는 머리를 끌어안고 신음했다.

그러더니, 이윽고 「우오오오오오!」 하고 머리카락을 막 휘젓고는 카운터에 머리를 들이박았다. 가게 안에 둔탁한 소리가 울려 퍼졌다.

"그렇군. 그래. 네 말대로다. 내일, 만나러 가마. 머리를 숙여 사과하겠어! 맡겨 둬! 머리를 숙이는 데에는 자신이 있으니까!"

아저씨는 큰 소리로 웃었다. 그 모습을 보면서 나는 「이건 글렀는지도 모르겠군」 하고 이마를 짚었다.

"도박은 이제 됐다. 이젠 넌더리가 나. 돈도 다 갚았으니 나는 성실하게 살겠어. 도박의 재능 따위 엿이나 먹으라고 해! 나는 성실하고 진지하게 살아가기로 정했다!"

"지금 당장은 가지 않는 건가요."

"그, 그건 마, 마음의 준비라는 것이 말이지……."

괜찮으려나…….

5

아침부터 아저씨는 안절부절못했다. 가게 안을 벽 끝까지 걸어가더니, 그곳에서 되돌아서 다시 다른 쪽 벽 끝까지 걸어갔다. 내가 「앉아서 진정 좀 해주세요」라고 말하면, 처음에는 얌전히 있다가도 점점 다리를 심하게 떨게 되어 결국에는 다시 일어나 가게 안을 돌아다녔다.

점심때가 지나도 아저씨는 가게에 있었다. 손님들이 의심스러운 눈초리를 보냈지만, 아저씨는 그것을 신경 쓸 여유도 없는 것 같았다.

이걸 어떻게 할까. 그 모습을 보며 나는 잠시 고민했다. 그러고 있으려니, 갑자기 아저씨가 딱 멈춰 섰다.

"좋아. 그래…… 앞이야. 앞이 나오면, 간다."

그렇게 하늘에 맡기지 않으면 결심할 수 없는 일도 있는 것이리라. 그것은 내기라기보다 소소한 점 같은 것이었다. 잘 되기를 빌며, 앞으로 한 걸음 더 내디딜 수 있는 용기를 얻고 싶어서 눈에는 보이지 않는 커다란 흐름에 매달리려고 하는 것이다. 기껏해야 동전의 앞뒤, 라고는 말할 수 없었다. 그것은 자신의 망설임과 두려움, 그 모든 것을 맡긴 동전인 것이다.

아저씨는 손가락 위에 올려놓은 동전을 물끄러미 바라보았다.

1분, 3분…… 5분이 지났을 즈음, 아저씨는 동전을 던지지 않고 강하게 쥐었다.

"……참나, 한심해서는. 이런 것에 의지하는 건 이제 그만 됐잖아."

아저씨는 그렇게 작게 툭 중얼거리고는 나를 쳐다보았다.

"다녀올게."

나는 고개를 끄덕였다. 자연스럽게 미소가 흘러나왔다.

"예. 다녀오세요."

나는 아저씨의 뒷모습을 배웅했다.

분명, 잘 될 것이다.

나는 그렇게 생각했고, 또 그렇게 되기를 빌었다. 아저씨는 도박 때문에 인생이 크게 바뀌었다. 부인이나 따님도 불행해졌을지 모른다. 하지만, 본인이 진정으로 반성하고 이제부터 다시 시작하고 싶다고 말했을 때, 그것을 인정해 주는 사람이 있어 줬으면 좋겠다고 생각했다.

문득, 여자아이가 식사를 하던 모습을 지켜보던 아저씨의 얼굴이 떠올랐다. 그것과 똑같은 표정을 어디서 봤는지, 나는 불현듯 기억해냈다. 그것은 어릴 적 나를 보던 아버지의 얼굴이었다. 어린아이였던 내가 열심히 밥을 먹고 있으면, 아버지는 젓가락을 멈추고 내 얼굴을 지그시 쳐다보곤 했다.

아버지의 입가에는 그 미소가 떠올라 있었다.

그것을 기억해내고 나는 무의식중에 웃고 말았다.

그랬다. 그 표정은 틀림없이 부모가 자식을 볼 때의 얼굴인 것이다. 귀여워서 어쩔 줄 모르겠는 자신의 아이를 볼 때의 그 표정…….

나는 아저씨가 나간 문을 보았다.

정말로, 잘 되었으면 했다.

가족이라는 온기가 매우 또렷한 형태로 눈에 보였다.

—하지만 그날, 아저씨는 가게에 돌아오지 않았다.

6

그 뒤로 이틀이 지났지만 아저씨는 여전히 돌아오지 않았다. 무슨 일이 생긴 것일까. 아니, 아무 일도 없었다면 돌아오지 않을 리가 없었다. 그렇다면, 대체 무슨 일이 있었던 것일까.

판단을 내리기 위한 정보가 너무 적어서 내 상상은 뚜렷한 형태를 갖추지 못했다. 그것이 한층 더 불안을 증폭시켰다.

하지만 카페에 오는 손님들은 그런 사정과 전혀 관계가 없었다. 여느 때와 똑같은 일상을 제공하기 위해 나는 그 불안한 마음을 얼굴에 드러내지 않았다. 평상시와 똑같이 잔을 닦으면서 공을 들여 커피를 끓였다.

카운터에서는 흑표범인 두카 씨가 두꺼운 책을 읽고 있었다. 오늘은 비번이라고 해서 평소 입고 있던 그 하얀 가운을 입고 있지 않았다. 테이블석에는 예의 엘프 누님이 멍하니 앉아 졸린 듯 반쯤 감긴 눈을 깜박거리고 있었다. 안쪽 자리에서는 드워프 아저씨가 작은 망치로 검붉은 돌을 콩콩 두드리고 있었다.

정말이지 늘 봐오던 일상이었다. 나도 아무렇지 않은 척하며 그 일부를 떠맡고 있었다. 하지만 불현듯이 창가로 다가가 밖을 바라보았다. 아저씨가 했던 것처럼, 이마를 창에 대고.

거리의 풍경은 놀랄 정도로 평소와 똑같았다. 하지만, 결정적으로 빠진 것이 있었다.

여자아이가 없었다.

아저씨가 없어진 다음 날부터, 여자아이도 눈에 띄지 않게 되었다. 그것에 어떤 관련성이 있는지 나로서는 알 수 없었다.

아니, 어둡게 생각하는 건 관두자.

나는 머리를 흔들었다. 좋지 않은 상상만 하는 것은 내가 비관적인 성격이기 때문일까. 참 싫은 성격이었다.

좀 더 밝게 생각하자. 예를 들면, 그래. 아저씨가 부인을 만나러 갔다. 몇 년이나 방탕하게 지냈으니까, 분명 한 바탕 싸움이 벌어졌을 것이다. 두세 대 얻어맞기도 했으리라. 하지만 두 사람은 화해해서 서로를 끌어안고, 여자아이가 돌아오길 기다렸을 것이다. 그때의 아저씨가 실은 알고 보니 아버지였다, 라는 전개는 너무 뻔했지만, 사람이 행복해진다면 대환영이었다. 그래, 분명 오랜만에 가족이 단란하게 지내느라 내게 인사하러 오는 것을 완전히 잊어버린 것이 분명했다.

그렇게 머릿속에서 만들어진 이야기는 스스로 생각해도 근사한 것 같았다.

한번 그렇게 생각하자, 정말로 그런 것처럼 생각되어서 내 기분도 밝아졌다.

하지만, 그 기분도 단숨에 어두워졌다.

창밖으로 예의 여자아이가 거리 건너편에서 걸어오는 것이 보였다. 손에는 꽃바구니를 들고 있었다. 하지만 그 발걸음은 매우 무거웠고, 몸은 걸을 때마다 위태롭게 흔들렸다. 여자아이는 그대로 길가의 벤치에 털썩 주저앉더니 고개를 숙인 채 움직이지 않았다.

"죄송해요, 두카 씨. 가게 좀 부탁드릴게요."

"응? 이봐, 어딜 가는 거냐."

두카 씨의 당황한 목소리를 뒤로하고 나는 가게를 나왔다.

인파를 누비고 벤치에 가까이 다가갔다. 내가 말을 걸 때까지 여자아이는 한 번도 얼굴을 들지 않았다.

"괜찮니?"

여자아이가 나른한 동작으로 얼굴을 들었다. 그날, 가게에서 보여주었던 밝은 미소는 찾아볼 수 없었다. 얼굴은 매우 초췌했고, 눈은 빨갛게 부어 있었다.

"아…… 가게의 오빠."

"그래. 가게의 오빠야. 안녕. 얼굴색이 안 좋은데, 어디 아프기라도 한 거야?"

나는 벤치 앞에 한쪽 무릎을 꿇고 여자아이와 눈높이를 맞췄다.

"아뇨. 아, 음, 괜찮……아요."

그렇게, 어떻게 봐도 괜찮지 않은 얼굴로 여자아이는 대답했다.

"그야 뭐, 갑자기 물어도 얘기하기 어렵겠지."

나는 최대한 밝은 미소를 지어 보였다. 미소에는 사람을 안심시키는 힘이 있었다.

"하지만, 고민을 안고 있으면 괴롭잖아? 어쩌면 이야기를 하는 것만으로도 편해질지도 모르고, 또 내가 힘이 될 수 있을지도 몰라. 적어도 같이 고민해 줄 수는 있어. 그러니까, 만약 토해내고 싶은 일이 있다면 얘기해보지 않을래?"

여자아이의 표정은 너무나도 심각했다. 끌어안고 있는 그 고민의 무게에 몸이 짓눌리는 것 같았다.

사람은 경험을 통해 끌어안은 짐을 다루는 법에 대해 조금씩 익숙해진다. 고민을 끌어안는 법을 궁리하거나 그 고민을 내려놓거나, 혹은 믿을 수 있는 사람에게 조금 맡기거나 하는 것이다. 하지만, 그런 경험을 해보지 못한 사이에다 끌어안을 수 없을 정도의 큰 짐을 짊어지게 되면, 그것에 짓눌려버릴 수밖에 없다. 그럴 때에는 주변에 있는 어른들이 그 짐을 다루는 법을 가르쳐 줄 필요가 있었다. 그리고, 때로는 그것을 대신 짊어져 주는 일도 필요했다.

내가 그것을 할 수 있을까. 마치 강요하는 것 같지는 않을까.

그런 불안함도 있었다. 그랬지만, 나는 되도록 성의를 담아 여자아이에게 말했다.

여자아이는 잠시 나를 쳐다보았다. 하지만 이내 아랫입술을 깨물면서 얼굴을 일그러뜨렸다. 그 눈가에서 눈물이 방울방울 넘쳐흘렀다.

"엄마가……."

가늘고 떨리는 목소리였다. 불안과 공포. 그런 감정으로 어우러진 목소리는 듣고 있는 내 귀를 강하게 후려쳤다.

"엄마가, 백사병이라고…… 입원, 했는데, 약이, 없다고……. 그래서……."

여자아이는 흘러넘치는 눈물을 필사적으로 닦아냈다. 손바닥으로 몇 번이나. 흐느낄 때마다 흔들리는 어깨는 그런 짐을 짊어지기에는 너무나도 작았다.

"돈이 많이, 필요하고, 약도, 사야 한다고 해서……. 꽃을 팔지 않으면, 난 아무것도 할 수 없으니까, 그래서……."

나는 앞치마 주머니에서 손수건을 꺼내 여자아이의 뺨에 살며시 갖다 대었다. 손수건에 스며든 눈물이 손수건의 색깔을 바꾸어 갔다.

아아, 분명…….

나는 생각했다.

아저씨는 분명 그 사실을 알게 된 것이리라. 부인을 만나러 가서, 병에 걸렸다는 사실을 안 거야. 병원에 데려갔을지도 모른다. 그리고…… 그리고 어딜 간 거지?

있죠, 아저씨. 왜 지금 여기 없는 거죠? 아저씨를, 아버지를 필요로 하는 아이가 지금 바로 여기에 있는데. 그건 누구도 대신할 수 없는데.

나로서는 그다지 믿음직스럽지 못할 것이다. 하지만, 아주 조금이라도 그 괴로움을 덜어주고 싶어서 나는 여자아이를 끌어안았다.

떨리는 몸이, 너무나도 애처로웠다.

가게로 돌아오자 두카 씨가 얼굴을 들었다. 그리고 뭔가를 말하려고 그 입을 열었다. 틀림없이 멋대로 가게를 맡기고 뛰쳐나간 일에 대한 불평이었으리라. 하지만 두카 씨는 그것을 다시 삼켰다. 그 정도로 내 표정이 안 좋다는 것은 스스로도 잘 알고 있었다.

여자아이는 울음을 그친 뒤, 억지로 미소를 지었다. 그리고 「고맙습니다」라고 예의바르게 고개를 숙이고는 자리에서 일어났다.

그 빠른 회복을 나는 솔직하게 칭찬할 수가 없었다. 넌 대단하구나. 어른이구나. 착한 아이구나. 그렇게 말하며 머리를 쓰다듬어 주면, 그 아이는 평생 그렇게 살아갈 것이다. 자신이 무리를 하면 다 되는 일이라고, 그렇게 결론을 내릴 것이다.

혹은, 이 세계에서는 그것이 당연한 것일지도 몰랐다.

이 세계의 사람들은 훨씬 조숙했다. 아이가 아이로 있을 수 있는 시간은 놀랄 정도로 짧았다. 하지만, 그렇다고 해도…….

일을 해야 해요. 그렇게 말하고 또다시 걷기 시작한 여자아이를 나는 말릴 수가 없었다. 그 사실이 내 가슴을 강하게 옥죄었다.

나는 카운터 안으로 돌아가지 않고 두카 씨 옆에 앉았다. 그는 아무 말도 하지 않고 책을 읽고 있었다.

"두카 씨."

"그래."

"백사병이라는 거, 아시나요?"

두카 씨에게서 힐끗 나를 쳐다보는 시선과 함께 희미한 당혹스러움이 전해져 왔다. 분명 너무나도 상식적인 것이리라. 하지만 그래도 두카 씨는 설명을 해주었다.

"미궁병이라고도 불리는 녀석이다. 미궁이 있는 거리에서만 환자가 발생하는 병으로, 몸에서 마소(魔素)가 빠져나가 머리카락도 피부도 새하얗게 변해서 죽음에 이르게 되지. 발병하는 사람은 좀처럼 없지만, 일단 발병하면 살릴 수 없었다. 그래서 치료법이 발견되기 전까지는 불치병으로 사람들이 두려워했지."

"나을 수 있는 건가요?"

"지금은. 미궁에서 산출된 약꽃으로 치료할 수 있다는 것이 밝혀졌거든."

그런가. 여자아이가 말한 약이란 그것을 말하는 것이리라.

"다만."

두카 씨가 말을 이었다.

"지금은 약이 없다."

"약이 없다고요?"

"애초에 그 약꽃은 채취되는 양이 많지 않아. 그나마 그 대부분은 연구 기관이 확보하고 있지. 설령 시장에 나왔다고 해도, 그것을 매점하고 있는 자가 있는 것 같아."

"매점이라니…… 그런 일이……."

가능할 리가, 라고 말하려다가 나는 고개를 저었다. 달랐다. 이곳은 내가 살던 세계와는 다른 곳이었다. 그렇게 친절하게 법 따위가 정비되어 있지 않았다. 거기에 이권이 얽히고, 권력과 돈이 있다면 뭐든 할 수 있는 세계였다.

"그런 것을 사 모으고 싶어 하는 인간은 어디에나 있다. 미궁에서 피는 희소한 꽃이라는 점만으로도 높은 가격이 붙지. 백사병 환자에게라면 목숨의 대가로 뭐든 요구할 수도 있어. 그게 아니어도 연구가나 의료 관계자에게 팔아버려도 되지. 사용할 길은 얼마든지 있다."

나는 어깨가 무거워졌다. 뭐가 됐든, 끝이 뻔히 보였다. 그래도, 나는 묻고 싶지 않은 질문을 해야만 했다.

"그럼, 지금 백사병에 걸린 사람들은……."

나는 두카 씨를 쳐다보았다.

두카 씨도 나를 바라봤다. 그 얼굴에는 신기할 정도로 아무 감정이 없었다. 아아, 나는 머리 한구석에서 냉정하게 생각했다. 분명 이것이 두카 씨의 의사로서의 얼굴인 것이리라. 그것도 환자에게 희망적이지 않은 선고를 할 때의…….

"유감이지만, 이라고밖에 말할 수가 없다."

"그런, 가요."

"돈이 있으면 된다, 라는 것도 아닌 거다. 약꽃을 매점하는 자는 이미 돈이 많다 못해 질린 상태지. 아마 돈이 아닌 것을 대가로 하지 않는다면 거래에서는 그 꽃을 내놓지 않을 거다. 우리 같은 일반인에게는 무리한 이야기야."

나는 천장을 올려다보았다.

모든 것이 잘 되기를 빌었는데…….

기원이라는 내기에서도 나는 진 것일까.

7

밤이 되자, 나는 일찌감치 가게 문을 닫았다.

그리고, 청소도 하지 않은 채 불을 끄고 카운터에 앉아서 줄곧 생각을 했다. 생각을 한다고 해도 어떻게 할 수 없다는 사실은 잘 알고 있었다. 하지만 그래도 생각하지 않을 수가 없었다.

차라리……. 나는 생각했다.

누군가에게 부탁을 해볼까.

코르레오네 씨나 고르 할아버지. 아이나도 고개를 숙이면 도와주지 않을까.

거기까지 생각이 미친 순간, 나는 나 자신의 생각에 구역질이 났다.

여자아이를 돕고 싶다는 생각은 오만에 지나지 않다. 너는 영웅이라도 되고 싶은 거냐? 어디선가 그런 목소리가 들려왔다.

그런 자기만족을 위해 가게를 찾아주는 사람들의 지위나 권력에 기대려는 거냐? 라는 목소리도 들려왔다. 그것은 손님과 마스터라는 관계를 넘어서는 행위였다. 자신을 위해 손님을 이용한다는, 가장 해서는 안 되는 일이었다.

하지만 이 무거운 마음을 어떻게든 하고 싶었다.

여자아이의 어머니를, 구하고 싶었다.

왜 이렇게까지 필사적으로 구는지 나 스스로도 의아했다. 평소에는 모든 일에 좀 더 거리를 두고 대응할 수 있건만. 슬프고 안 됐지만 어쩔 수 없는 일이야, 라고 딱 자를 수가 없었다. 그 점이 또 내 위를 묵직하게 내리눌렀다.

출구가 없는 미로를 헤매듯, 사고가 빙글빙글 계속 같은 장소에서 맴돌았다. 시간은 이미 한참 전에 심야를 지나 있었다. 그 사실을 눈치챈 것은 문이 조용히 열렸기 때문이었다.

훅 하고 흘러들어온 바람에 고개를 돌리자 그곳에는 아저씨가 서 있었다.

"—여어."

"아저씨! 대체 지금까지 어디에……."

그렇게 따지며 바짝 다가서던 나는 아저씨의 이상을 눈치챘다.

"그거, 어떻게 된 거예요?"

달빛만으로도 아저씨의 왼쪽 팔이 어깨에서부터 붉게 물들어 있다는 것을 알 수 있었다. 그 붉은 자국은 손가락 끝까지 이어져서 지면에 붉은 방울을 뚝뚝 떨어뜨리고 있었다. 잘 보니, 얼굴과 목덜미에도 흠씬 땀이 배어나와 있었고, 호흡도 거칠어서 어깨로 숨을 쉬고 있었다.

"아니, 뭐. 별것 아니야. 하지만 안에 잠깐 들어가게 해줄래? 잠깐, 잠깐이면 돼."

아저씨는 평소와 같은 태도로 밝게 그렇게 말하며 내 옆을 지나쳐 가게 안으로 들어왔다. 나도 허둥지둥 그 뒤를 따랐다.

"상처! 다쳤잖아요!"

"짹짹 소란피우지 말라니까. 상처는 남자의 훈장이야. 엄청 아프네."

"본심이 새어나오고 있어요. 폼을 잡으려면 좀 더 허세를 부리라고요."

어이가 없을 정도로 평소 그대로인 아저씨의 태도에 나는 단숨에 기운이 빠지고 말았다. 아아, 진짜…….

"어쨌든. 지금까지 뭐하신 거예요?"

"좋은 질문이다. 하지만 이야기가 길어지니까 지금은 일단 관두자고. 이번엔 너한테 부탁할 게 있어서 왔다."

아저씨는 허리 뒤로 손을 돌려 가늘고 긴 통을 꺼냈다. 카운터 위에 올려놓은 그 통은 유리로 된 것으로, 놀랄 만큼 맑고 투명했다. 그 통만으로 가격이 얼마나 나갈까. 그리고 통 안에서는 새하얀 꽃이 커다란 꽃잎을 피우고 있었다.

"이거, 혹시……."

"뭐야, 아는 거냐. 백사병의 약이 되는 꽃이라는 것 같더군."

아무것도 아닌 일처럼 아저씨는 가볍게 말했다.

"이거, 어디서 난 거예요? 그 상처와 관계있는 거죠? 게다가, 돈으로는 살 수 없다던데, 아아, 정말!"

나는 머리를 감싸 쥐었다. 묻고 싶은 것이 너무 많아서 머리가 돌아가지 않았다.

아저씨가 그런 내 어깨를 두드렸다.

"자자, 진정하라고."

"아저씨 때문이라고요!"

나는 무심코 큰소리를 내고 말았다. 하지만 아저씨는 유쾌하게 웃을 뿐이었다. 어이없어 하는 내 시선에도 아랑곳하지 않고, 아저씨는 웃음이 가라앉자 유리로 된 그 통을 내게 억지로 떠맡겼다. 나는 반사적으로 그것을 받아들었다.

"이걸, 전해주지 않을래?"

"아, 아니, 왜 제가요?"

"그렇군. 그, 뱃사람 아버지에게 부탁받았다면서, 그런 느낌으로. 되도록 빨리 부탁해."

"왜 직접 가지 않는 거죠?"

"물론 공짜로 해달라고 하지는 않겠어. 지금이라면, 바로 이 금화를—."

"아저씨!"

나는 아저씨에게 호통을 쳤다. 그러자 아저씨는 얼굴에 띠고 있던 미소를 거두었다.

"부탁한다. 나는, 가지 못해."

"그러니까, 왜요."

그 질문이 얼마나 허무한 것인지를, 나는 알고 있었다.

"뭐, 네가 상상하는 대로야. 무서운 형님들한테 쫓기고 있거든. 익숙한 일이지만."

아저씨의 왼팔의 상처는 명백히 다른 사람에게 입은 것이었다. 그리고 아저씨는 일반인은 손에 넣을 수 없다는 꽃을 갖고 있었다.

"……훔친 건가요?"

나는 머뭇머뭇 아저씨에게 물었다. 그러자 아저씨는 또다시 웃었다.

"설마! 귀족의 집에 도둑질하러 들어갈 정도의 배짱은 없어."

"그럼, 왜……."

"혹시 남자의 3대 악습이라는 걸 아나?"

아저씨는 내 앞에 손을 내밀고는 손가락을 하나씩 펴갔다.

"색벽, 주벽, 그리고 도박벽이다. 여자도 술도 손에 넣은 부자는 도박도 엄청 좋아하지."

"그럼……."

그날, 가게에서 선언했던 아저씨의 얼굴이 뇌리를 스쳤다. 다시는 도박을 하지 않겠다고, 그렇게 말했던 그 얼굴이…….

아저씨는 그래도 웃었다.

"이 도시에 있는 도박장이란 도박장을 다 뒤져서 말이지. 교묘하게 꽃을 가진 녀석을 찾아내서 내기를 걸었다. 바로 찾을 수 있었던 건 운이 좋았지. 하지만 그 녀석이 다른 녀석들보다 특별히 더 지기 싫어하는 귀족이었던 건, 운이 나빴으려나."

"왜, 다친 건가요."

"너도 알잖아?"

나는 아저씨에게 들은 이야기를 기억해냈다. 승부에서 진 권력자는 그 패배를 없던 일로 만들려고 한다. 때로는 폭력조차도 사용해서. 그들에게 내기는 이기기 위해 존재하는 것으로, 패배는 인정할 수 없는 것이다.

"부조리해요. 내기인데, 공평하지 않아."

"도박이라는 건 그런 거야. 언젠가는 반드시 지지. 그것이 테이블 위에서인지, 그렇지 않은지의 차이일 뿐이다."

하지만. 아저씨는 내 손 안의 것을 가리켰다.

"나는 이겼다. 재능이 있으니까 말이지."

그 재능을 당신은 버리려고 하지 않았었나요.

그렇게나 다정한 눈으로 식사를 하는 여자아이를 보고 있었잖아요. 아버지가 되려고 했었잖아요.

하고 싶은 말이 무수히 떠올라 강한 격류가 되어 내 가슴을 가득 채웠다.

"이봐."

아저씨는 내 팔을 두드렸다.

"남자가 울지 마."

"안 울어요."

"거짓말하네."

"운다고 해도 예쁜 누님 앞에서 울 겁니다. 아저씨 앞에서는 싫어요."

"그럼 안심이로군."

아저씨가 자리에서 일어났다.

"내기를 하자."

그리고 그렇게 말한 뒤, 여느 때처럼 그 금화를 꺼내 들어 보였다.

"내가 이기면 그걸 제대로 전달해줘. 네가 이기면…… 뭐, 뭐든 상관없나. 어차피 내가 이길 테니까."

"잠깐만요. 한다고 안 했어요."

"고지식하게 굴지 말고. 나는 앞이다."

아저씨는 내 양해도 받지 않고 동전을 튕겼다. 창문으로 비쳐 들어온 희미한 달빛에 금화가 반짝반짝 빛을 반사했다. 아저씨는 그것을 오른손으로 탁 움켜쥐었다.

"손 내밀어."

"예?"

"지금 왼팔이 아프다고. 그러니까 손 내밀어."

나는 머뭇머뭇 왼손을 내밀었다. 아저씨는 내 손바닥에 탁 하고 금화를 올려놓고는, 그 손을 가만히 뒤로 뺐다.

"내가 이겼다."

나는 한숨을 내쉬었다. 이제 더 이상 금화의 앞뒤에 대해 불평을 할 기력도 없었다.

"왜 늘 이기는 건가요."

내가 묻자, 아저씨는 히죽 웃었다.

"이건 비밀이지만, 오늘은 특별히 가르쳐 주마. 내기에서 이기는 요령은 자신이 먼저 내기를 걸고 스스로 동전을 튕기는 거다. 앞이든 뒤든 자신이 원하는 방향이 나올 수 있게끔 연습해 두는 거지."

나는 어처구니가 없어서 멍하니 아저씨를 쳐다보았다.

그건 너무나도 단순한 방법이었다. 그랬기에 오히려 맥이 빠질 정도였다.

"사람은 자신이 살아온 모습대로만 죽을 수 있다. 신에게 빈다고 해도 어떻게든 되지 않는 일이 있지. 하지만, 동전의 앞뒤 정도는 스스로 결정할 수 있다고."

아저씨는 내 곁을 스쳐 지나가며 내 어깨를 가볍게 두드리고는 그대로 걸음을 옮겼다.

"아저씨!"

불러놓고도 나는 내가 무슨 말을 해야 할지 알지 못했다.

아저씨가 문가에서 뒤를 돌아보았다.

"신세를 졌다. 못 받은 급여는 빌려준 셈 칠 테니까, 다음에 받으러 오마."

명랑한 그 말에 나는 내뱉으려고 준비했던 말들을 모두 다시 삼켜버렸다. 그것들은 지금 이 순간에 어울리지 않았다. 아저씨가 웃고 있는데, 나 혼자 침울해한다면 그것도 미안한 일이었다.

때문에 나도 웃으면서, 억지로 웃으면서 말했다.

"……기다릴게요."

"그래. 그럼 또 보자."

그리고 아저씨는 가게를 나갔다.

8

상쾌하고 청명한 날이었다.

기분이 좋을 정도로 새파란 하늘에는 커다란 구름이 두둥실 떠 있었다. 거리 사이로 불어 빠져나가는 바람에서는 여름 냄새가 났다.

밖에 나가 있는 것만으로도 기분이 밝아졌다. 그것은 나만 그런 것이 아닌 듯, 길을 오가는 사람들의 발걸음도 가벼웠다. 그런 날에는 지갑도 쉬이 열렸다.

오늘도 노점상들의 목소리는 거리에 활기를 불러왔다.

우리 가게에도 부디, 많은 손님들이 와 주었으면 했다.

그렇게 생각하며 고개를 주억거리고 있으려니, 옆에서 누군가가 불쑥 꽃 한 송이를 내밀었다.

"꽃 한 송이, 어떠신가요?"

어라? 하고, 나는 시선을 밑으로 떨어뜨렸다. 그러자 작은 여자아이가 꽃바구니를 손에 들고 있었다. 내게 내민 꽃은 선명한 푸른색을 띠고 있었다.

"아, 안녕."

"예! 날씨가 참 좋네요!"

여자아이가 얼굴 한 가득 지은 미소는 오늘 하늘에 지지 않을 정도로 환했다.

"예쁜 꽃이구나. 하나 줄래?"

나는 주머니에서 동전을 꺼내려고 했다. 그러자 여자아이는 고개를 저으며 꽃을 건네주었다.

"오빠한테는 특별히 그냥 줄게요."

"그래도 돼?"

"예! 하지만 말이에요. 그 대신에……."

여자아이가 내게 까딱까딱 손짓을 했다. 그래서 나는 그 자리에 쪼그려 앉았다. 여자아이가 입가에 손을 갖다 댄 자세로 입을 가까이 갖다 댔기 때문에 나는 귀를 기울였다.

"제가 운 일은 비밀로 해주세요."

응? 뜻밖의 말에 나는 여자아이를 쳐다보았다. 그러자 여자아이는 무척이나 진지한 얼굴을 하고 있었다. 그 모습이 귀엽다는 생각이 들었지만, 그것은 분명 이 아이의 양보할 수 없는 긍지라는 것이리라.

나는 신묘한 얼굴로 확실하게 고개를 끄덕였다.

"그래. 약속할게."

그러자 여자아이는 「휴우」 하고 온몸의 긴장을 풀었다. 그러더니 까치발을 해서는 내 뒤쪽을 쳐다보았다. 아무래도 가게 쪽을 신경 쓰는 모양이었다.

"왜 그러니?"

"아, 응. 그 아저씨, 요즘 못 본 것 같아서요."

"아아, 그 아저씨 말이구나. 볼일이 좀 생겼는지 여길 떠났어. 다시 돌아오겠다고 하긴 했지만."

여자아이가 눈썹 끝을 아래로 떨어뜨렸다.

"만나고 싶었니?"

"아뇨, 아니에요!"

여자아이는 고개를 크게 좌우로 흔들었다. 그 움직임에 땋은 머리가 종횡무진 흔들렸다.

"그냥, 그, 이상하게도 머리를 쓰다듬어 줄 때 왠지 무척 그리운 느낌이 들었거든요. 손이 크고 따뜻해서, 아버지가 있다면 이런 느낌일까 하고, 살짝, 아주 살짝 그렇게 생각했어요. 그것뿐이에요. 어, 음…… 그럼 저는 가 볼게요!"

여자아이는 내게 꾸벅 고개를 숙여 인사하고는 재빨리 달려가 버렸다.

그 앞에는 여자아이와 마찬가지로 꽃바구니를 든 여성이 아주머니들에게 둘러싸여 있었다. 수다를 떨고 있다기보다는「한동안 모습이 보이지 않던데……」하고 걱정을 하는 듯한 기색이었다.

대화를 나누던 도중에 여성이 힐끗 내 쪽을 쳐다보았다. 여성이 고개를 끄덕이며 가볍게 인사를 했기 때문에 나도 머리를 숙였다.

여자아이가 여성의 앞에 도착해 뭔가를 이야기했다. 여성은 온화한 미소를 지으며 여자아이의 머리를 쓰다듬었다.

따뜻한 햇살 속에 그것은 매우 근사한 광경이었다.

나는 다시 발길을 돌려 가게로 돌아왔다.

그리고 카운터 안에 들어가 가늘고 긴 잔에 물을 담았다. 화병 대신이었다. 그것에 여자아이에게 받은 꽃을 꽂자 꽤 멋진 작은 꽃병이 되었다.

나는 그것을 선반에 장식해 두기로 했다. 그곳에는 금화 한 닢이 놓여 있었다.

아저씨는 돌아온다고 말했다. 그러니까, 그때까지 금화는 이곳에 놓아두자고 생각했다. 그것은, 나의 작은 내기였다.

나는 금화 옆에 꽃병을 장식해 두었다. 하늘의 푸른색을 비쳐낸 것처럼 아름다운 꽃이 상처투성이 금화 위에서 화려하게 피어 있었다.

8. 비가 그치기를 기다리며

1

나는 옛날부터 아무도 없는 집이 싫었다.

학교에서 돌아오면 집안에는 내게 익숙지 않은 어둠만이 자리 잡고 있어서, 나 자신의 숨소리도 시끄러울 정도로 조용했다. 내게는 그곳에 당당하게 들어갈 용기가 없어서, 책가방을 내려놓고 그대로 카페까지 달려가곤 했다.

우리 집은 할아버지가 시작한 카페를 운영하고 있었다. 아버지는 신인 소설가였지만, 그것만으로는 역시 먹고 살기 힘들었기 때문에 카페에서 일을 하기도 했다. 어머니도 그런 아버지를 지탱해주면서 자주 가게 일을 도왔다.

가게는 작았지만, 늘 손님이 있었다.

이웃에 별난 사람들이 잔뜩 있었는데, 그들은 어째선지 카페라는 장소를 무척 좋아했던 것이다.

“자신이 어딘가 세상과 어긋나 있다는 것을 아는 사람은, 이런 장소가 오히려 진정이 돼.”

아버지가 그렇게 말했기 때문에, 어릴 적의 나는 순진한 마음으로 이렇게 되물었다.

"아버지도 어긋나 있어?"

"물론이지. 소설을 쓰는 인간 중에 제대로 된 녀석은 없어."

말이 참 심하다고 생각했지만, 지금 생각해보면 납득할 수 있는 말이기도 했다. 사람은 누구나 세상이라는 커다란 표준에서 어긋나 있는 존재였다. 그 표준 안에 머물고 있을 때에는 아무도 뭐라고 하지 않지만, 그 밖으로 살짝 튀어나온 일면을 내보이면 누군가가 그것을 표준 안으로 밀어 넣기 위해 손을 뻗어온다. 그러면, 이제 이런 생각을 하게 되는 것이다. 어긋나 있다는 건, 잘못된 일인 것일까? 라고.

사람은 누구나 특별해지고 싶어 한다. 재능을 갖고 싶어 한다. 이곳이 아닌 어딘가에 가서 지금의 자신이 아닌, 재능이 넘치는 누군가가 될 수 있다면, 인생은 그것으로 잘 풀릴 것이라고 생각한다.

자신은 그러면서도 타인의 『특별함』에는 관용적이지 못하다.

타인의 일면만을 보고 전체를 헤아리며 세상에서 어긋났다고 손가락질을 한다. 너도 우리와 맞춰, 라고 그렇게 크게 소리친다. 그러면서 자신이 또 어딘가의 표준에서 벗어나 있다는 사실에는 시선도 주지 않는다.

별난 사람이란, 타인보다 더 표준에서 어긋난 사람이 아니다. 그저, 서툰 사람일 뿐이다.

어긋나 있다는 것을 다른 사람처럼 잘 숨기지 못하고, 그 어긋난 부분을 주체하지 못한다. 개중에는 그 어긋난 부분을 개성이나 재능으로 잘 승화시킬 수 있는 사람도 있다. 하지만 그런 사람들만 있는 것은 아니다. 자신의 표준에서 어긋난 부분을 알아차리게 되면, 그것을 의식하며 살아가게 된다. 분위기를 파악하는 일은 잘하면서 자신의 어긋난 부분은 고치지 못하는 사람은 최악이다. 남들이 바라는 자신의 모습을 잘 알면서 그 모습으로 꾸밀 수 없는 자신이 마치 불량품으로밖에 생각되지 않게 되는 것이다.

카페라는 것은 예로부터 그런『별난 사람』의 은신처였다.

"사람은 누구든 고독한 존재다. 별난 사람은 특히 더 고독하지. 마치 세계가 자신을 따돌리는 것처럼 느껴지니까. 자기 혼자 있다면 그건 괜찮다. 혼자라는 건 고독한 것이 아니야. 자신 이외의 모든 사람들이 즐겁다는 듯이 웃고 있는데, 자신은 그 안으로 섞여 들어가지 못한다는 그것이 바로 고독인 거다."

그때의 나는 할아버지의 그 말씀을 잘 이해할 수 없었다.

내게는 가족이 있었고, 학교에 친구들도 있었다.

"그런 사람들이 카페에 찾아오는 게다. 그곳에 가면 언제나 자신과 마찬가지로 고독한 사람들이 있으니까. 딱히 서로 얘기를 나눌 필요는 없어. 앉아서 그저 커피 한 잔을 마시는 거다. 그 시간동안만큼은 그런 사람들도 자신이 허용된 것 같은 기분을 느끼게 되지. 의미도 없이, 그저 자신은 이곳에 있어도 된다, 라고, 그렇게 느끼는 거다. 좋은 카페란 그런 거다."

나는 그때의 할아버지의 말씀을 놀랄 정도로 선명하게 떠올릴 수 있었다. 그 미소조차도 또렷하게 기억이 난다.

"카페라는 건 세상에서 어긋난 장소다. 때문에 소위 별난 사람들이 자주 오지. 그런 사람들은 무의식적으로 세상에서 어긋난 장소를 알 수 있기 때문이다. 만약 네가 우리 가게를 잇는다면, 아니, 딱히 잇지 않아도 된다만 어쨌든 만약의 얘기다. 가게를 잇는다면, 그런 사람이 왔을 때에는 아무것도 하지 않아도 된다. 말을 걸지 않아도 돼. 그저 커피만 끓여 주거라. 아주 맛있는 커피를. 고독에는 커피의 씁쓸한 맛이 가장 효과적이란다."

2

"아얏!"

아무래도 멍하니 있었던 모양이다. 왼손을 보니, 식칼이 집게손가락 끝을 긋고 있었다. 대각선으로 내달린 상처에서 붉은 구슬이 점점 부풀어 오르더니, 이내 또르륵 하고 방울이 되어 흘러 떨어졌다.

"왜 그래?"

뭔가를 적고 있던 리나리아가 얼굴을 들었다.

"손가락을 좀 베였어. 칼을 다룰 때에는 딴 생각을 하면 안 돼."

"그걸 나한테 말해서 어쩔 건데."

농담을 하면서도 나는 욱신거리는 손가락을 흐르는 물에 씻었다.

옛날에는 자주 이렇게 다치곤 했다. 그럴 때 늘 당황하는 것은 엄마였다. 끊임없이 내게 괜찮으냐고 물으시며 구급상자를 다 뒤져 서툰 손길로 응급처치를 해주시곤 했다.

흐르는 물에 씻기고 있는 손가락을 바라보며, 이 정도라면 응급처치는 필요 없으려나, 라고 생각했다. 피도 금방 멈출 것이다.

"있지, 손 내 봐."

그때 카운터 건너편에서 리나리아가 손을 뻗어왔다.

그 말에 순간적으로 반응하지 못하고 나는 잠시 그 손을 바라보았다. 그러자 리나리아는 눈썹을 모으면서 강한 어조로 재촉했다.

"어서."

뭘까. 그렇게 생각하면서 나는 오른손을 내밀려고 했다. 그러자 「반대쪽 손!」이라고 리나리아에게 재차 세차게 혼나고 말았다.

그렇게 화내지 않아도 되잖아…….

그러나 매서운 눈을 한 리나리아에게는 반항할 수 없었기 때문에, 나는 순순히 물을 잠그고 왼손을 닦은 뒤 앞으로 내밀었다.

"자."

리나리아는 내 왼손을 양손으로 가볍게 잡은 다음 슥 잡아당겼다. 나는 오른손으로 몸을 지탱하며 몸을 약간 앞으로 내밀었다.

"어, 저기, 뭐 하는 거야?"

"잠깐만 조용히 있어 줘. 아직 익숙하지 않아서 집중해야 해."

그렇게 말하니 가만히 입을 다무는 수밖에 없었다. 리나리아는 내 왼손을 이마에 갖다 대듯이 가까이 대고 눈을 감았다. 흐르는 물에 줄곧 대고 있던 왼손은 완전히 차갑게 식어 있었고, 리나리아의 손은 약간 따뜻했다. 나는 꽤나 오랜만에 누군가와 손을 잡았구나, 라고 그런 생각을 했다.

"응?"

손이 찌릿찌릿 저려왔다. 상처 주변이 특히 뜨거웠는데, 왼손 전체의 혈액순환이 좋아진 듯 따끈따끈 했다.

리나리아가 한층 더 내 손을 꼬옥 잡았다.

리나리아는 미간에 주름을 잡고 있었다. 그리고 신기하게도, 그녀의 손 주변을 둘러싸듯이 하얀 안개가 생겨 있었다. 그것은 희미하게 빛을 내고 있었고, 나는 그 다음 순간에 일어난 일을 눈을 크게 뜨고 지켜보았다.

상처가, 점점 치유되었다.

분명 칼에 베었던 손가락 끝이 조금씩 아물어갔다. 나을

때까지 시간을 앞으로 빨리 감았다고 해야 할까, 베이기 전까지 시간을 거꾸로 감았다고 해야 할까. 상처는 눈 깜짝할 사이에 사라져 버렸다.

"하아……."

리나리아가 얼굴을 들고 크게 한숨을 쉬었다.

그런 뒤, 내 손에 얼굴을 가까이 갖다 대고 유심히 살피면서 상처가 있던 곳을 손가락으로 매만졌다.

"괜찮은 거지? 응. 제대로 아물었네. 이상한 느낌은 없어? 저리다든가."

"전혀. 통증도 없어. 굉장해. 지금 그게 마법이야?"

"마술이야. 치료마술. 아직 익숙하지 않아. 혼자 연습하고 있기는 한데."

상처가 있던 곳을 꼼꼼하게 확인하면서 리나리아가 말했다.

"혼자 연습을 한다고?"

"가볍게 상처를 내는 거야. 나이프 같은 걸로. 그걸 낫게 하는 연습을 하고 있어."

리나리아는 내일 날씨를 걱정하는 것보다 더 가벼운 목소리로 말했다. 하지만 나는 그것이 꽤 염려스러운 연습이 아닐까 하고 걱정이 되었다.

"작은 상처는 깨끗하게 치료할 수 있게 되었지만…… 저기, 정말로 괜찮아?"

리나리아가 얼굴을 들며 물었다. 그녀가 손을 잡아당기면서 확인을 했기 때문에, 나는 카운터에서 몸을 앞으로 내밀고 있었다. 때문에, 평소보다 훨씬 가까운 거리에서 리나리아와 얼굴을 마주하게 되었다.

"괜찮아. 고마워."

"……그렇다면 다행이야. 응."

리나리아는 천천히 얼굴을 붉게 물들이며 내 손을 가만히 놓았다. 너무 집중한 나머지 내 손을 계속 잡고 있던 일이나, 생각 이상으로 나와의 거리가 가까워졌다는 사실을 알아차린 모양이었다. 내 손을 놓은 그녀는 아무렇지도 않은 척 의자를 뒤로 뺐다. 자연스러운 동작으로 보이고 싶었겠지만, 명백히 부자연스러웠다. 나는 나도 모르게 웃고 말았다.

"뭐가 웃긴데?"

리나리아가 빨갛게 물든 얼굴로 나를 노려보았다. 하지만 그것만큼 무섭지 않은 얼굴도 드물었다.

"아무것도 아니야."

나는 몸을 일으켜 세웠다.

상처가 있던 손가락을 보았지만, 그곳에는 상처 하나 남아있지 않았다. 손가락을 베인 것은 내 착각이었던 걸까, 그렇게 생각될 정도였다. 굉장한걸, 마술. 굉장해, 리나리아.

"정말 대단해. 고마워, 리나리아. 덕분에 살았어."

나는 감동과 함께 리나리아에게 그렇게 말을 건넸다. 그러자 리나리아는 획 고개를 돌려버렸다. 그 움직임에 맞춰 머리

뒤쪽에 하나로 올려 묶은 붉은 머리카락이 크게 흔들렸다.

"천만에. 딱히 걱정이 되었던 건 아니고, 그냥 연습한 것뿐이야."

"연습 상대가 될 수 있어서 다행이야."

리나리아와 알게 된 지는 그렇게 오래되지 않았다. 하지만 나는 리나리아의 그런 서툰 상냥함이 마음에 들었다.

하지만, 마술인가. 굉장한 걸, 마술. 상처도 낫게 하는 건가…….

"불사신도 될 수 있을 것 같아."

나는 툭 중얼거렸다. 이렇게 쉽게 상처가 낫는다면 다치는 것도 무섭지 않지 않을까.

하지만 그것은 매우 안이한 발상이었던 모양이다. 리나리아가 「무슨 말을 하는 거야? 이 녀석」이라고 말하는 듯한 어처구니없는 얼굴로 나를 바라보았다.

"그 표정은 뭐야."

"있지, 의료계 마술은 매우 어려워. 마력을 엄청나게 섬세하게 제어해야 할 뿐만 아니라, 애초에 마술로 상처를 치료하면 마술이 걸린 쪽도 마력과 체력을 소모한다고."

"불가사의한 힘으로 단숨에 모조리 회복시키는 게 아니야?"

"그거, 대체 어디의 꿈 이야기야? 좀 더 현실적으로 생각해."

아무래도 게임의 회복마법은 현실적이 아닌 모양이었다.

"마력으로 상처 입은 자리의 회복을 빠르게 하는 것뿐이니까, 너무 큰 상처는 제대로 치료하기 어려워. 오히려 거꾸로 체력을 너무 소모시켜서 죽어버리는 일도 있어. 또, 잃어버린 피는 회복시킬 수 없고."

"아하, 그렇구나."

듣고 보니, 지극히 당연한 이야기였다.

"뭐, 고위 마술사쯤 되면 상처의 시간 그 자체를 거꾸로 되감아버리지만."

"그거 완전 꿈같은 이야기잖아."

나는 나도 모르게 딴지를 걸고 말았다. 마력으로 시간을 되감다니, 그게 대체 무슨 말이야? 어떻게 하면 되는 거야, 그거?

"어, 그럼 혹시 회춘이라든가 그런 것도?"

"가능해."

"가능하구나……."

농담이었는데.

"그래 봤자 대마술사라고 불릴 법한 아주 극소수의 마법사들뿐이지만. 그중에는 살았는지 죽었는지도 모르는 사람도 몇 명 있어."

"이상한 세계로군."

묘하게 현실적인 부분이 있다고 생각하면, 판타지스러운 면모 역시 확실하게 존재했다. 그것이 내게는 너무나도 뒤틀린 것처럼 보였지만, 그것은 피차 마찬가지일까. 이쪽 사람들이 보기에는 내 원래 세계 쪽이 정상이 아닌 것처럼 보이리라.

"리나리아도 그런 대마술사가 되고 싶은 거야?"

나는 리나리아에게 그렇게 물어보았다. 그러자 리나리아는 어깨를 움츠렸다.

"딱히 그렇지는 않지만…… 좀 그런 게 있어."

그 말을 끝으로 그녀는 또다시 뭔가를 적는 작업으로 되돌아갔다.

뭔가 말을 얼버무린 것 같은 느낌도 들었지만, 나는 그것을 더 캐물으려고 하지 않았다. 누구나 다른 사람이 발을 들여놓지 않았으면 하는 장소가 있었고, 주위 사람들에게는 감추고 싶어 하는 것이 있었다. 그런 건 비록 신경이 쓰여도 건드리지 않는 것이 매너였다.

다만, 언젠가 그런 이야기도 들을 수 있는 날이 오면 좋겠다, 라고는 생각했다.

나는 아직, 리나리아에 대해 모르는 것이 너무 많았다.

3

문득 소리가 사라졌다.

다음 순간, 창밖이 하얗게 번쩍이며 뱃속을 뒤흔드는 것 같은 천둥이 울려 퍼졌다. 리나리아가 어깨를 움츠리면서

「햑!」하고 고양이 같은 비명을 질렀다.

나는 창문으로 다가가 밖을 내다보았다. 하늘은 두껍고 어두운 구름에 덮여 있었다. 저 멀리 하늘에서 번개가 번쩍이면서 구름 아래쪽을 희미하게 비추었다. 근소한 차이를 두고 천둥 소리가 도달하고, 뒤쪽에서 또다시 「햑!」하는 비명이 들려왔다.

"날씨가 나빠졌네. 비가 내릴 것 같아."

그렇게 말하기 무섭게, 길에 깔린 납작한 포석의 색깔이 군데군데 바뀌었다. 빗방울이 떨어진 것이다. 그것은 점차 기세를 더해 눈 깜짝할 사이에 장대비로 변했다. 길을 가던 사람들이 허둥지둥 피난하기 시작했다. 나는 부디 우리 가게에서 머물다 가줬으면, 하고 그들을 기다려 봤지만 아무도 들어오지 않았다. 슬퍼라.

그건 그렇고, 방금 전까지는 맑았는데 이렇게까지 급격히 날씨가 나빠지는 것은 드문 일이었다.

"금방 그치면 좋을 텐데."

나는 뒤를 돌아보며 그렇게 말했다. 하지만, 카운터에 리나리아가 없었다.

어라? 나는 고개를 갸웃거리면서 리나리아의 이름을 불렀다.

그러자 카운터 밑에서 천천히 붉은색 머리가 올라왔다.

"……뭐 하는 거야?"

리나리아는 카운터 가장자리에 양손의 손가락 끝을 걸친

채, 눈 위쪽만 드러내고 있었다. 눈썹은 끝이 쳐져서 팔자를 그리고 있었고, 포니테일마저도 어딘가 기운이 없는 것 같았다.

"나, 천둥을 싫어해."

리나리아의 목소리는 매우 가늘었다.

아아. 나는 고개를 끄덕였다. 그야, 질색하는 사람도 있을 것이다.

하지만 리나리아의 모습을 봐서는 상당히 싫어하는 것 같은 기색이었다. 리나리아는 은신처에서 얼굴을 내민 두더지 같은 모습 그대로 꼼짝도 하지 않았다.

멀리서 천둥이 쳤다.

리나리아는 쏙 하고 카운터 아래로 숨었다.

"어, 저기, 괜찮아?"

대답이 없었다. 나는 카운터를 나와 밖으로 빙 돌아보았다. 그러자 카운터 밑으로 파고들 듯이 리나리아가 앉아있었다.

"괜찮아, 리나리아. 무서워하지 않아도 돼."

나는 리나리아 옆에 무릎을 꿇었다. 그리고 잠시 고민을 한 끝에 나도 카운터 밑으로 파고들어 리나리아와 나란히 앉았다.

포석을 두드리는 빗방울 소리가 시끄러울 정도였다. 빗발이 꽤 강해진 것 같았다. 그 간격을 누비듯이 천둥이 우르

릉거리는 소리가 들려왔다. 그때마다 리나리아는 몸을 작게 움츠렸다.

그녀가 왜 이렇게 천둥을 싫어하는지 나로서는 도무지 짐작도 되지 않았다. 그리고 그것을 그녀에게 물을 정도로 나는 바보가 아니었다. 차라리 큰 소리로 노래라도 부르면 무서운 것을 좀 잊을 수 있을까, 그런 생각도 했지만, 나 자신이 얼마나 음치인지를 기억해내고는 그만두었다.

그럼 이제 어떻게 할까. 나는 리나리아의 옆에서 천장을 올려다보면서 생각했다. 오래된 나무 대들보에 램프가 매달려 있었다.

"있지, 리나리아. 내기 할래?"

불현듯, 그런 말이 흘러나왔다.

내 제안은 뜬금없었다. 스스로도 그렇게 생각했으니, 리나리아가 보기에는 완전히 이해할 수 없는 말이었으리라. 이것은 아마도 아저씨의 입버릇이 옮아버린 것이 틀림없었다.

시간이 좀 지나고 나서 리나리아가 내게 되물었다.

"내기?"

"그래. 내기. 한 시간 이내에 이 비가 그치는지 안 그치는지."

리나리아는 나를 힐끗 보고는 품안에 끌어안은 무릎 사이로 입을 묻었다.

"그치는 쪽에 걸겠어."

"그럼, 나는 안 그치는 쪽이네. 이건 내 자랑거리 중 하나인데, 나는 내기에 엄청 약해."

"……그게 뭐야. 정말로 전혀 자랑거리가 안 되잖아."

리나리아가 입가에 희미한 미소를 띠었다. 그것을 본 나는 안도했다. 마음이 약해진 여자아이를 옆에 두고 태연하게 있을 수 있을 정도로 강심장이 아니었던 것이다.

이 도시에는 비가 자주 내렸다. 하지만 천둥까지 치는 일은 매우 이례적이었다. 평소에는 스콜처럼, 강하게 쏟아진다고 생각하면 바로 그쳐버렸다. 우기에 들어서면 좀 더 길게 내리긴 했지만, 지금은 그런 시기도 아니었다.

멀리서 천둥이 그르릉, 그릉 하고 으르렁거렸다. 과연 한 시간 이내에 가라앉을까.

우리 외에는 아무도 없는 가게 안에서 나는 리나리아의 옆에 앉아 멍하니 비와 천둥소리에 귀를 기울였다. 그러자 기억의 바닥에 가라앉아 있던, 대수롭지 않은 추억이 떠올랐다.

중학생 무렵에 억지로 외워야 했던 시의 한 구절. 방과 후 도서관에서 열중해 읽었던 소설의 제목. 하루 종일 반복 재생하던 좋아하던 곡. 그런 사소한 것들을 기억하고 있던 스스로에게 더욱 놀랐다.

힐끗 옆을 보니 리나리아가 멍하니 바닥을 내려다보고 있었다.

그녀도 뭔가를 떠올리고 있는 것일까. 어릴 때의, 혹은 최근의, 잊어버렸다고 생각했는데 기억 저편에 소중히 보관되어 있던 뭔가를 재발견했을까.

"나 있지, 옛날 일을 떠올리게 해서 천둥을 싫어해."

리나리아의 목소리가 빗소리에 섞여들 듯이 들려왔다.

"싫은 기억이라도 있는 거야?"

"싫은 일도 기쁜 일도 모두 기억나. 하지만 떠올려 봤자 슬퍼질 뿐인걸."

"이제 다시는 되찾을 수 없는 일이라는 것을 알고 있으니까?"

리나리아가 얼굴을 들었다는 것을 알 수 있었다. 나는 천장을 올려다본 채로 말을 이었다.

"이제 그곳에는 갈 수 없고, 그곳에 있던 사람과도 만날 수 없다. 기억해 봤자 괴로울 뿐이다. 어쩔 도리가 없을 만큼 가슴이 아플 정도라면, 차라리 잊어버린 채로 두고 현재의 일로 머릿속을 가득 채우는 편이 훨씬 낫다…… 라든가?"

리나리아가 눈을 동그랗게 뜨고 나를 쳐다보았다.

"……어떻게 아는 거야?"

"나도 그렇게 생각하는 일이 많으니까."

가족을 떠올리면 잠을 잘 수가 없었다. 돌아가고 싶어서, 다녀왔습니다, 라고 말하고 싶어서. 하지만 그것은 모두 불가능한 일이라고 곧 깨닫게 된다. 어쩌면 온갖 종류의 불가사의함으로 가득 찬 미궁 안에 돌아갈 길이 있을지도 모른다. 하지만, 「그렇다면 찾으러 가자」라고 그렇게 간단히 말할 수 있을 리 없었다.

떠올리면 그리워할 정도로 나는 아직 고향과 그곳에 있는 가족을 포기하지 못했다. 때문에 고향과 가족에 대해서는 되도록 떠올리지 않으려 하고 있었다.

리나리아가 어릴 적에 부모님과 헤어졌다는 말은 들었다. 하지만 나는 그것이 어떤 이유 때문이었는지는 알지 못한다. 천둥이 과거를 떠올리는 계기라는 것도 지금 알았다.

"실은, 요즘 꿈을 찾고 있어."

계속 침울하게 있어 봤자 마음만 무거워질 뿐이었기 때문에, 나는 한층 더 밝게 입을 열었다. 화제와 함께 분위기도 바꾸자고 생각한 것이었다.

"꿈?"

리나리아가 의아하다는 듯이 나를 쳐다보았다.

"그래. 꿈. 이런저런 사람들에게 묻거나 혼자 생각을 해보고 있어."

미래라는 것은 훨씬 앞날의 일로, 불확실한 그것에서 뚜렷한 모습을 찾아낸다는 것은 매우 어려운 일이라고 생각했다.

하지만 이 세계에서 살아가는 사람들은 모두 확실하게 자신의 앞날을 응시하고 있었다. 자신이 어떻게 살고 싶은지, 무엇을 하고 싶은지. 그런 삶의 방법에 대해 다 생각하고 있었다.

꿈을 좇아 이 도시에 온 사람이 있었다. 도중에 다른 꿈을 발견한 사람도 있는가 하면, 꿈이 깨져 떠난 사람도 있었다.

그런 사람들과 만나고 헤어지는 가운데, 나는 꿈이라는 것을 진지하게 생각하게 되었다.

이런 일을 하고 싶다…… 저런 일을 하고 싶다……가 아니라, 나는 앞으로 어떻게 살아가면 좋을까, 하고.

"그래서, 그 꿈을 찾았어?"

"전혀."

"뭐야, 그게."

리나리아가 웃었다.

"찾아봤더니 그게 참 어려워서 말이지."

나는 익살을 떨어 보였다.

"내가 무엇을 하고 싶은지 그렇게 쉽게는 알 수 없더라고."

거기서 대화가 잠시 중단되었다. 한순간 빗발이 강해졌고, 그 비로 이 가게만이 세계에서 격리된 것 같아졌다.

"나는 있지……."

빗소리에도 방해받지 않을 거리에서 목소리가 들려왔다.

"의료마술사가 되고 싶어."

명료한 목소리였다. 그 단 한마디에 리나리아의 굳건한 의지가 담겨 있었다.

"그렇구나. 의료마술사구나."

그것이 어떤 일인지, 나는 자세히 알지 못한다. 방금 전 내 상처를 낫게 해준 것처럼 분명 마술로 치료하는 것이리

라. 그 정도의 이미지가 전부였다.

그런가. 그것이 리나리아의 꿈인가.

"……안 웃어?"

리나리아가 나를 쳐다보았다. 의외라는 듯한 표정을 띠고 있었다.

"왜 웃는데?"

"그치만, 의료마술사라고. 재능 있는 마술사가 전문교육을 받고도 될 수 있을지 어떨지 모르는 그 의료마술사라고."

어라? 생각했던 거랑 조금 다르군……. 평범한 의사라든가 그런 수준은 아닌 모양이었다.

"생각했던 것보다 힘들 것 같아."

"힘들 것 같다니…… 아니, 됐어."

리나리아가 하아, 하고 기막혀하는 기색으로 한숨을 쉬었다. 왜냐. 솔직한 감상을 말한 것뿐이건만.

"리나리아라면 괜찮을 거야."

"있지, 그렇게 가볍게 얘기할 수 있는 일이 아니야."

"되고 싶잖아?"

"그야, 되고 싶다고는 생각하지만."

"그럼 괜찮아. 리나리아라면 할 수 있을 거야."

나는 그렇게 딱 잘라 말했다. 그러자 리나리아는 입을 꾹 다물고 뚱한 얼굴을 해보였다.

"무슨 근거로 그런 말을 하는 거야."

"그야, 리나리아가 매일 열심히 노력하는 건 내가 제일 잘 아니까."

이 가게에 올 때마다, 리나리아는 늘 공부를 했다. 학원의 시험이 가까워지면 침식을 등한시할 정도로 집중하는 것도 알고 있었다. 지금이라면 그런 열의도 이해가 되었다. 학원에서 좋은 성적을 거두기 위한 것만이 아니었던 것이다. 좀 더 커다란 목표가 있었기 때문에 늘 노력했던 것이다.

"리나리아라면 될 수 있을 거야."

그 정도로 확실한 목표를 가진 리나리아가 내 눈에는 눈부시게 보였다. 그리고 동시에, 잘 되었으면 좋겠다고 진심으로 생각했다.

리나리아는 내 얼굴을 바라보더니 입술을 깨물었다. 그리고 얼굴을 와그작 일그러뜨리고는 무릎에 얼굴을 묻었다.

"……고마워."

"천만에."

콧물을 훌쩍이는 소리가 들려왔다. 분명 그녀도 뭔가를 짊어지고 있는 것이리라. 어쩌다 보니 목표로 삼을 수 있을 정도로 쉬운 목표는 아닌 것 같고 말이지.

하지만 그것이 리나리아를 위한 것이 된다면, 부디 이룰 수 있길 바랐다. 내가 도울 수 있는 것이 있을까. 식칼로 손가락을 베는 것 정도라면…… 아니, 역시 무서워. 다쳤을 때에만 실험대로서 내 몸을 제공하도록 하자.

하지만 되도록 아픈 일을 당하고 싶지는 않은걸. 그런 생각을 하면서 나는 창문을 쳐다보았다. 그러자 어느샌가 밖이 환해져 있었다. 빗소리도 들리지 않았다.

"리나리아. 비가 완전히 그쳤어."

고개를 든 리나리아의 눈가가 빨갰다. 나는 그녀를 재촉해 자리에서 일어났다.

창문으로 바깥을 내다보자, 두꺼운 구름 사이로 푸른 하늘이 엿보였다. 태양의 햇살이 거리 전체를 밝혔다. 여기저기에 남은 빗방울이 햇살에 반짝반짝 빛나는 것이 보였다.

"내기, 졌네."

나는 내 옆에 서서 거리를 바라보던 리나리아에게 말했다.

"그러네. 내가 이겼어."

리나리아는 나를 돌아보며 부드럽게 웃었다. 길바닥에 생긴 물웅덩이에 반사된 빛이 리나리아의 옆얼굴을 비추었다. 만약 그 한순간을 오려내어 그림으로 만들 수 있다면, 그것을 본 사람들은 분명 누구나 미소를 짓게 되리라. 그 정도로 따스한 미소였다.

"내가 이겼으니까, 한 가지 부탁을 해도 될까?"

"물론이지. 그건 승자의 권한이니까. 아프지 않은 일로 부탁해."

"실례잖아. 그런 부탁은 하지 않을 거야."

리나리아는 허리에 손을 척 올렸다.

"있지……."

그녀는 시선을 밑으로 내렸다가 다시 나를 올려다보며 머뭇머뭇 입을 열었다.

"조금, 걷지 않을래?"

리나리아는 내가 생각했던 것보다도 훨씬 야무진 아이였다. 훌륭한 목표도 갖고 있었다. 그것을 이루기 위해서든, 또 다른 꿈을 찾기 위해서든 그녀는 학생이었다. 언젠가는 졸업을 해 이 도시를 떠나게 될지도 몰랐다 .

그때에도 나는 여전히 이곳에 있을까. 이곳에서 가게를 열고, 창문으로 거리를 바라보고 있을까. 찾아오는 손님을 맞이하고, 떠나는 사람들의 뒷모습을 배웅하기만 할까.

내게는 목표가 없었다. 꿈이 없었다. 이 세계에서 계속 살아가고자 하는 각오도, 결의도 없었다. 하지만 그런 것들은 지금은 잠시 미뤄두자. 언젠가 분명히 알 수 있는 날이 오리라.

그날이 올 때까지 나는 계속 커피를 끓일 것이다. 이 가게에 찾아오는 사람들에게 한순간의 평온을 제공하기 위해.

하지만, 지금만큼은…….

비가 그친 뒤의 눈부신 반짝임으로 가득 찬 지금만큼은, 배웅하는 것이 아니라 그녀의 옆을 걷고 싶었다.

"그거 괜찮네. 그럼 갈까?"

나는 먼저 나서서 문을 열고 가게 밖으로 나왔다. 비가 그친 뒤의, 수분을 머금은 촉촉한 바람이 머리카락을 흔들었다.

저 멀리 흘러가는 비구름 뒤로 높고 청명한 하늘이 펼쳐져 있었다. 그 푸른색이 한없이 아름다웠다. 거리는 활기를 되찾고 있었다. 멀리서, 시간을 알리는 종소리가 울려 퍼졌다.

■작가 후기

대학시절의 스승님은 매우 별난 분으로, 사물에 대한 사고방식부터 마작의 패 만드는 법까지 많은 것을 가르쳐 주셨습니다.

스승님과는 한가한 시간에 자주 대화를 나누었습니다만, 「인간은 세 가지의 말을 솔직하게 말하는 것이 중요하네. 맛있다, 고맙다, 그리고 미안하다, 가 그것이지」라는 말은 지금도 잘 기억하고 있습니다.

때문에, 얼른 활용해 보고자 합니다.

여러분. 이렇게 2권을 읽어주셔서 감사합니다. 이 이야기는 주인공이 이세계에 연 카페에 별난 손님들이 찾아와 맛있는 요리와 커피를 즐긴다는 이야기입니다. 그리고 발매가 늦어져 죄송합니다.

조금 다른 것 같기도 합니다만, 뭐, 좋다고 치죠.

1권에서는 이야기 자체도, 후기도 깨끗하게 잘 정리했다고 저 스스로도 생각합니다. 2권이 나올지 어떨지 그야말로 신만이 아는 상황이었기 때문에, 여기에서 끝이 나도 괜찮도록 하자는 마음에서 그렇게 한 것이었습니다.

그러나 WEB 소설 연재 당시부터 읽어주셨던 분들의 강력한 지원도 있어서, 그것으로 끝날 각오를 했던 1권은 뜻밖에도 매우 잘 팔렸습니다.

그런 연유로, 그럼 2권을 내자, 라는 제안을 받은 것은 전적으로 독자 여러분 덕분입니다. 정말로 감사합니다.

그 기세로 그대로 만반의 준비를 마치고 재빨리 2권을 발매한다는 흐름이 됐더라면 좋았을 테지만, 그렇게 잘 되지 않았습니다.

1권의 후기를 쓴 것이 3월이었습니다. 그리고 지금 10월에야 이 후기를 적고 있습니다.

왜 이렇게 늦은 거냐, 좀 더 빨리 쓸 수는 없었느냐, 농땡이라도 친 거냐, 라는 지탄은 지당하십니다.

다행히도 이렇게 『후기』라는 변명할 자리를 얻을 수 있었습니다. 사정을 제대로 설명 드리겠습니다.

……라고 생각하고 있었습니다만, 담당편집자인 아리마 씨가 이렇게 말을 한 겁니다.

"후기는 네 페이지로 부탁합니다."

아, 그것밖에 없는 건가, 곤란하네. 그렇게 생각했습니다. 네 쪽밖에 안 된다면, 후지미 판타지아 문고의 서식으로는 2,560자밖에 분량이 되지 않습니다.

2,560자라고 하면 알기 힘들지도 모릅니다. 실은 이거, 지금 여러분이 읽고 계신 후지미 판타지아 문고의 페이지로

환산하면 이럴 수가, 딱 네 쪽입니다.

2권 발매가 결정된 뒤로 왜 이렇게 시간이 걸렸는지, 독자 여러분이 납득하실 수 있는 설명을 하기에는 너무나도 부족합니다. 보시다시피 이미 분량의 절반을 써 버렸습니다. 때문에, 매우 죄송스럽습니다만, 발매가 늦어지게 된 자세한 설명은 생략하도록 하겠습니다. 부디 양해 부탁드립니다.

한마디로 말하자면, 작가가 쓰는 것이 느리기 때문입니다.

자, 2권인 본작은 커다란 두 개의 단편과 여러 개의 작은 단편으로 구성되어 있습니다. 그리고 커다란 단편의 주역은 모두 아저씨입니다. 좀 더 귀여운 여자아이를 내보냈어야 했을지도 모릅니다. 혹은 귀여운 아저씨를 내보내야 했었을지도요. 단, 귀여운 토끼는 나옵니다.

그런 아저씨들의 「맛있다」와 「고맙다」와 「미안하다」의 이야기입니다.

최근, 사생활에서 많은 분들에게 폐를 끼치거나 도움을 받거나 하고 있습니다. 이전보다도 훨씬 많이 「고맙다」와 「미안하다」를 말할 기회가 늘었습니다.

「맛있다」도 자주 말하고 있습니다. 그 덕분인지 체중이 늘었습니다.

마지막이 되었습니다. 1권에 이어 2권에서도 u스케 씨에게는 감사의 말씀밖에 드리지 못하겠습니다. 하얀 종이와 검은 글씨의 세계를 총천연색으로 살아 숨 쉬게 만들어 주는 일러스트를 언제나 기대하고 있습니다.

담당편집자이신 아리마 씨에게는 1, 2권 모두 폐를 끼쳤습니다. 「글 쓰는 속도가 엄청 느리시네요!」라고 웃으며 넘어가 주시는 그 도량이 늘 감사하고 죄송합니다.

그리고, 무엇보다도 유우의 카페에 또다시 방문해 주신 독자 여러분께 감사를 드립니다. 또 만날 수 있기를 기도하며, 이만 키보드 타자를 마치겠습니다.

2017년 10월 카자미도리

■역자 후기

안녕하세요, 역자입니다. 이번에도 후각과 위장을 강하게 자극하는 냄새와 함께 찾아 뵀습니다.

1권에서도 맛있어 보이는 음식이 여럿 나왔습니다만, 이번 2권에서도 그 점은 여전한 것 같습니다. 커피는 말할 것도 없고, 단백질 충만한 메뉴와 자세한 조리 묘사는 여전히 식욕을 돋웁니다.

다만, 난이도는 1권보다 조금 올라갔다는 느낌이랄까요. 1권에서는 조리법이 간단하거나 비교적 만드는 데 익숙한 요리가 나온 것과 달리, 2권에서는 왠지 손질에서부터 손이 많이 갈 것 같은 요리들이 나옵니다. 덕분에 1권을 읽을 때만큼 따라해 보고자 하는 의욕은 많이 일지 않더군요.

이런 음식들에 비해, 유우의 본령(?)인 커피 쪽은 오히려 좀 더 구미가 당겼습니다.

아이스커피. 작중의 계절이 점차 더워지기 때문인지 커피도 이제 시원함을 추구하더군요.

커피 자체는 즐겨 마시지 않음을 넘어 거의 마시지 않는

저도 아이스커피는 종종 마십니다. 물론 설탕을 듬뿍 넣지만요. 원래 뜨거운 것을 잘 못 먹는데, 거기에 더해 아이스커피는 커피 특유의 쓴 향이 뜨거운 커피보다는 좀 덜한 것 같습니다. 그래서 정말 추울 때를 제외하고는 종종 마셔줍니다.

그런데, 이 아이스커피는 결국 작중에서 술 깨는 약으로 쓰이고 말았죠. 주연에게 한 번, 조연에게 한 번. 코르레오네 씨와 가토리 씨의 일이 있고 난 뒤, 유우는 커피를 술 깨는 약으로 쓸 생각은 없다고 했는데, 아저씨가 순식간에 숙취해소제로 만들어 버렸습니다.

만약 그것을 계기로 커피 주문이 폭주했더라면 유우는 기분이 어땠을까요. 사람들이 커피를 많이 찾기는 하겠지만, 본인의 의도와는 조금 다른 방향성을 띤 셈이 되니까요. 커피를 팔았을까, 팔지 않았을까. 딜레마입니다.

『아저씨』라고 하니, 이번 2권의 주요 단편의 주인공들은 모두 아저씨들이죠. 작가님 말씀에, 귀여운 토끼도 나온다고 하는데, 그 귀여운 토끼도 알맹이는 훌륭한 아저씨이니 결국 모조리 아저씨판인 셈입니다.

이 아저씨들에게는 많은 감명을 받았습니다.

순정에 죽고 순정에 산 가토리 씨(30대, 남성)과, 애틋한 가족애를 보여준 『아저씨』(나이 미상, 유부남, 아이 있음)도 그렇지만, 코르레오네 씨에게는 소리를 내서 감탄을 했네요. 뭐, 제가 개인적으로 토끼를 상당히 편애하고 있긴 합니다만, 객관적으로도 이 토끼 씨는 정말 나이스 미들인 것 같습니다.

이 작지만 위대한 마피아 보스는 맛있는 음식에 대한 애착과 고집이 강한 만큼, 좋은 식재료에 대해서도 욕심이 많을 겁니다. 그런데 그런 것을, 비록 그 일부라지만 우정을 위해 과감히 희생했습니다. 마지막에 테렌스 청년이 전한, 문에서 벌어졌던 소동 얘기를 보고 「하하! 이 토끼 씨, 진짜 멋진데!」라고 육성으로 뿜어버렸네요. 『토끼』라는 고유명사와 토끼인 『코르레오네 씨』에 대한 애정이 한층 더 깊어지는 순간이었습니다.

그리고, 후반부 꽃 금화 편에 나온 『아저씨』.

이 아저씨는 그 성격과 그로 인한 행적도 마음에 들었습니다만, 뭣보다 「아저씨」라는 지칭이 마음에 들었습니다. 불리는 본인이야 불만이 있었을지도 모르지만, 보는 저로서는 제게는 「토끼(우사기, うさぎ)」만큼이나 「아저씨(오지상, おじさん)」이라는 단어가 요즘 꽤나 특별한 울림을 갖고 있으니까요.

전에 인터넷에서 「일본어로 오지상이라는 단어는 우리말로 하면 아저씨다. 오지상이라고 부르는 건 아저씨라고 부르는 거다」라고 쓴 글을 본 적이 있습니다. 그때에는 「아, 진짜

루」 라면서 웃고만 넘어갔는데, 정말로 오지상을 아저씨라고 쓰고 읽는 경험을 하게 되었습니다.

……그런데, 생각했던 것만큼 상대를 『나이든 사람 취급한다』라는 느낌을 받지 않은 것은 아저씨를 연창하는 유우와 아저씨가 실제로 어느 정도 나이차이가 났기 때문일까요. 십대 중후반이 삼십대에게 아저씨라고 하는 건 별로 이상한 일이 아닐 테니까요. 뭐, 20대를 그렇게 불렀다면 분노의 주먹을 부를 수도 있겠습니다만(후다닥).

이번 2권은 여러 편의 단편을 묶은 옴니버스 구성입니다. 그래서 각 이야기가 크게 이어진다는 느낌은 좀 덜한데, 그래도 가장 첫 단편에서 제기된 유우의 꿈 문제는 계속 언급됩니다. 끝날 때에도 리나리아와 그 이야기를 나누니 만큼, 그 『꿈』과 『목표』 찾기를 잊은 것 같지는 않습니다.

과연, 유우도 언젠가는 이루고자 하는 것을 찾을 수 있을까요. 부디 온화한 방향으로 자신이 나아갈 곳을 찾기를 바라며, 이만 글을, 아니, (작가분 말처럼) 키보드 달각달각을 마칩니다.

방과 후, 이세계 카페에서 커피를 2

초판 1쇄 발행 2019년 10월 10일

지은이_ Kazamidori
일러스트_ u-suke
옮긴이_ 이진주

발행인_ 신현호
편집장_ 김은주
편집진행_ 최은진 · 김기준 · 김승신 · 원현선 · 권세라
편집디자인_ 양우연
국제업무_ 정아라 · 전은지
관리 · 영업_ 김민원 · 조은걸 · 조인희

펴낸곳_ (주)디앤씨미디어
등록_ 2002년 4월 25일 제20-260호
주소_ 서울시 구로구 디지털로 26길 111 JnK디지털타워 503호
전화_ 02-333-2513(대표)
팩시밀리_ 02-333-2514
이메일_ lnovelpiya@naver.com
L노벨 공식 카페_ http://cafe.naver.com/lnovel11

ISBN 979-11-278-5275-7 04830
ISBN 979-11-278-5215-3 (세트)

값 7,000원